고양이가
선물한 숨숨집

강하달

━━━━━━━━━━━━━━━━━━━━━━━━━━━━━ 소리의 방

💧 **소소**의 하악질 : 펫업체의 공장 고양이의 삶
💧 **리**나의 울음: 성범죄 • 수사부실

· 침대 구조가 전부 나오게 찍힌 영상이 있다고? 13쪽
· 친구끼리 사이좋게 지내세요. 21쪽
· 나는 사람을 좋아하는 줄 알았는데… 33쪽

🔔 **리나가 선물받은 숨숨집**: 4-7-8호흡법, 나비포옹법, 안전지대형성하기. 30쪽
🔔 **소소의 골골송**: 동물단체협회 35쪽
☆ **상담소의 위로**: 가장 중요하게 생각되어야 할 문제는 피해자의 기분이에요. 26쪽

━━━━━━━━━━━━━━━━━━━━━━━━━━━━━ 자유의 방

💧 **자유**의 울음: 학대

· 음주 후 자해 충동? 복합성 PTSD? 40쪽
· 사실 나는 아파, 익숙한 것도 불편하고 아파요. 53쪽
· 여자친구 있어요? 나랑 결혼할래요? 58쪽
· 자존감이 높다고 연기를 했어요. 71쪽
· 제게 엄마는 연 19.9% 이자를 요구하는 채권자같아요. 79쪽
· 자해한 이유요? 나 좀 도와주세요. 그 이유였어요. 91쪽
· 마음은 닫혀있는데 모든 문은 열려있는 집이 있어요. 92쪽
· 깊은 수심에서 스노클링을 하던 중 센터스노클을 잃다. 100쪽
· 나는 '이 병 걸린 거 아니야?' 걱정인형이 되어버렸어요. 103쪽

- 🔔 **자유가 선물받은 숨숨집**: 마인드카페 상담 47쪽, 글짓기61쪽, 자전거 주인 83쪽, 문자받기 85쪽, 프리허그 102쪽, REST전략 119쪽
- ☆ **상담소의 위로**: 지금 제일 불편한 게 회복되고 싶은 것과 연결되어 있어요. 78쪽
  감정을 느끼는 것은 연습한다기 보다는 표현하는 것이에요. 114쪽
  함께 울어주는 상담사

─────────────────────────────── 돌봄의 방

- 💧 **돌봄의 하악질**: 유기 및 인플루언서의 학대
- 💧 **자유의 울음**: 간병과 애도

· 가족은요, 뒷통수만 봐도 알 수 있어요. 132쪽
· 아빠와 저는 버려졌고 저는 살기 위해 이를 드러냈어요. 134쪽
· 집을 스토킹하는 사람이 되었다고요? 147쪽
· 부모가 없는 결혼식은 커튼 없는 창가에 홀로 서있는 기분일테니까요. 154쪽
· 내가 먼저 죽으면 강아지가 죽고나서 내 옆에 꼭 묻어줘. 160쪽
· 꿈은 갑작스러운 이별을 앞둔 죽은 자와 살아갈 자에게 준 선물인거죠? 168쪽
· 내 입꼬리는 아직도 어색해서 떨려요. 176쪽

- 🔔 **자유가 선물받은 숨숨집**: 국가트라우마센터과 승화기법 136쪽, 5-4-3-2-1기법 139쪽, 새식구 **돌봄** 145쪽, 1577-0199 171쪽
- 🔔 **돌봄의 골골송**: 캣맘들에게 190쪽
- ☆ **상담소의 위로**: 어머니와의 관계도 애도가 필요할 수 있어요. 180쪽
  내담자를 믿으세요. 182쪽

프롤로그

안녕하세요.

이 초대장을 받으신 당신은 정말 특별한 분입니다. 당신은 귀엽고 소중하며 존재만으로도 충분히 빛나는 분이죠. 아직 본인을 잘 모르고 계실 수 있지만요.

오늘도 숨가쁘게 이리저리 치이며 자신을 돌볼 틈도 없이 하루를 버티셨나요? 저는 그런 당신께 잠시 숨 쉴 수 있는 공간 하나를 건네고 싶었습니다. 마치 '숨숨집'처럼 고요히 마음을 눕힐 수 있는 공간을 마련했어요. 이 책이 당신에게 그런 숨숨집이 되었으면 하는 바람입니다.

이 이야기는 실화를 바탕으로 쓴 소설입니다. 어떤 장면은 가슴 아프게 다가올 수 있고, 어떤 문장은 문득 당신의 마음을 깊숙이 울릴지도 모릅니다.

하지만 이야기 속 주인공이 천천히 어둠을 지나오듯 독자님의 마음에도 묵은 감정이 조금씩 흘러내리는 순간이 찾아오기를 바라며 이 글을 썼습니다. 이 책의 주인공은 특별하지 않습니다. 어디에나 있을 법한 평범한 사람이며, 어쩌면 당신과 아주 많이 닮았을지도 몰라요. 주인공은 용기와 다정함에 있어 자신감 있는 사람입니다. 자신이 겪은 일들을 부끄러워하지 않고 있는 그대로 솔직하게 이야기합니다.

살다 보면 누구나 마음을 다칠 때가 있습니다. 그럴 때 "그냥 버텨", "시간이 해결해줄 거야" 라는 말들이 오히려 더 버겁게 사람을 눌러앉히곤 합니다. 그래서 이 책은 그런 말 대신, 조심스럽게 이렇게 전하는 것 같아요. "나도 그랬어. 나도 아팠어. 그리고 조금씩 괜찮아졌어. 그러다가 또 넘어졌어.

그런데도 불구하고 나는 다시 살아가고 있어. 혹시 나랑 같이 살아볼래? 쉬었다 가며, 더 재밌게."

　주인공은 혼자 무너지기도 하지만 반려동물과 친구, 그리고 전문가의 도움을 받아 아등바등 일어서고 또 일어섭니다. 넘어질 때는 얼마나 철푸덕 넘어졌는지요. 자신을 아프게 하는 사람임을 알면서도 울고 떼를 쓰며 "나 잘하고 있는 거 맞지?"라고 붙잡고 물어보기도 합니다. 어쩌면 너무 외로워서 자신을 아프게 하며 '나 좀 안아줘'라고 온몸으로 외치기도 하죠.

　그러다 주인공은 결국 자신을 지키기 위해 글을 쓰기 시작합니다. 겉멋 없이 있는 그대로의 마음을 꺼내는 거예요. 이야기에는 사람뿐만 아니라 반려동물들도 함께 등장합니다. 말없이 곁을 지켜주는 존재이자 마음을 어루만지는 존재들이죠. 주인공은 동물을 가족으로 받아들인 이들의 마음을 아주 잘 알고 있습니다.

　주인공에게 집은 지푸라기로 지어진 집처럼 언제 무너질지 모르는, 거센 바람에 불안함이 스며드는 곳이었습니다. 그러나 반려동물과의 만남은 마치 기초부터 단단한 집을 찾은 것과 같았어요. 작은 몸짓의 그 존재와 눈을 마주칠 때면, 주인공의 마음은 바싹 마른 땅에 내린 단비처럼 촉촉해지며 존재의 소중함과 자신의 소중함을 알아가는 기쁨이 커졌습니다. 함께일 때 웃음은 봄날의 햇살처럼 은은히 퍼져나갔고, 꾸밈없는 얼굴을 마주하는 순간들은 두 마음이 엮이는 잔잔한 파도의 속삭임처럼 편안했습니다. 그렇게 반려동물과의 유대를 통해 진정한 행복과 안식의 의미를 배웠습니다.

　이 책 속에서 고양이는 '상담사'가 됩니다. 사람에게 상처받은 주인공이 동물에게 마음을 열며 점차 사람에게로 문을 여는 과정을 담고 있어요. 사실 동물도 저마다의 고민을 안고 살아가고 있습니다. 이 책은 사람과 동물이 함께 공존하며 마음속 응어리를 조금씩 풀어가는 이야기이기도 합니다.

　사람의 양면성에 지쳐 결국 동물을 가족으로 선택한 분들과 사랑을 주고받고 싶지만 그 방법을 몰라 외로운 길을 헤매고 있는 분들, 그리고 언젠가 사랑했던 존재와 깊고 먼 이별을 겪은 분들께 이 책을 조심스럽게 바칩니다.

정답을 드리지는 못해요. 하지만 온기 한 줌 정도는 당신 품에 조심스레 얹어드릴 수 있기를 바라며 이 책을 썼습니다. 마지막으로 주인공이 좋아하는 문장을 하나 남깁니다.

"고양이의 우아함은 마음의 치유를 가져옵니다." – 헬렌 톰슨

햇눈이 이야기

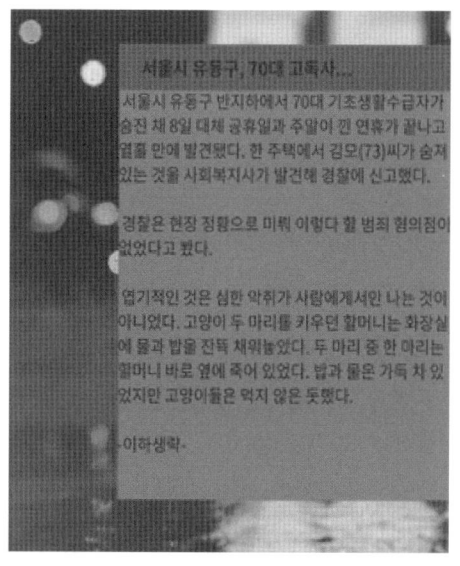

"엇, 여기가 어디지?" 햇눈이가 눈을 떴을 때, 자신처럼 새하얀 구름 위에 누워 있다는 걸 깨달았다. 구름을 타본 적은 없었다. 다만 할머니가 주워 온 그림책에서 구름의 모습을 본 적은 있었다. 그 구름 위에는 햇눈이 말고도 빛을 내는 또 다른 존재가 있었다. 너무 눈이 부셔 제대로 볼 수 없었지만 그 존재는 단단하면서도 고즈넉한 말투로 자신을 '신'이라고 소개하며 말을 건넸다.

"너는 미카엘이다. 대천사라는 뜻이지. 네가 아직 고양이 별에 가지 못한 건 여기에서 해야 할 일이 있기 때문이야." 햇눈이는 당황했다. 자신이 할머니 곁에서 떨어졌다는 사실과 처음 겪는 낯선 환경이 두려워서, 어떻게 해야 할지 몰라 눈치를 보기 시작했다. 생전에 햇눈이는 온몸의 온기를 다해 할머니를 지켜야 한다는 사명감에 사로잡혀 있었다. 그래서 마지막 순간까지 물 한 모금도 마시지 않은 채 버텼다.

신은 그런 햇눈이의 마음을 알기에 애잔한 눈으로 그를 바라보았다. 햇눈이는 그 눈빛에서 처음 할머니를 만났을 때 마주했던 따뜻한 눈동자가 겹쳐지는 걸 느꼈다. 가슴 한 켠이 저릿해지며 눈가에 눈물이 고였다. 햇눈이는 그 눈빛이 무슨 의미인지는 어렴풋이 느낄 수 있었다. 자신이 세상에서 처음으로 안전하다고 느꼈던 순간은 할머니의 눈동자와 따스한 손길에서 비롯되었기 때문이었다. 신은 말했다.

"네가 역할을 잘 해내면 할머니에게 돌아갈 수 있게 해주겠다." 햇눈이의 동공이 커지고 꼬리가 바짝 치켜세워졌다. 귀가 쫑긋 서고 가슴이 빠르게 뛰기 시작했다. 신은 다시 말을 이었다.

"햇눈아, 너의 임무는 여기에 온 상처받은 고양이들과 사람들의 상담을 도와주는 거야. 그리고 사람과 동물이 함께 어울릴 수 있도록 이끌어주는 역할도 맡게 될 거야." 햇눈이는 문득 자신이 길고양이로 살아오며 많은 친구들을 도운 기억이 떠올랐다. 그리고 무엇보다 할머니와의 따뜻했던 시간들이 떠오르면서 마음이 굳게 단단해졌다. '할 수 있어... 할머니를 다시 만날 수 있다면, 정말 뭐든지 할 수 있어.' 햇눈이는 고개를 꼭 끄덕였다.

소리의 방

소소의 하악질:
펫업체 공장 고양이의 삶

리나의 울음:
성범죄 · 수사부실

부디, 가해자나 제3자가 성범죄 피해의 강도를 함부로 판단하지 마십시오.

피해자는 그 순간, 코브라의 독이 명치 깊숙이 박히는 듯한 고통을 겪습니다. 그 독은 저절로 빠지지 않습니다. 피해자는 주변의 지지와 적절한 치료를 통해, 그 독을 몸 밖으로 빼내고 다시 행복한 일상을 되찾을 당연한 권리가 있습니다.

가볍게 툭 던진 말 한 마디와 차가운 시선만으로도 피해자가 스스로 입을 다물게 만듭니다. 그러면 그 코브라는 다시 기어올라, 온몸을 쑤시고 물어대며 피해자를 괴롭힙니다. 그것이 바로, 그토록 슬프고 참혹한 2차 가해입니다.

부디, 이 고통이 더 이상 반복되지 않도록— 당신의 자리에서, 살고자 하는 이들의 목소리가 꺾이지 않도록 도와주세요.

리나의 이야기: 나는 숙취로 깨질 것 같은 머리를 부여잡은 채 일어났다. 민호는 핸드폰을 만지작거리며 낄낄대다가 나를 힐끗 돌아본 뒤 아무 말도 하지 않고 녹음 재생 버튼을 눌렀다.

전날 민호는 술에 취하지 않았고, 나는 술에 취한 상태였을 때 우리는 성관계를 가졌다. 나는 그 사실을 녹음이 재생된 후에야 알게 됐다. 그는 내가 동의하지 않은 상태에서 행위를 녹음한 것이다. 그리고 그 녹음을 협박 수단으로 삼아 금전을 요구했다.

잠이 덜 깬 나는 상황을 전혀 이해하지 못한 채 어리둥절하게 앉아 있었다. 그 녹음 속에는 내 목소리가 없었다. 오직 민호의 목소리와 내가 만취해 흐느적거리며 내뱉는 웃음소리만이 배경처럼 깔려 있었다. 심한 어지럼증이 밀려오며 판단력이 흐려졌다. 나는 간신히 입을 떼어 떨리는 목소리로 그에게 말했다.

"너 지금 뭐 하는 거야…? 당장 지워." 하지만 민호는 그 반응이 우스운 듯, 웃음을 꾹 참으며 말했다. "왜~? 하이라이트도 있는데? 혼자 듣기에는 아까운데."

이성의 끈이 놓여가는 와중에도 내 눈에는 천장이 먼저 들어왔다. 반투명한 검은색 천장과 그 아래에는 오래되고 해진 빨간색 벽지가 있었다. 벽지는 여기저기 찢겨 있었고 군데군데엔 부자연스러운 벽지 스티커가 덕지덕지 붙어 있었다. 아마 사장은 그런 부분이 아침이 되어야 눈에 띄는 걸 알았을 테니 싸구려 접착지로 아무렇게나 덮어두었겠지. 이 방과 지금의 순간은 어딘가 오래되고 부서진 느낌이었다. 찌들고 퀴퀴한 담배 냄새가 코를 찔렀다.

나는 평소 숙소 리뷰에 담배 냄새가 난다는 한 줄만 있어도 그곳에는 가지 않는다. 머리카락에 담배 냄새 배는 것은 참을 수가 없다. 하지만 지금, 나는 그 냄새에 잠겨 있었다. 머릿속이 뒤엉켜 어지러웠다.

나는 모든 생각을 멈추고 눈을 질끈 감은 채 숨을 깊게 들이마셨다. 심호흡을 해도 숨이 막혔다. 경찰에 신고하기 전에 그래도 먼저 말로 해결해보려 했다. "그거 당장 지워." 내 말에 민호는 대답 대신 돈을 내놓으라고 했다. 협박도 아니고 농담도 아니었다. 그건 그냥, 인간이기를 포기한 자의 말에 불과했다. 말이 되지 않는 상황 속에서, 내 호흡은 점점 가늘고 가팔라졌다. 그와 더 대화하다가는 진짜 그의 살갗을 벗겨버리고 싶을 것 같았다.

나는 신고하기로 결심했다. 네이버 지도를 켜서 위치를 확인했다. 이 좁고 밀폐된 방 안에, 나를 지켜줄 사람은 없고 덩치 큰 남자 하나만 있다는 사실이 피부를 타고 소름이 내려왔다. 나는 조금 더 멀찍이 떨어져 그를 계속 주시하며 112에 전화를 걸었다. 목소리를 꽉 잡으며 이를 악물고 짧게 내뱉었다. "자수할 게 있어서요. 지금 위치는…"

혹여나 말실수라도 할까 봐 목소리 끝에 칼날을 세운 듯 조심스러웠다. 장소 위치만 말하고 전화를 끊었다. 빨리. 아주 빨리. 신고한 뒤에도, 손끝의 떨림은 멈추지 않았다. 불안함에 손톱을 물어뜯으며 그를 주시했다.

그는 너무나도 태연했다. 나를 한번 힐끗 보더니 비웃듯 말했다. "경찰 오는데 그 상태로 계속 있을 거냐?" 그 말을 듣고 나서야 나는 깨달았다. 나는 얼어붙은 알몸 그대로였다. 내 정신은 이미 현실을 떠난 지 오래였다.

머릿속의 이성은 빙하 속에 처박혀 한참을 얼어 가고 있었다. 그 얼음 속에서 떠오른 생각은 단 하나였다. 그는 왜 그렇게 당당할까. 왜 저토록 뻔뻔할까. 나는 도저히 이해할 수 없었다. 정신을 차리고 나는 로봇처럼 옷을 입었다. 한 겹 한 겹 — 몸 위에 천이 아니라, 철갑을 덧입는 심정으로 무장했다.

그 사이, 그가 핸드폰을 들고 샤워실로 들어가려 했다. 나는 반사적으로 그의 팔을 붙잡았다. 그는 욕을 내뱉으며 나를 밀었다.

"안 가지고 가면 되잖아. 손 치워." 나는 저항도 못 한 채 멍하니 그의 핸드폰만 바라봤다. 그 안에 무엇이 들어 있든, 그와 함께 핸드폰도 그냥 창밖으로 던져버리고 싶었다.

그 생각은 수십 번이나 되살아났고 그때마다 나를 갈가리 찢었다. 차라리 그렇게 하는 게 내 정신건강엔 나았을지도 모른다. 하지만 마음과는 달리 나는 그저 종이 인형에 불과했다. 누가 한번 불기만 해도 쓰러질 것 같은 상태였다. 시간은 멈춘 듯이 흐르고 있었다. 출동관들은 금방 도착했다. 이미 내 시간 감각은 어그러져 있었다.

남성 출동관 두 명이 도착했고 나는 아까 짧게 들었던 녹음 파일을 다시 들어야만 했다. 같은 녹음이 맞나 싶을 만큼, 훨씬 더 적나라하고 수치스러웠다. 더 잔인하고 더 생생하게 느껴졌다. 집중이라는 말조차 사치처럼 느껴졌다. 머릿속이 갈기갈기 찢기듯 어지러웠고, 한 공간에 남성 셋과 함께 있다는 것만으로도 숨이 가빴다.

출동관들은 한 명씩 번갈아 나와 민호를 조사했다. 그중 한 명이 내가 모르고 있던 사실을 알려주었다.

"침대 구조가 전부 나오게 찍힌 짧은 영상이 하나 있습니다."

그 말을 듣는 순간, 내 머릿속에 거대한 태풍이 몰아쳤다. 강풍이 현실과 감정을 함께 휘몰아갔다. 나는 주춤주춤 마치 두더지처럼 벽 쪽으로 파고들 듯이 몸을 숨겼다. 구석은 단단하지도 따뜻하지도 않았지만 그나마 내가 파고들어 사라질 수 있을 것 같은 곳이었다.

출동관은 나를 바라보며 가볍게 말했다. "지웠으니, 안심하세요."

하지만 나는, 마음속 마지막까지 남아 있던 안전한 세계마저 그 말 한마디에 무너졌다.

소소의 이야기: 나는 번식장에서 태어난 고양이다. 펫 업체 사장은 내게서 "돈이 되는 얼굴"이 보인다며 입가에 기름 낀 웃음을 흘렸다. 그때까지만 해도 나는 무척이나 사랑받으며 자랄 줄 알았다. 어미 젖을 다른 고양이들보다 충분히 먹었기 때문이다. 나는 그게 사랑의 시작이라고 믿었다.

하지만 젖을 떼는 순간, 나는 생명이 아니라 기계가 되었다. 쉬지도 못하는 몸으로 임신과 출산을 반복했다. 나의 몸이 충분히 회복되지 않았을 때 약을 써가면서까지 수컷들과 번식을 하도록 했다. 나는 도망가기 위해 철장에서 부딪히고 긁어대서 발톱이 빠지기도 했다. 내 엉킨 털이 철장에 끼기도 했다. 교미를 할 때 수컷은 내가 도망치지 못하게 목을 물고 절대 놓지 않았다.

거기서 도망치는 건 불가능한 일이었다. 수컷의 성질에 따라 내 얼굴에 생채기가 남는 건 예삿일이었다. 선택의 여지 없이 나는 할퀴고 물렸다. 나중에는 수컷을 서너 마리씩 넣기까지 했다. 나는 신음조차 뱉지 못한 채 찢기는 고통 속에서 천천히 죽어갔다.

햇눈이는 소소와 리나가 서로를 이해할 수 있도록 각자 자신의 상황을 쪽지에 적게 했다. 소리의 방 안에는 나란히 놓인 두 개의 책상이 있었다. 하나는 소소, 하나는 리나의 책상이었다.

리나는 다른 쪽지를 한 장 더 받았다. 그 쪽지는 햇눈이가 남긴 안내문이었다. 다정함이 가득했다.

'고양이의 위생을 위해 물과 사료를 틈틈이 갈아주세요. 처음에는 고양이가 스트레스 때문에 먹지 않을 수 있습니다. 서랍을 열어보면 츄르, 사료, 그리고 그릇들이 있습니다. 츄르는 바로 주지 말고 친해진 후에 조금씩 주세요. 친해질 때쯤이면 리나님도 여기에 적응을 하셨을 거예요. 눈을 마주치는 건 고양이에게 큰 용기입니다. 소소의 코와 입, 그리고 눈을 천천히 바라보세요. 리나님의 따뜻한 시선이 소소에게도 천천히 닿을 거예요. 무엇보다 리나님께서도 충분한 식사 꼭 챙겨 드시길 바랍니다. 마음이 불편할 때나 도움이 필요할 때 꼭 도움 버튼을 눌러주세요.'

리나: (나는 잠깐의 외출에도 선글라스와 모자를 썼다. 선글라스를 쓰는 이유는 단순했지만 그 안엔 묵직한 마음이 담겨 있었다. 내 눈을 가리면 누구도 나를 볼 수 없다고 믿고 싶었다. 그리고 어쩌면 내 세상이 이렇게 어둡다는 걸 누군가 알아주었으면 하는 마음도 있었다.

모자까지 깊숙이 눌러쓰면 내가 사라지고 싶을 때 정말 사라질 수 있을 것 같았다. 나의 책상 서랍장에는 삼단봉과 보호용 전기충격기가 있다. 아직 소리의 방은 낯설고 숨 막히지만 나는 선글라스를 벗지 않는다.

나는 고양이를 무척 좋아했지만 먼저 말을 걸고 싶은 마음을 꾹 참았다. 아직 내 목소리를 내뱉는 것이 쉽지 않았다. 고양이를 바라보면, 이유 없이 마음이 따뜻해졌다. 그냥 보기만 해도 웃음이 나는 존재였으니까. 어둠 속에서도 그 고양이에게는 상처가 너무 많아 보였다. 걱정이 앞섰다. 걱정을 하다가 문득 치유되지 않은 내 상처들이 스멀스멀 떠오르면 가만히 누워 창밖을 바라본다. 그럴 때면 자해의 충동이 밀려오고, 나는 하루 종일 이불 속에 몸을 숨긴다.)

소소: (나는 사람이 무서웠다. 시끄럽다는 이유로 철장을 발로 차고, 발정 난 고양이 소리가 들리면 돌덩이를 마구 던지던 사람들의 눈빛이 내게는 각인되어 있었다. 하지만 며칠간 함께 지내보니, 리나라는 사람은 나를 해치지 않았다. 방 안에서도 선글라스를 낀 채 있는 그녀가 조금씩 궁금해지기 시작했다. 가끔, 기절한 것처럼 오랜 시간 잠에 빠진 그녀를 볼 때면 괜히 내 신경이 쓰였다.)

리나: (어느 정도 적응이 된 나는 조심스럽게 선글라스를 벗었다. 그리고 천천히 소소에게 다가갔다. 소소는 본능적으로 하악거리며 경계했지만, 곧 뒷걸음질을 멈췄다. 그때 햇눈이의 조언대로 코와 입, 그리고 눈을 천천히 마주 보았다. 그러자 소소도 고개를 들어 위로 향하며 편안함을 드러냈다.)

  소소야 안녕. 나는 리나야. 이렇게 가까이서 너를 보는 건 처음이야. 정말 귀여운 털을 가지고 있구나. 코에 갈색이랑 분홍색이 섞여서 꼭 하트처럼 보여. 혹시 어디가 제일 아파? 햇눈이에게 부탁해서 꼭 치료받게 해줄게.

소소: (나도 모르게 하악거렸던 게 미안해질 만큼 리나의 눈빛은 따뜻했다. 그 눈에는 이상하리만치 경계심이 들지 않았다. 결국 입을 열지 않을 수 없었다. 내 상처는 너무 오래, 깊게 곪아 있었고... 더는 혼자 견딜 자신이 없었으니까.)

  눈이 너무 아파. 세균에 감염된 걸지도 모르겠어. 자꾸 시리고, 제대로 뜰 수가 없어. 눈물이 계속 흘러서 앞이 뿌옇게 보이기도 해. 아무것도 안 보이면 더 무섭거든... 그리고 생식기 쪽도 많이 따가워. 누군가 다가오기만 해도 몸이 먼저 움찔해. 혹시 또 다칠까 봐... 너무 무서워.

리나: 알겠어. 오늘 자기 전에 네 상태를 쪽지에 적어서 방문 밑 틈새로 살짝 밀어넣을게. 햇눈이가 아마 그걸 확인할 거야. 이 복도에는 누군가를 돌보는 천사 같은 영혼들이 오가거든. 그들은 꼭 필요한 말이나 도와줘야 할 일이 있으면 그냥 지나치지 않아. 그러니까... 너의 말은 절대 흘러가지 않을 거야. 꼭 닿게 할게.

    고맙다는 말을 표현할 줄 모르는 소소는 아주 작고 여린 소리로 골골댔다. 그날 밤 소소는 먼저 잠들었다. 리나는 천천히 선글라스를 벗었다. 맨눈으로 마주한 소소의 몸상태는 생각보다 훨씬 심각했다. '사람이 어떻게 생명을 이렇게까지 방치할 수 있지...'
    리나가 느낀 충격은 작고 연약한 생명이 감당하기엔 버거운 무게였다. 그 감정은 소리 없이 리나의 가슴 한복판을 꿰뚫고 내려앉았다. 소소의 눈은 세균 감염이 깊게 퍼져 있어서 눈의 형태조차 알아보기 어려웠다. 배에는 실밥 자국이 흐트러진 채 남아 있었고, 살갗이 벗겨진 자잘한 상처들이 온몸에 흩어져 있었다. 리나는 이전에 고양이를 임시 보호했던 기억을 떠올리며 조심스럽게 화장실도 살펴보았다. 소소의 모래 화장실엔 감자 덩어리가 보이지 않았다. '아프고, 무서워서, 제대로 소변도 보지 못했나 봐...' 소소를 안아주고 싶은 마음이 서서히 올라왔지만 혹여 깨울까 봐 살며시 접어두었다.

    리나는 마음속으로, 세상에 예쁘고 아름다운 것이 얼마나 많은지 ― 소소의 몸에 남은 자국의 얼룩만이 전부가 아니라는 걸 알려주고 싶었다. 소소는 알록달록 예쁘고 향긋한 꽃들을 혹시 한 번이라도 본 적 있을까 싶은 마음으로 그녀는 꽃이 그려진 편지지라도 미리 보여주고 싶었다. 조급한 마음으로 편지지를 찾았지만, 마땅한 것이 없어 종이 한 장을 찢어 마음을 적어 내려갔다. 그녀의 손끝이 떨렸다. '왜 이렇게 늦게야 선글라스를 벗었을까... 왜 이렇게 늦게야 네 상처를 본 걸까...' 죄책감이 천천히, 그러나 깊게 리나를 슬픔 속으로 빠지게 만들었다. 그녀는 쪽지를 조심스레 방문 밑으로 밀어 넣었다. 천사 영혼과 햇눈이에게 닿기를 바라며. 사실 햇눈이는 모든 것을 지켜보고 있었다. 조용히, 묵묵히. 때를 기다리며.

'햇눈이에게
소소는 치료가 필요해. 제일 아픈 곳이 눈과 생식기라는데 어떻게 하면 좋을까? 도움을 줄 수 있을까? 내가 해줄 수 있는 게 없어서 속상해... -리나가'

쪽지 위로 리나의 눈물이 뚝뚝 떨어졌다. 울어서 잉크가 번진 종이엔 말로 다 전하지 못한 죄책감과 애틋함이 고여 있었다. 리나의 진심이 담긴 눈물은 그 자리에 없는 이의 마음마저 흔들었다. 햇눈이는 오래전 할머니와의 이별을 겪고도 제대로 슬퍼하지 못한 채 시간을 지나왔다. 할머니가 갑자기 쓰러졌을 때, 햇눈이는 필사적으로 새벽 내내 미야옹 외쳤다. 하지만 누구도 오지 않았다. 햇눈이는 누군가에게 할머니의 죽음을 알려야 했다.

그 밤, 햇눈이는 차가워지는 할머니의 몸을 붙잡고 애도보다는 책임을 먼저 떠맡아야 했다. 슬퍼할 겨를이 없었다. 눈물조차 허락되지 않은 밤이었다. 하지만 지금 리나의 눈물이 쪽지에 스며든 그 순간, 햇눈이의 마음 안에 깊숙이 감춰졌던 감정이 깨어났다. '그 밤, 나도 정말... 무서웠고, 슬펐어.' 작고 하얀 고양이 햇눈이의 눈가가 촉촉해졌다. 마음의 가장 깊은 곳에 있던 무언가가 물처럼 흘러나오기 시작했다. 이제야 그 감정이

비로소 허락된 밤이었다.

햇눈이는 소소의 몸을 가만히 감싸 안고 천천히 치료실로 향했다. 그 길에는 울지 못하는 존재들 대신 울어 준 그 사람 덕분에 여러 존재가 함께 회복을 시작하고 있었다. 울어 주던 그 사람 역시 어느새 회복의 문턱에 들어서 있었다.

아침이 되었다. 리나의 책상에는 쪽지가 놓여 있었다. 햇눈이는 리나가 보낸 쪽지 뒷면을 사용해 답을 했다. 젖은 종이 부분도 이미 바싹 말라 있었다. 바람이라기엔 너무 부드럽고, 숨결이라기엔 너무 따뜻한 기운이 느껴졌다.

햇눈이는 그것을 '사랑의 바람'이라 부르며 젖은 종이 한 귀퉁이를 정성껏 다독였다.

'리나에게
소소의 배는 수술을 통해 제대로 꿰매어 새살이 돋을 거야.
생식기 부분은 배뇨 활동이 제대로 되지 않고 있었어. 우선 방광에
가득 찬 소변을 뺐으니 영양제와 방광염에 좋은 사료를 준비했어.
그리고 안구는 세균 감염이 심한 상태여서 안타깝게도 적출할 수밖에
없었어. 마취가 풀리면 통증을 느낄 수밖에 없으니 잘 돌봐주길 바라.
-햇눈이가'

새벽 내내 치료를 마친 소소는 몸을 살짝 떨며 작은 신음소리를 흘렸다. 그 즈음, 리나가 눈을 떴다. 그녀는 책상에 놓인 쪽지를 발견하고 가슴이 덜컥 내려앉아 곧장 일어나 소소에게 달려갔다. 리나는 조심스럽지만 다급한 손길로 사료와 영양제를 준비했다. 그러나 소소는 사료 앞에 코끝을 갖다 댄 채 작게 몸을 움찔이며 밀어냈다. 상처투성이의 몸으로도

꾹 참고 있는 소소를 보며 리나의 마음 한구석이 저릿했다. 그녀는 사료를 물에 불린 후 부드럽게 츄르와 섞어 손바닥 위에 얹었다. 그리고 천천히, 조심스럽게 다시 내밀었다. 시간이 흘러 마침내 소소가 첫 입을 베어 물었다. 그것이 의미하는 바는 살아있다는 것, 계속 살아내고 있다는 것이다.

곧 리나가 다가와 진통제를 조심스럽게 주입했다. 소소는 아팠지만 다시 리나를 바라보며 몸을 맡겼다. 말없이 주고받은 신호는 곧 믿음이었다.

그 순간 리나는 자신이 선글라스를 벗고 있다는 사실조차 잊고 있었다. 그건 단지 시야를 가리는 물건이 아니라 마음을 감추던 두려움의 껍질이었다는 걸 이제야 알았다. 방 한 켠에서 햇눈이는 흐뭇하게 그 모습을 지켜보았다. 리나의 한결 편안해진 표정과 소소의 느릿해진 움직임, 그리고 둘 사이 좁아지는 간격에 햇눈이는 미소 지었다. 슬픔을 통과한 존재만이 보여줄 수 있는 온기가 그 작은 방 안을 감싸고 있었다.

소소: ... 미안해.
리나: 그럴 땐 미안하다고 하는 게 아니라 고맙다고 하는 거야.
소소: (아주 오랜만이었다. 어릴 적 엄마 젖을 물며 느꼈던 그 포근한 감각이 다시 느껴졌다. 진심으로 보답하고 싶었다.)
　　　있잖아, 리나. 나는 번식장에 있을 때 다른 고양이들이 내게 고민을 털어놓곤 했어. 가끔 거기 남아 있는 친구들이 떠오를 때면 걱정이 돼. 만약 네가 내게 말하면 마음이 조금이라도 나아질 수 있을 것 같다면... 나한테 말해줘. 나는 잘 들어줄 수 있을 거야.
리나: 우리가 소리의 방에 처음 올 때 쪽지 교환 한 거 기억나? 마지막 내용이 출동관이 증거를 지웠으니까 안심하라는 내용이었는데.
소소: (미리 쪽지를 들고 와서 힐끗힐끗 내용을 보고 있었다.)

음 기억하고 있어.

리나: 그 다음부터 상황을 말할게. 출동관은 내 앞에서 민호에게 이렇게 말했어. "핸드폰에 있던 녹음본과 영상을 전부 지우세요." 민호는 아무 말도 하지 않고 곧장 지웠어. 그리고 출동관은 아무렇지 않게 말했지. 마치 대수롭지 않은 일이라도 되는 양, "다 같이 숙박업소에서 나가자"고 했어.

소소: (녹음본과 영상을 '바로' 지웠다는 말에 내 마음의 한 구석이 싸늘해졌다.)

리나: 출동관이 웃으며 가볍게 친구끼리 사이좋게 지내라고 말했어. 그들은 그렇게 내가 온몸을 다해 지키려 했던 증거를... 아무렇지도 않게 지워버렸어.

소소: 뭐? 민호라는 사람이랑 심지어 친구였어?

리나: 맞아, 우리 오랜 친구였어. 그리고 몇 달 전부터 연락을 주고받기 시작했어. 그 친구는 자기가 노래방에 있을 때 내게 전화해서 듣고 싶은 노래가 있냐며 묻고는 노래를 불러주기도 했어. 민호는 일하면서 운전할 때가 많았는데 그때마다 나에게 전화를 해줬어. 나도 그에게 고민을 말하기도 했어. 그런데 우리 사이가 하루 만에 변했어.

소소: 마음이 너무 아파. 나도 번식장에 있을 때 유독 나를 심하게 할퀴고 물던 고양이가 있었어. 번식장 주인이 올 때마다 나는 그 고양이에게서 구원받고 싶어서 간절한 눈빛을 보냈지. 근데 그 주인은 우리에게서 나는 지독한 똥 냄새에 코를 막고 욕을 하며 철장을 발로 차고 떠났어.

　지금 너의 이야기를 들으니, 그 고양이는 마치 민호 같고 번식장 주인은 출동관 같아. 너는 사람인데... 더 많은 감정을 느꼈을 거 아냐. 얼마나 괴로웠을까. 가늠이 안 돼.

리나: 민호와 나는 마치 둘이서 술래잡기를 하는 것 같았어. 민호는 아무도 없는 곳으로 나를 데려가 아프게 했고, 사라졌어. 나는 부서진 형태로 남겨진 나를 도와줄 술래를 직접 찾아야 하나? 아니면 더 숨어야 할까? 머릿속이 복잡했어. 근데 내가 다친 곳은 너무 부끄러운 부위였기에 더 깊숙이 숨을 수밖에 없었어. 그 상황을 나 자신조차 받아들이고 싶지 않았어.

　술래가 나를 찾으면 아무 일도 없었던 사람처럼 집에 가고 싶었어. 그런데 아무리 기다려도 누구도 날 찾지 않는다는 걸 깨달았어. 혼자 사방을 둘러보며 기어나왔지. 텅 비어버린 빨갛고 시커먼 공터였어. 그때 나는 전화를 들여다봤어. 목록을 위아래로 몇 번이나 넘겼어. 숨어있는 나를 찾아내어 줄 술래는 어디 있는 걸까. 이 무서운 게임을... 정말 간절히 끝내고 싶었어. 결국 용기 내어 술래가 되어줄 친구에게 전화를 했어. 그런데 아까 녹음본에서 들었던 바보같이 헤헤거리는 내 웃음소리가 머릿속을 울리며 나를 덮쳐왔어. 나는 친구에게 거짓말을 사실처럼 격하게 내뱉었어. "아무 일도 없었어" 같은 말을 단호하게, 마치 다른 사람이 된 것처럼 읊었어. 순식간에 울음이 터지자 나는 울음을 밀어내듯 멈췄고, 그때부터 목소리가 나오지 않았어. 다급히 전화를 끊고 문자로 "미안해. 말이 안 나와."라고 보냈어. 다시 말해 보려 했는데, 그때마다 구토가 나왔어. 그날에만 15번 넘게 토했어. 그 전화를 받은 친구 말고 다른 지인이 걱정돼서 나를 보러 온다고 했을 때, 긴장이 조금 풀렸어.

　그제서야 이성과 감각이 돌아왔어. 하체가 축축했고, 싸늘한 기운이 느껴졌어. 확인해 보니 20대인 내가 팬티에 소변을 지렸더라... 황급히 속옷을 벗어 손빨래를 하고 샤워를 했어. 그런데도 담배 냄새와 구토 냄새가 엉겨붙은 냄새가 코를 찔렀어. '머리카락을 잘라내면 좀 더 깨끗해질까?' 아니, '머리통까지 없애야 이 감각을 지울 수 있지 않을까?' 스스로가 너무 불결하게 느껴져서 박박, 피부를 씻어냈어. 내 모든 생각을 씻어내고 싶었어.

팬티에 묻은 오줌은 금방 씻겨 내려갔지만 정작 지워져야 할 기억과 감정은 아무리 노력해도 지워지지 않았어. 그날 이 후로는 힘이 없어서 집에서 설거지도, 세탁도 못 했어.

뭔가를 깨끗하게 할 수 있을 것 같지 않았어. 나는 나 자신조차 씻어 낼 수 없을 것 같았어.

소소: 주방이랑 욕실은 어떻게 됐어? 다른 문제는 없었고?

리나: 하루에 한 끼 정도밖에 안 먹었는데도 설거지 그릇 안에 고인 물에서는 누렇고 거뭇한 끈적이는 무언가가 남아 있었어. 냄새는 말도 못 했어. 초파리가 날아들었고 유충의 알까지 생겼어. 주방은... 욕실에 비하면 그나마 나았어.

욕조 안에 담가 둔 이불 위엔 현미경으로 봤던 실 같은 세균들이 꿈틀대고 있었어. 그걸 보는데도 나는 그걸 치울 자신이 없었어. 혹시 내가 벌레와 냄새를 담고 있는 욕조가 아닐까.

(그 장면을 떠올리자 진짜로 화장실 안에 있는 것처럼 냄새가 올라왔다. 구역질이 올라와도 말하고 싶었다. 이런 일을 겪은 사람의 일상이 얼마나 무너지는지를.)

그래도 용기 내서 젖은 솜이불을 꺼내 봤어. 그런데 이불 밑에 얇은 티셔츠가 깔려 있었더라고. 그 티는 갈색으로 물들어 있었고 불에 그을린 것처럼 구멍이 나 있었어. 물이 오래 고이면 옷조차 태울 수 있다는 것을 알게 되었어. 그래서 나는 그 물과 이불을 더럽다고만 말할 수 없었어.

또 하나의 문제는 이 일로 '내 이름'으로 살아가는 게 너무 힘들어졌어. 나는 이 일을 내 삶의 일부로 받아들이기 힘들었거든.

개명 신청을 했어. 판결이 나면 새 이름을 알려줄게.

소소: 너는 막혀 버린 욕조가 아니야. 너는 계속해서 순환하며 흐를 수 있는 사람이야. 지금은 단지 마개가 잠시 닫혀 있는것처럼 느껴지는 거야. 마개만 열어주면 다시 흐를 수 있어.

그렇게 되면 그 안에서 너로 인해 많은 생명이 다시 숨 쉴 수 있어. 더러운 건 네가 아니라 그 흐름을 막아버린 그들의 탐욕이야. 리나, 너는 이불도, 고인 물도... 꺼낼 수 있어. 말은 언제부터 다시 할 수 있었어?

리나: 그날 하루 말을 한마디도 할 수가 없었어. 그날은 말을 하려 할 때마다 뱃속 어딘가에 웅크린 살모사가 목구멍을 타고 올라와 성대를 콱 물 것 같았어.

명치가 누군가의 손에 패러글라이딩 줄처럼 단단히 묶인 채로 양옆에서 당기고 또 미는 것처럼 숨이 막히고 몸이 굳어버렸어.

말이라는 게 단지 목소리가 아니라 존재 자체를 세상 밖으로 표현하는 일이라는 걸 처음 알았어.

소소: 혼자 남겨진 시간이 얼마나 무서웠을까...

리나: 응. 나는 혼자 세상 밖으로 나갈 수 없었어. 그래서 아까 말한 술래가 되어 준 지인이 와 줬어. 나는 지인에게 오는 길에 나를 가릴 수 있는 검은 모자와 검은 슬리퍼, 검은 담요, 그리고 선글라스를 가지고 와달라고 부탁했어.

내가 민호를 신고했다는 이유로 그가 나를 또다시 괴롭힐까 봐... 그리고 누구에게라도 내 목소리, 내 몸, 내 모든 수치가 낱낱이 드러날까 봐 너무 무서웠어. 문 밖을 나서면 세상은 너무 밝아서 마치 수많은 사람들이 지켜보는 단두대 위에 홀로 서 있는 기분일 것 같았어. 나 혼자 온 세상 앞에서 심판받을 것만 같아서 두려웠어.

지인이랑 처음엔 카페에 갔어. 모르는 남자들이 다른 테이블에서 그냥 수다를 떨고 있었을 뿐인데, 나는 귀를 막고 나도 모르게 소리를 질러 버렸어.

지인은 당황하지 않고 내 몸을 담요로 감싼 채 아무 소리도 들리지 않는 자신의 차에 태워 집으로 데려다줬어. 차 안에서 겁에 질린 나를 보며 조심스럽게 무슨 일이냐고 물어봤어. 나는 메모장에 굵은 매직으로 상황을 써서 설명하려 했는데... 기다렸다는 듯이 내 안의 '살모사'가 꿈틀거렸고 나는 내 목을 스스로 조르기 시작했어.

지인은 메모를 읽고 나를 위로해 줬어. 그런데도 '녹음', '악몽', '동의' 같은 단어를 쓰려고 할 때마다 나는 가방 안에 토하고, 또 목을 조르며 배를 주먹으로 움켜쥐고 쾅쾅 내리쳤어. 지인은 계속해서 괜찮다며 내 등을 토닥였어.

소소: 그래도 지인이 와주고 도와줘서 다행이야. 말이 나오지 않았을 때 얼마나 놀랐을까.

리나: 다른 사람들에게, 그리고 나 자신에게도 그냥 악몽을 꿨다고 했어. 이건 절대 일어나선 안 되는 일이었다고. 나에게 그런 일은 일어나지 않았다고. 그럴 수는 없다고... 그건 괴물이 한 짓이라고 말했어. 그때도 횡설수설했던 것 같아. 지금도 그때 내가 무슨 말을 했는지 기억하고 싶지 않아.

(그 순간, '악몽'과 '괴물'이라는 단어는 다시 과거를 통째로 끌어올리는 [1]트리거가 됐고, 머리가 지끈지끈 아파왔다.)

소소: (리나가 계속해서 말하는 게 정말 괜찮을까 걱정됐다. 말투는 점점 격해졌고, 표정은 자꾸 흔들렸다. 나는 그녀가 감정을 억누르고 있는 걸 볼 수 있었다. 나는 머뭇거리다가 리나의 떨리는 다리

---

1) 과거의 외상 경험이나 감정을 무의식적으로 떠올리게 만드는 자극이나 상황을 의미함.

에 내 푹신한 털을 비볐다.)

　　　힘들어 보여... 나중에 이야기해도 돼.

리나: 아니! 나, 계속 말하고 싶어. 친구들한테 말하는 것조차 미안했고, 나도 힘들었어. 반응이 대부분 부정적이었거든.

"술에 취한 네가 잘못이야."

"바쁘게 일하면서 잊어보는 게 어때?"

　　　그들은 그렇게 말했어. 어쩔 수 없지... 가까운 사이일수록 큰 상처는 객관적으로 받아 들이기 어렵잖아. 나도 되돌아보면 누군가에게 그런 실수를 한 적이 있어.

소소: 분명한 건, 그건 절대 네 잘못이 아니야. 술에 취한 네가 잘못이라는 것과 같은 말은 2차 가해가 될 수 있어.

　　　[2]때로는 가해자나 제3가 멋대로 폭력의 강도를 평가하기도 해. 이때, 가장 중요하게 여겨야 하는 건 피해자의 기분이야.

　　　(나는 리나의 감정이 급변하는 걸 따라가기가 버거우면서도, 억압된 감정을 토로하는 리나를 이해할 수 있었다.)

리나: (소소는 괜찮은 척했지만 당황한 기색을 감추지 못했다. 내게는 익숙한 눈빛이었다. 내가 이 얘기를 꺼낼 때, 듣는 상대방들은 대부분 그런 눈빛을 했으니까. 나도 모르게... 목소리가 한 톤 더 올라갔다.)

　　　경찰서에 고소장을 접수했더니 국선변호사를 선임해 주었어. 범죄를 당한 피해자가 경험한 사건에 '어떻게 대처하느냐'가 매우 중요해. 심리적으로 안정되고, 주변 사람과의 관계가 견고하고, 전반적인 심리적 자원이 풍부한 사람은 이런 나쁜 경험으로부터 자신을 방어해낼 수 있어.[3] 그런 지원을 해 주는 곳이 해바

---

2) 도서『감정 폭력』베르너 바르텐스 지음 13p
3) 도서『감정 폭력』베르너 바르텐스 지음 37p

라기 센터야. 대상은 학대나 성범죄 피해자들이야. 전국에 몇 군데 없는데 다행히 내 지역에는 있었어. 사실 10여 년 전에도 강제추행을 당한 적이 있어. CCTV에 가해자 얼굴이 찍혔는데도 증거 불충분으로 못 잡았어.

그 이후로 괜찮아졌다고 생각했는데 아니었어. 나는 혼자 다닐 수 있게 되어서 회복된 것으로 알았어.

같이 걷던 친구가 "조금만 천천히 걸으면 안 될까?"라고 했을 때 나는 친구가 왜 그런 말을 하는지 몰랐어. 나도 모르게 달리듯 걷다가 걸음을 멈췄어. 내 속도를 강제로 멈추니 무의식이 치밀어 올라왔어.

그 순간, 17살로 시간이 돌아갔어. 집으로 들어가기 전 가해자 남성에게서 도망치려고 발버둥 쳤던 순간이 너무 생생하게 되살아났어. 식은땀이 흘렀고, 따뜻했던 바닷바람은 감각조차 느껴지지 않게 바뀌었어. 내 기억은 마치 유통기한이 없는 고드름 같았어. 그 기억은 고드름처럼 얼어 있었고, 시간이 흘러도 변질되지 않았어. 감각까지 상하지 않은 채로 남아 있었지.

그래서 고소를 결심하는 데 오랜 시간이 걸렸어. 좌절감이 너무 컸거든. 그때 형사는 씩씩하게 지내라는 말 한 마디로 모든 걸 덮었고, 나는 무너졌어. 그래도 세월이 흐르면서 제도가 조금씩 변하고 있다는 말을 듣고 아주 작은 기대를 품었어.

소소: 큰 용기를 냈구나 리나! 정말 잘했어. 기특해. 한편으론 네가 너무 많은 에너지를 쏟아내며 살아왔다는 생각이 들어. 너에게는, 편히 걷는 일조차 에너지를 필요로 하는 일이었겠구나.

리나: (문득 내가 너무 오래 이야기했다는 걸 깨달았다. 소소의 표정이 변한 게 느껴졌고, 시계를 보니 진통제 효과가 끝날 시간이었다. 나는 조심스럽게 소독약을 발라주고 새 약을 준비해 소소에게 진

정제를 먹여줬다.)

리나: 국선변호사에게 내 입장을 전했더니 안타까운 사건이라고 하셨어. 출동관이 증거 인멸을 했대.

소소: 증거인멸을? 출동관이? 그럼 어떻게 했어야 했대?

리나: 원칙 대로라면 피해자에게 사건화 여부를 먼저 물었어야 했어. 그리고 가해자의 핸드폰을 경찰서로 가져가거나, 정식으로 임의제출을 받아 수사 절차를 밟았어야 해. 그런데 현장에서 가해자에게 폰을 열고 증거를 지우게 한 건 사실상 증거인멸을 유도한 거나 마찬가지였어.

　　변호사 말로는, 출동관이 속한 수사기관에서 이 사건을 정직하게 조사할 가능성은 매우 낮다고 하더라.

　　(변호사와 상담한 날 나는 변호사 사무실을 나오는데 문을 쉽사리 열지 못했다. 마치 발에 가시가 박히고 발목엔 쇠사슬을 찬 것처럼 바닥이 나를 붙잡고 놓아주지 않았다.)

소소: (나는 리나를 위해 따뜻한 차를 준비했다. 내 분노는 물이 끓는 온도를 훌쩍 넘어섰다. 이 차를 건네는 게 미안할 정도로 리나는 말도 안 되는 고통을 겪었다.)

리나: 고마워, 그때 나에게 도움을 준 전화가 있어. <[4]**한국여성의전화 02-2263-6464,5**> 여성폭력 문제에 대한 전화 상담을 해 주는 곳이야. 내 상황을 이야기했더니 잘못된 수사에 대한 민원 제기 방법도 알려 주고 내 감정에 공감도 해 줬어. 전문가의 조언이 필요하다는 걸 깨달았지.

소소: 정말 다행이다. 잘 이겨내고 있구나.

리나: 나 너무 힘든 이야기만 쏟아냈지. 먼저 자도 될까?

소소: (나는 잠든 리나를 조용히 바라보았다. '이렇게 아픈 사람이 이렇

---

[4] 여성긴급전화(국번없이 1366 혹은 지역번호와 1366)

게 다정하게 나를 보살펴주었구나.')

햇빛이 부드럽게 소리의 방을 두드리는 다음 날 아침이 되었지만, 그 평온은 오래가지 않았다.

리나는 비명을 지르며 거칠게 숨을 몰아쉬면서 몸을 일으켰다. 가슴을 마구 두드리며 울부짖는 그녀의 모습에 소소는 놀란 채 곧장 그녀에게 달려갔다. 리나는 아직 꿈과 현실의 경계에 갇혀 있었다.

그녀의 감정은 17살이었던 여름으로 돌아갔다. 얇은 반팔과 반바지를 입은 채 한적한 골목 어귀에서 집 앞 대문을 향해 걷던 그 순간, 등 뒤에서 누군가의 팔이 거칠게 리나의 어깨를 휘감았다. 가해자의 손은 깊숙이 그녀의 몸속으로 파고들었고, 거침없는 손놀림은 폭력성으로 번졌다. 끌려가려는 순간 리나는 본능적으로 저항하며 버텼다. 바닥에 스스로 누웠고 누운 상태로 발버둥치며 처절한 고함을 질렀다.

그 순간 아버지는 딸의 목소리를 알아채고 맨발로 문을 열고 뛰쳐나왔다. 가해자는 황급히 도망쳤고, 상황은 겨우 끝났다.

소소는 재빨리 따뜻한 물을 준비해 리나의 손에 쥐어주었지만, 그녀의 입술은 떨렸고 눈동자는 초점을 잃고 허공을 헤맸다.

리나는 그 기억의 자극으로 인해 과거의 장면에 완전히 사로잡혀 있었다.

소소는 침대 옆에 있는 SOS 긴급 버튼을 재빨리 눌렀다. 곧이어 햇눈이가 방 안으로 들어와 리나를 데리고 나갔다. 소소는 뒤로 물러서며 리나의 뒷모습만을 바라보았다.

햇눈: 리나, 나를 봐. 우리 잠시 방을 바꾸자. 나를 따라와 줄래?

리나: (안절부절못하며 햇눈을 바라보지 못했다. 선글라스를 다시 쓴 채 주위를 경계하듯 살피고는 망설이며 햇눈이를 따라 방을 옮겼다.)

그 방에 들어서자마자, 선글라스 너머로 토끼 인형 하나가 리나의 눈에 들어왔다. 리나가 어릴 적부터 손에서 놓지 못했던 애착 인형과 꼭 닮은 모습이었다. 노란 소파 위에 앉아 있는 그 인형을 향해 리나는 조심스럽게 다가가 인형의 배를 문질렀다. 손끝에 닿는 촉감이 익숙했다. 그녀는 방 안을 살피며 선글라스를 살며시 내렸다.

공기에서는 솜사탕처럼 말랑한 온기가 감돌았다. 햇살은 부드럽게 방 안을 감싸고 그림자마저 따뜻했다. 변화된 환경에서 리나는 깊게 숨을 들이쉬었고, 마음도 점점 가라앉았다.

햇눈이는 조용히 다가와 리나의 다리에 꼬리를 부비며 몇 바퀴 돌았다. 마치 따라오라는 듯한 몸짓이었다. 햇눈이가 먼저 자리에 앉자, 리나도 준비된 자리에 천천히 앉았다.

햇눈: 조금 마음이 편안해진 것 같아 보여. 괜찮아? 이제 나를 따라서 해보자. 눈을 감아볼래?
리나: (햇눈이의 말에 리나는 믿고 눈을 감았다.)
햇눈: 마음속으로 넷을 세며 숨을 들이쉬어 보자.
리나: (눈을 감는 순간, 악몽의 잔상이 되살아났다.)
햇눈: 천천히 호흡에 집중해볼래?
리나: (넷을 세면서 숨을 들이쉬고, 일곱을 세며 숨을 멈추었다. 그리고 여덟을 세면서 천천히 내쉬었다. 이것이 **4-7-8 호흡법**이라고 했다. 하지만 안정은커녕 오히려 더 숨이 막혔다.)
리나: 나 도저히 못하겠어... 집중이 안 돼.

햇눈: 잘했어. 모든 방법이 모두에게 똑같이 효과적인 건 아니야. 괜찮아. 이제 **나비 포옹법**을 해보자. 나비가 날개를 감싸듯, 너 자신을 팔로 부드럽게 감싸보는 거야. 한번 해볼까?

리나: (햇눈이의 말에 따라 팔을 들어 내 몸을 조심스레 안았다. 누군가에게 안길 때는 늘 어색하고 낯설었는데, 이상하게 나를 내가 안으니 마음이 조금씩 채워지는 느낌이 들었다. 사랑하는 반려 가족을 꼭 안았던 기억이 떠오르면서, 포근했다.)

햇눈: 마지막 방법이야, '**안전지대 형성하기**'. 눈을 감고 천천히 상상해봐. 내가 옆에 없어도 오늘 알려준 세 가지 방법을 네가 스스로 실천할 수 있기를 바라는 마음이야.

리나: (두 번째 방법이 리나에게 잘 맞았기에 이번에도 기대하는 마음으로 눈을 감았다.)

햇눈: 너에게 안전하게 느껴지는 장소가 어디일까? 편안하게, 구체적으로 떠올려보고 말해줄래?

리나: 음... 화장실.

햇눈: 네가 화장실이라고 했는데, 그곳이 너에게 정말 긴장도 불안도 느껴지지 않는, 편안한 공간일까?

리나: 아니... 지금 생각해보니, 그곳은 안전한 장소가 아니었어. 그저 숨기 위한 '대피장소'였던 것 같아. 어릴 적, 나를 때리던 부모로부터 도망쳤던 곳도 화장실이었고... 성범죄를 당한 후, 아무 말도 못 한 채 혼자 지인을 기다렸던 곳도 욕조였어. 17살 때 성추행을 당하고 온몸을 치약으로 벅벅 씻어낸 곳도 화장실이었어.

　(나는 성범죄를 당한 후에 늘 치약으로 온몸을 구석구석 닦아냈다. 머리를 감을 때조차 샴푸 대신 치약을 썼다. 치약 특유의 화한 자극으로 나를 거칠게 밀어붙였다. 몇 개나 사용했는지도 기억나지 않을 정도였다. 부드럽고 향기로운 샴푸나 바디워시는

나에게 위로가 되지 않았다. 오히려 때밀이로 온몸을 박박 밀어
버리고 싶을 만큼 그녀는 자신을 지워내고 싶었던 것 같았다.)

햇눈: 응, 그건 안전한 장소는 아니야. 네 말대로라면 '대피장소'라는
표현이 더 어울릴 것 같아. '안전하다'는 건, 불안하지 않고 긴장
하지 않아도 되는 거니까.

리나: 나는 그런 장소가 아직 없어... 혹시 **상상의 장소**를 만들어도 되
는 걸까?

햇눈: 그럼! 우리 같이 만들어보자.

리나: (나는 눈을 다시 감았지만 편하지 않았다.)

햇눈: 그곳은 어디야? 누구랑 함께 있어?

리나: 내가 키우는 반려동물들과 마음껏 뛰어놀 수 있는 푸른 동산이
야. 모기는 절대 없어야 해 정말 싫거든. 고양이들이 올라갈 수
있는 나무가 많아서 자연 그대로의 캣타워가 되었으면 좋겠어.
정말 즐거울 것 같아. 강아지들이 산책할 수 있는 돌길과 잔디 산
책로도 꼭 필요해.

　　그곳에는 무지개다리를 건넌 강아지들과 지금 함께 지내는 내
반려동물들이 모두 함께 있어...

　　(나는 사람을 좋아한다고 믿어왔지만, 정작 그 안전지대에 초
대하고 싶은 사람은 단 한 명도 없다는 사실을 깨달았다. 나에게
사람은 경계의 대상이었고, 긴장을 불러오는 존재였다. 나는 결
국 눈물을 흘리고 말았다.)

햇눈: 리나는 반려 가족을 이야기할 때 정말 행복해 보여. 그곳은 어떤
온도야? 어떤 냄새가 나?

리나: 24도! 내가 가장 좋아하는 온도야. 선선하고 기분 좋아. 일교차가
큰 날엔 얇은 카디건이 필요하지만, 아이들이랑 뒹굴다 보면 카
디건마저도 필요 없는 날씨지. 냄새는 어린 시절 시골에서 맡았

던 풀냄새가 좋아. 밤엔 귀뚜라미 소리도 들리고~ 그 소리가 참 낭만적이야.

  (감정이 복받쳐 오른 리나는 더 이상 말하지 못하고 눈물을 쏟아냈다. 콧물까지 흘러나왔다. 햇눈은 말없이 휴지를 건네고 잠시 상담을 멈췄다.)

햇눈: 이 정도면 오늘은 안전지대는 충분한 것 같아. 이 행복한 감정을 마음 깊이 새기고, 그곳을 더 구체화해도 좋아. 힘들 때는 그곳을 떠올리며 잠시 머물러도 괜찮아.

리나의 눈물 속에서 '안전함'이 피어나고 있었다. 햇눈이와 리나는 다시 함께 소리의 방으로 돌아왔다. 방 앞에는 소소가 말없이 서 있었다.

문을 열자 리나는 '소소가 나를 기다리고 있었구나'라는 생각이 들었다. 그 사실만으로 그 방은 안락하게 느껴졌다. 리나 없는 시간 속에서 소소는 걱정이 되었고 자신이 아무것도 할 수 없음에 속상했다.

하지만 문을 열고 눈웃음이 초승달처럼 편안한 리나를 보자 소소는 마음이 한결 나아졌다.

'내가 돌아갈 곳이 있구나, 나를 기다리는 존재가 있구나.' 그 생각은 리나를 더 단단하게 만들었다. 그리고 문득 그녀는 자신의 안전지대 속에도 소소가 함께 있었으면 좋겠다는 생각이 들었다. 그 마음은 소소에게 전해졌다. 소소도 사람에게 처음 느껴보는 유대감을 가졌다. 그렇게 서로는 눈에 보이지는 않지만 곧 피어날 꽃의 영양소가 되어주고 있었다.

소소: 지금은 기분이 괜찮아? 걱정했어.
리나: 응, 아주 괜찮아졌어. 사실은 악몽에서 깨어났는데 눈뜨자마자 기분이 안 좋았어. 과거 이야기를 하다 보니... 스멀스멀 떠오르더라. 최근에 일어난 사건의 가해자가 무혐의 처분을 받았다는

사실이 떠올랐어. 너무 분하고 화가 났어. 그때 내 옆에 있어 준 너와 햇눈이에게 정말 고마워.

소소: 우리는 닮은 점이 많은 것 같아. 누군가의 욕망 때문에 희생된 존재들이지. 그런데도 우린 여전히, 끝까지 도움이 필요한 이들을 외면하지 못해. 아픈 몸을 끌고서도 누군가를 품으려고 하지. 세상을 향해 분개하고 푸념만 하며 살 수 있었는데도 말이야.

리나: 맞아. 악한 사람들의 속임수는 끝이 없고 우리는 그저 피해자일 뿐이야. 그런데 '네가 착해서 그런 거야', '멍청한 거 아냐?' 같은 말이 깊은 상처가 되더라. 나는 우리가 어쩌면 그들보다 더 강하다고 생각해. 이겨낼 수 있는 힘이 우리에겐 있잖아. 이건 꼭 기억하자. 우리는 더럽지 않아. 절대로.

소소: 나도 처음엔 곱지 않은 내 흉이 부끄러웠어. 그런데 너의 손길 덕분에 내 상처도 많이 아물었어. 한쪽 눈밖에 남지 않았지만, 두 눈으로 보는 세상보다 더 아름다운 것들을 볼 수 있게 됐어. 소소한 것들 속에서도, 소중함을 느낄 수 있게 되었지. 네가 누워 있을 때 네 배 위에서 꾹꾹이도 해보고 싶다.

리나: 언제든 환영이야. 내 뱃살은 베개보다 더 푹신하거든. 꼭 하고 싶은 말이 있어. 소소가 번식장 친구들을 그리워하고 있다는 걸 알아. 동물 단체와 협회가 그 번식장들을 폐쇄하기 위해 힘을 모으고 있다는 사실을 알아줬으면 좋겠어.

소소, 리나: 우리는 이제 괴로웠고 무서웠다고 소리낼 수 있어. 이 모든 아픔의 과정은 우리가 존재함에 있어서 본질이 될 수 없어. 우리는 존엄한 생명체이고 사랑받을 자격이 있는 존재야. 우리가 느끼는 거대하고 두려운 감정은 그저 세상의 무관심과 산더미처럼 쌓아 올린 탐욕이 만든 그림자의 탈을 쓴 인간 때문일 뿐이야. 하지만 이제는 그 그림자를 걷어내고 희망의 빛을 비추어 내릴 거야. 우리는 곧 행복할 거야. 꼭.

소소처럼 번식장 속에서 고통받는 수많은 생명을 외면하지 않고 그들을 위해 목소리 높여주는 동물 단체 협회 여러분 진심으로 감사드립니다. 여러분의 따뜻한 손길은 그 오물이 가득한 땅을 정화하고 생명과 인간이 어우러지는 아름다운 순환의 땅으로 변화시키고 있어요.

우리 곁에서 하루하루를 버티며 끝없는 상처와 두려움 속에서도 살아내는 당신에게 말하고 싶어요. 당신이 존재하기 때문에, 또 용기내어 소리를 내주기에 오늘의 세상에 희망이 피어나고 있어요. 그 어떤 것도 당신 탓이 아니란 걸 꼭 기억하세요. 당신은 혼자가 아니에요. 당신은 소중한 존재이며 그 누구도 대신할 수 없는 값진 생명이에요. 앞으로도 숨 쉬어주세요. 쉬어주세요.

자유의 방

자유의 울음:
· 아동학대로 인한 마음의 적신호
· 연이은 가족의 죽음을 홀로 겪은 후 붕괴

상담:
채팅·보이스상담

리나는 '자유'로 개명 허가가 떨어진 날 새로운 이름으로 다시 살아보고자 했다. 긴 터널 끝에서 처음 마주한 빛처럼 그 이름은 그녀에게 다시 시작할 수 있다는 희망을 안겨줄 것이라 믿었다.
　자유는 고양이 상담소에서의 합숙을 중단하겠다고 밝혔다.
　"집에 내가 돌봐야 할 아이들이… 있어요. 아이들만 두고 올 수 없어요." 그녀가 말한 아이들은 함께 살아가는 반려동물들이었다.
　햇눈이와 신은 그녀의 결정을 존중했지만 동시에 불안함을 느꼈다. 자유는 불안정해 보였다. 그럼에도 불구하고 자유는 강한 의지로 자기의 집으로 돌아가서 반려동물들과 함께 지내기로 했다. 그리고, 고양이 상담소에 있는 자유의 방을 외래진료소로 구조를 바꾸기로 했다. 자유가 정신적으로 힘들 때는 자유의 방으로 와서 진료를 받을 수 있게 되었다.

　자유는 수면의 불편감으로 약을 복용한 지 벌써 3년이 지났지만 그 효과는 미미했다. 그동안 자신에게 맞는 약을 찾기 위해 몇 차례 병원을 옮기기도 했지만 결과는 늘 제자리였다. 어떤 병원은 의료진 부족으로 문을 닫았고 어떤 병원에서는 나이 든 의사와 대화가 통하지 않았다.
　사설 상담도 받지 않던 상황에서 그녀는 또다시 삶을 흔드는 사건을 겪고 말았다. 그녀의 20대를 함께 지낸 마지막 가족인 강아지 쭈를 떠나보냈다. 자유는 쭈를 떠나보내는 과정이 너무나도 공포스러웠다. 반려인들이 강아지가 죽었을 때 강아지별로 소풍을 떠났다는 말을 하는데, 소풍은 즐거워야 하는 것 아닌가. 소풍이라는 말이 의미를 잃었다.

쭈가 떠나기 전 그녀는 끝없이 쭈에게 사랑을 쏟아 부었다. 집 앞 마트에 갈 때도 어머니가 자녀를 포대기에 감싸듯이 강아지 가방을 목에 걸고 쭈와 뽀뽀하며 걷곤 했다. 장을 보면서도 마트 주인은 강아지가 아기 같다고 신기해하며, 그 귀여움에 감탄했다. 주인은 그렇게 보았다. 자유의 마음속에선 쭈를 향한 집착이 점점 커졌다.

쭈가 떠난 자리에는 더 이상 채워지지 않는 빈자리와 무수한 그리움의 파편들이 깃들었다. 쭈에게 마지막 편지를 쓸 힘조차 이제는 없어지고 말았다. 쭈의 화장터를 바라보던 그녀는 불쑥 솟아오른 화살처럼 아버지를 원망하며 눈물을 흘렸다. '왜 내 곁에 남아 있던 강아지조차 내게서 빼앗아 갔나?' 그녀는 그 말을 외칠 힘도 없었다. 그러다가 속으로 '아빠도 그리 외로웠냐'고 울부짖으며 세상에 대한 울분이 쏟아놓았다.

몰려온 감정들은 그녀의 내면을 뒤흔들며 20대를 함께 힘겹게 살아온 가족과의 추억들을 한 장면 한 장면 떠올리게 했다. 함께 웃고 싸우고 밥을 먹었던 순간들. '우리는 식구였다'. 그 순간들이 떠오를수록 영혼이 아파왔다.

자유가 집으로 돌아와 보니 집안은 텅 비어 있었다. 텅 빈 공간은 그녀의 절망감으로 채워졌다. 마지막 지지대였던 쭈가 하늘로 갔다는 것을 생각하자 모든 것을 내려놓은 듯 그녀의 삶이 흔들리고 말았다.

술에 만취한 어느 밤, 자유는 블랙아웃 상태에 빠졌다. 자유는 술이라는 늪에 깊이 빠져버린 듯했다. 정신을 차렸을 때 그녀의 오른쪽 팔에서는 피가 시냇물처럼 흘러내리고 있었다. 왼손에는 깨진 소주병 조각이 쥐어져 있었고 그 조각은 단순히 날카롭기만 한 게 아니었다.

끝은 뾰족했고 단면이 아니라 겹겹이 살을 베어낼 듯한 형상이었다. 그 조각으로 스스로 상처를 냈을 모습을 상상하자 햇눈이의 온몸에 소름이 돋았다.

술이 채 깨지 않은 채로, 자유는 정신건강 보건소를 찾아갔다. 짧은 상의 아래로 속옷이 보일 듯한 차림이었다. 그녀는 알 수 없는 혼잣말을 중얼거렸다.

그녀는 허공을 보며 실소를 터트렸다. 그 웃음은 찬 바람이 집요하게 귓속을 파고드는 듯한 냉기를 담고 있었고, 눈물의 메아리처럼 부서져 내렸다. 햇눈이는 가슴이 미어졌지만 안타까움에 애틋하고도 차갑게 말했다. "자유야 술은 절대 안 된다고 했잖아."

자유는 아무 말도 듣지 않는 것 같았다. 햇눈이가 신에게 상황을 알리러 자리를 잠깐 비운 사이에도 그녀는 보온병에 소주를 따라 홀짝거리며 마셨다. 그녀는 그 짧은 시간조차 참을 수 없었다. 햇눈이는 신과 상의한 끝에 결정을 내렸다. 다음 날, 반드시 자유와 [5]소울병원에 가기로 결정했다. 그리고 [6]복지사와도 연계해 동행하기로 했다. 자유는 다시 궤도 위에 오를 수 있을까?

의사: 환자 본인 이름이 '한자유'님 맞으세요?
자유: 네 맞습니다.
의사: 오늘은 위급한 상태여서 복지사님과 오셨네요. 지금 증상과 치료법에 대해 자세히 상담을 받고 싶다고 들었습니다.
자유: 네.
의사: 단정적으로 말씀드리자면 자유님. 저희 소울병원에서는 단독 치료가 어렵습니다. 경증 환자에게 약물치료만 진행하는 기관이에요. 이전에도 말씀드렸지만, 음주는 정말 위험한 행동입니다. 지금 몸 상태를 보세요. 스스로 낸 상처들이 확연히 드러납니다. 자유님은 음주 후 자해 충동이 강하게 찾아온다고 하셨죠?

---

[5] 정신건강의학과 병원
[6] 정신건강 보건소 복지사, 상담사를 소설에서는 복지사로 통일함.

자유: 죄송합니다.

의사: 저한테 죄송할 건 없습니다. 자유님 최근에 힘든 일이 있으셨던 것 같아요. 그래도 한자유님이 복지사 선생님에게 연락을 한 건 잘하신 거예요. 오늘은 복지사님이 자유님 상태를 알고 싶다고 하셔서 상태 위주로 말씀드릴게요. 자유님은 정신건강 전문가의 도움을 받을 때 자신의 증상을 실제보다 축소해서 인식하고 계세요.

처음 뵈었을 때 자유님은 수면 문제만 있다고 하셨습니다. 하지만 전원되기 전 병원 기록을 보면 문제는 수면에 국한되지 않았습니다. 그리고 진료를 진행할 때마다 느꼈지만 자유님의 수면 불편감은 단지 빙산의 일각에 불과했습니다. 자유님은 오랜 기간의 학대 경험으로 인해 복합성 PTSD를 앓고 계시며, 다양한 범주의 불편을 겪고 계십니다. 저희 병원은 매주 환자의 상태를 점검하고, 그에 따라 약물을 조정해 처방합니다.

자유: 네? PTSD는 들어봤지만 복합성 PTSD는 처음 들어봐요. 한 번도 그런 말을 들어본 적이 없어서 조금 당황스럽네요. 그럼 저는 어떻게 해야 하나요...? 그리고 상담도 보건소에서 받고 있는데요.

의사: 치료법을 제시해드리겠습니다. 첫째, 인근 지역 대학병원 외래에서 치료받는 것입니다. 대학병원에서는 상담과 약물치료를 병행할 수 있습니다. 둘째, 저희 병원에서 약물치료를 꾸준히 이어가며, 외부의 사설 전문상담사와 병행 상담을 받는 방법이 있습니다. 셋째는, 단기간이라도 입원하시며 자유님에게 맞는 약물을 찾는 방법입니다. 저희 지역은 지방이라 약물치료와 상담 치료를 함께 제공하는 병원이 현재로서 없습니다. 거리나 비용 등 현실적인 어려움이 따르겠지만, 자유님께는 전문 상담 치료가 꼭 필요합니다. 복합성 PTSD는 누적되거나 심한 일을 당하신 분이 겪는 트라우마에요. 우리나라에도 서서히 집중되고 있고요.

복지사와 햇눈이는 진료가 끝날 때까지 말없이 자유의 손을 꼭 잡아주었다. 그 온기에는 그녀가 무너지지 않기를 바라는 마음이 고스란히 담겨있었다.

햇눈이는 멍한 자유를 천천히 이끌어 그녀의 방으로 데려갔다. 방 안은 잔잔한 물결처럼 고요했지만, 자유의 마음은 그렇지 않았다. 숙취와 더불어 진료 중 들은 이야기들과 자신조차 알지 못했던 내면의 상태까지... 모든 것이 한꺼번에 밀려왔다.

문을 닫고 들어서자마자 자유는 힘이 풀린 듯 그 자리에 주저앉았다. 그리고 말없이 햇눈이를 꼭 안은 채 소파 위로 몸을 눕혔다. 그 품 안에서 그녀는 곤히 잠에 들었다.

자유: 햇눈아... 햇눈아, 어디있어? 햇눈아! 술 마셔서 미안해 혹시, 사라졌어?

햇눈: 잘 잤어? 난 언제나 너와 함께 있어. 불안했구나.

자유: 햇눈아 의사 선생님 말 중에 이해하고 싶지 않은 게 있어. 인정하고 싶지도 않아.

햇눈: 어떤 말이 그랬는지 말해줄래? 충분히 놀랐을 수 있어. 괜찮아 천천히 말해도 돼.

자유: 나 정신질환을 다룬 드라마나 영화를 본 적이 있어. 그 안에서는 사랑하는 사람을 죽이기도 하더라고. 또 인터넷에서는 정신질환자와 함께 사는 게 가족 모두에게 너무 힘든 일이라는 말도 봤어. 나 더 이상 짐이 되고 싶지 않아. 어렸을 때도 항상 내 탓이라며 맞았는데 이제 또 그렇게 반복되면 어떡하지? 난... 어떻게 해야 해 햇눈아.

햇눈: 자유야 너도 알잖아. 드라마는 현실을 과장해서 보여줘. 그런 일들은 대부분 치료를 받지 않아서 벌어지는 일이야. 의사 선생님

은 네가 너 자신의 상태를 정확히 알고 치료에 집중해주길 바랐을 거야. 그리고 넌 지금 충분히 노력하고 있잖아. 포기만 하지 말자.

자유: 솔직히 말하면 아직 받아들이고 싶지 않아. 오랜 시간 나와 상담해온 복지사님과 이야기해보고 싶어.

햇눈: 그래, 좋아. 그전까진 우리, 상처 소독하러 가자. 그리고 자유야. 그때까지만이라도 술을 멈출 수 없다면, 우리는 너를 더 이상 도울 수 없게 될지도 몰라. 우리가 널 지키기 위해선… 무엇보다 네가 너 자신을 지켜야 해.

정신건강 보건소에 처음 발을 들인 건 다름 아닌 자유 자신의 의지였다. 그녀를 그곳으로 이끈 건 오래도록 이어진 지긋지긋한 연애였다. 연애 중에 몇 차례 공황 증상이 찾아왔지만 어리석게 자유는 애인과 이별과 재회를 반복했다.

도움을 청할 곳이 없어 밤늦게 인터넷 창을 뒤적이던 어느 날 그녀는 '정신건강 보건소'를 알게 되었다.

처음엔 친구들에게 고민을 털어놓았다. 친구들은 비슷한 말로 반응했다. "도망쳐. 그런 남자랑 왜 계속 만나?", "넌 왜 자꾸 그런 사람만 만나? 사람 보는 눈 좀 키워."

그러나 자유는 생각이 달랐다. '이런 연애가 반복되는 건 나에게도 분명 문제가 있어서겠지.' 그녀는 자꾸만 자신을 탓했다. 처음부터 사설 상담을 받기에는 부담이 컸다. '돈을 내야 할 만큼, 내가 그렇게 심각한 사람인가?' 그런 그녀에게 정신건강 보건소에서 무료로 상담을 받을 수 있다는 건 긍정적으로 다가왔다. 그렇게 자유의 상담은 첫 시작이 되었고 좋은 영향을 미치게 되었다.

  가벼운 마음으로 시작된 상담이 어느덧 계절을 한 번 또 한 번, 그렇게 네 번 바뀌었다. 그동안 복지사는 늘 한결같이 자유의 이야기를 들어주었다. 복지사는 질문보다 듣는 데 더 익숙한 사람이었고, 만날 때마다 자유가 밥은 챙겨 먹었는지 꼭 묻는 사람이었다. 어느새 자유는 그 다정함에 마음을 기댔다. 무엇보다도 자유에게 복지사는 단단하고 어른스러운 존재였지만, 빵을 좋아한다며 귀엽게 웃던 '빵순이'라는 별명은 그녀가 순수하게 아이처럼 느껴져 친근함으로 다가왔다. '이 사람은 내가 무너지지 않게 붙잡아주는 사람 같아.' 자유는 조금씩 복지사를 마음속의 친밀하고 안전한 사람으로 받아들이기 시작했다.

복지사: 자유님~ 어서 오세요, 상처는 아물어가고 있나요? 그동안 어떻게 지내셨어요?

자유: 그날은 자유 외래 방에서 한숨 자고 바로 제 집으로 왔어요. 귀찮아서 상처 소독은 잘 안 하게 되더라고요. 그래도 햇눈이 덕분에, 이삼일에 한 번쯤은 하게 돼요. 그런데... 제 마음의 상처도 언젠가는 아물 수 있을까요?

  복지사님도 저한테 이렇게까지 신경 써주셔서 정말 감사해요. 저 오늘은 궁금한 게 있어서 왔어요.

복지사: 그러셨군요. 자유님은 소중한 분이니까요. 당연히 더 행복해질 수 있어요. 무엇이 궁금하신가요?

자유: 제가 잘하고 있다고 생각했어요. 아프지 않다고 생각했어요. 그런데 의사 선생님이 제게 단호하게 '위험한 상태'라고 말씀하셨을 때, '유병률 1%의 병 범주가 있다는 것을 알고' 그 현실이 너

무 억울했어요. 제가 낙오자가 된 것 같았어요.

다시 술을 마시게 된 것은 죄송해요. 최근에 마지막 제 애기 쭈가 죽었어요. 피를 토하면서요. 이런 상황에서 죄책감을 느끼는 건 당연하잖아요.

복지사: 자유님 제가 다 헤아릴 수는 없어도 그 슬픔과 힘든 마음 정말 이해돼요. 최근에 술과 함께 자해가 시작된 계기, 그건 그 귀여운 강아지의 죽음이었죠? 저도 사진으로만 봤지만 정말 사랑스러웠어요. 자유님에겐 얼마나 더 소중하고 아끼던 존재였을지... 생각만 해도 마음이 저려요. 자유님이 그러셨잖아요.[7] '아픈 적이 없다'는 말은 '웃으면서 태어났다'는 말 같은 거짓말이에요.

가족의 죽음을 단지 '자연의 이치'라며 덤덤히 넘길 수 있는 일일까요?[8] '사고를 경험하거나 사랑하는 사람을 잃는 일과 같이 큰 충격을 가져오는 경험도 정신적 폭력에 포함돼요. 자유님은 그 충격을 연달아 겪으신 거예요. 강아지가 떠나기 불과 얼마 전에 아버지의 죽음을 먼저 겪으셨죠. 의지할 어른도 없었고, 아버님의 장례조차 애도할 틈 없이 치러야 했어요.

죄책감을 느끼는 건 누구에게나 아주 자연스러운 감정이에요. 하지만 그 감정이 '자해'처럼 스스로를 해치는 방식으로 흐르게 된다면... 그건 더 이상 혼자 짊어져야 할 몫이 아니에요. 의사 선생님 말씀처럼, 지금은 전문적인 상담이 꼭 필요한 시점이에요.

자유: 제가 사설 전문 상담이 필요하다는 걸 이제 알겠어요. 근데 저, 복지사님께 정이 들었단 말이에요. 사설 상담을 받게 되면 이제

---

7) 도서『감정어휘』유선경 지음 86p
8) 도서『감정폭력』베르너 바르텐스 지음 20p

더는 복지사님과 이야기 나눌 수 없는 건가요?

복지사: 그건 아니에요, 자유님. 저와는 그대로 방문 상담을 이어갈 수 있어요. 다만 해바라기센터 상담과 사설 상담센터까지 병행하면 자유님이 너무 부담스럽진 않을까 걱정돼요. 저와는 전화 상담도 가능하니까 걱정 마세요.

자유: 전화로도 상담할 수 있어서 너무 다행이에요. 사설 상담이 한 번 상담에 10만 원이 넘어서, 솔직히 좀 부담이 돼요.

복지사: 그래서 제가 꼭 소개드리고 싶은 제도가 있어요. [9]**<전국민 마음투자 지원 사업>**인데요. 필요한 서류는 보건소나 소울병원에서 진단서를 받아 주민센터에 제출하시면 돼요. 지원은 소득이나 재산에 따라 달라지긴 하지만, 심사에 2~3주 정도 걸리니 미리 준비하시면 좋아요.

복지사와의 상담이 끝난 뒤 햇눈이는 다정하게 자유의 어깨를 토닥이며 물었다. 햇눈이는 그녀의 마음이 가라앉았는지 안위를 살피는 눈으로 바라보았다.

햇눈: 자유야, 내가 전에 신에게 들은 이야기가 있어. 어떤 남성분이 계셨는데 아버지가 돌아가셨을 때, 하늘만 오래 바라보며 아무 말도 하지 않으셨대. 뭔가를 말하고 싶은 듯했지만, 결국 입을 열지 않았대. 그분은 천천히 주머니를 뒤적이다가 종이 한 장을 꺼냈고 거기에는 붓으로 또박또박 적힌 글씨가 있었대.

'天崩之痛.' 천붕지통—하늘이 무너지는 고통이라고 하더라. 임금이나 아버지를 잃었을 때 쓰인대. 어릴 때부터 아버지께서 한자에 집착하셨대. 가부장적인 집안 분위기였고 결국 어머니는 집

---

[9] 보건복지부 보건복지상담센터 129 지원사업은 매년 달라질 수 있음

을 떠나셨대. 그 남성분도 성인이 되자마자 도망치듯 서울로 올라와 살았고 자신의 이름을 순우리말로 바꾸었대.

　그런 그가 아버지의 죽음을 듣고 입이 아닌 손으로 사자성어를 꺼내 들었다는 거... 그 마음은 얼마나 복잡했을까.

　또 다른 분은 어머니와 친구처럼 지내던 사이였대. 그러다 어머니가 갑작스럽게 세상을 떠나셨고, 그 후 그분은 워커홀릭이 되었대. 일이 끝나면 그리움이 몰려들었고 그럴 때마다 어머니와 함께 덮던 이불이 생각나 7년 동안 장롱 속에서 그 잔향을 찾곤 했대. 운전을 하다 조수석을 바라보며 마치 그 자리에 어머니가 앉아 계신 것처럼 대화를 하기도 했고... 그렇게 시간을 들여, 그분은 자신만의 방식으로 슬픔을 녹여내셨대.

　자유는 말없이 이야기를 들었다. 표정은 복잡했지만, 어느새 고개를 조용히 끄덕였다. 죽음을 대하는 방식은 사람마다 이렇게 다르다는 걸, 그녀는 실감하게 되었다. 그리고 자신이 겪은 일 역시... 결코 가벼운 일이 아니었다는 걸 받아들이기 시작했다.

　자유에게 복지사는 특별한 존재였다. 실수를 하면 잘못을 알려주고 사과하면 다시 받아주는 어른이었다. 규칙을 차분히 설명해주는 선생님이었다. 무엇보다 '버림받지 않을 거야'라는 마음의 안정을 준 사람이었다. 자유는 어릴 때부터 알고 싶었다.

　사람에게 버림받지 않는 법과 부모에게 혼날 때는 왜 부모에게 혼나야 했는지, 왜 맞아야 했는지... 누군가 그 이유를 알려주길 바랐다. 하지만 아무도 그 이유를 알려주지 않았다. 그래서였을까. 언제부터인가 자유는 어려움이 닥치면 복지사를 먼저 떠올리기 시작했고 기쁜 일이 있을 때도 맨 먼저 복지사를 찾았다. 그녀에게 복지사는 '믿을 수 있는 사람'이었다.

　며칠 후 자유는 바우처를 신청하기 위해 햇눈이와 함께 소울 병원에 가서 진단서를 발급받았다. 의사가 말했던 것처럼 지금 그녀의 상태는 위험했다. 병원에서 돌아오는 길에 문득 술에 대한 강한 충동이 찾아왔다. 자유는 곧장 자신의 방으로 뛰어들어갔다.

자유: 햇눈아… 나, 술 마시고 싶어…

햇눈이는 곧바로 '하악!' 하고 날카롭게 반응했다. 자유는 그 소리에 놀라 움찔하며 멈춰 섰다. 이내 고개를 숙인 그녀는 의기소침한 표정으로 손톱을 조심스럽게 물어뜯었다. 불안이 속을 긁는 듯했다. 그 감정을 달래기 위해, 그녀는 핸드폰을 꺼내 들었다. 그리고 검색창 위로 손가락을 천천히 갖다 댔다. 마음속 무게를 말로 옮기기 위한 작은 행동이었다.

'마인드카페'라는 온라인 상담소가 눈에 들어왔다. 마인드카페는 병원 경력이 인정된 전문가들이 전화, 채팅, 화상 상담 등 다양한 방식을 통해 상담을 제공하는 곳이었다.

자유는 평소에도 말로 감정을 표현하는 데 어려움을 느꼈다. 횡설수설하다 보면 자신이 어디까지 말했는지 잊어버리기 일쑤였고, 그래서 글로 표현하는 게 더 편했다.
마인드 카페에선 내담자가 상담 후기와 평점을 보고 직접 상담사를 선택할 수 있었고, 내담자가 고민을 올리면 해당 분야 전문가가 댓글로 상담이 이어지기도 했다.
무엇보다 마음에 든 점은 급한 상황에서도 바로 예약이 가능하다는 것이었다. 비용도 오프라인보다 상대적으로 저렴했다. 자유는 상담 접수 양식을 작성했다. 자신에게 맞는 상담사를 찾아가기 위한 첫 발걸음이었다.
그 옆엔 한결같이 햇눈이가 있었다. 햇눈이는 그녀를 지켜보며 자유가 좋은 상담사를 만나기를 함께 기다려주었다. 그녀가 기다리는 동안, 햇눈은 자유가 감정에 함몰되지 않도록 자신의 소중하고 귀여운 배를 내어주었다. 그것이 큰 위로였다. '나는 네 옆에 있어.' 햇눈이는 온전히, 자유의 마음을 어루만졌다.

자유는 상담을 시작하기 전에 조심스럽게 한 가지 부탁을 전했다. 그날의 상처를 낯선 남성 앞에서 말하는 것은, 아직은 자유에게 너무나 무거운 일이었다.

상담사는 우선 채팅 상담부터 시작해보자고 제안했다. 그리고 채팅창에 상담사의 실명이 그대로 표시되는 것도 자유에게 불편하게 느껴졌다. 그래서 자유는 **상담사에게 이름 대신 '햇눈'이라는 호칭**으로 표시해달라고 요청했다.

햇눈: 안녕하세요. 반갑습니다, 저는 상담사입니다. 제가 어떤 호칭으로 불러드리면 좋을까요?
자유: 한자유요. 편하게 본명으로 불러주세요.
햇눈: 네, 한자유님. 이렇게 만나 뵙게 되어 반갑습니다. 오늘 어떤 이야기를 나누고 싶으신가요?
자유: 병원에서 전문 상담을 권유받았어요. 사실 최근에 가족의 죽음을 겪으면서 술을 자주 마시게 됐는데요... 죽음 이야기를 먼저 꺼내기엔 제가 아직 마음이 준비되지 않아서요. 괜찮으시다면, 이성과 관련된 이야기부터 해도 될까요?
햇눈: 네, 편하게 이야기해 주세요.

자유: 최근엔 어플로 남자를 만났어요. 남자와 깊은 대화는 하기 싫었지만 가벼운 대화는 좋았거든요. 모든 남자가 그런 나쁜 짓을 하는 건 아니라고도 믿고 싶었거든요. 나를 진심으로 아껴줄 사람을 찾고 싶기도 했어요. 커피든 술이든, 낮이든 밤이든… 만났어요. 성관계는 단 한 번도 없었어요. 많이 외롭던 날엔 하루에 세 명이랑 대화한 적도 있었어요.

처음 보는 여자는 다 예뻐 보인다는 말 있잖아요. 저도 그런 말 들으면 기분이 너무 좋아졌어요. 그래도 그 와중에 무분별하게 성관계를 하진 않은 건 음… 그래도 좀 잘한 거 아닐까요?

햇눈: 그래요 자유님. 술을 마시는 건 어디까지나 본인의 선택이죠. 하지만 술은 감정을 더 고조시키고, 때로는 마음을 더 위험한 방향으로 이끌기도 해요. 또 어플을 통해 낯선 사람을 자주 만나는 것도, 예기치 못한 위험으로 이어질 수 있어요. 자유님의 마음이 외로움으로 허기졌다는 것은 충분히 이해돼요. 그래서 더더욱, 자유님이 스스로를 안전하게 지키시길 바래요.

자유: 성관계는 없었지만, 사랑받고 싶어서 누군가를 만난 건 맞아요. 외롭고 또 마음이 좀 많이 허기졌거든요. 그래도 그걸 핑계로 삼고 싶진 않아요. 돌아보면 참 부끄럽고, 반성하게 돼요. 그런데 말이죠? 아빠랑 같이 살 땐 이별도 좀 차분하게 했었어요. 혼자서도 잘 놀았어요. 아까 칭찬해달라고 한 거요… 그건 취소할게요. 막상 말하고 나니 부끄러워졌어요.

햇눈: 아버지와 함께 지내실 때는, 그래도 이별이라는 감정을 천천히 소화할 수 있는 시간이 있었잖아요. 그런데 지금은 여러 사람을 만나며 정착할 곳을 찾는 자유님의 모습이, 자유님 스스로에게도 낯설게 느껴지는 것 같아요. 그리고 성관계에 대해서도, 물론 자유님의 선택이에요. 하지만 아까도 말씀드렸듯이, 낯선 사람과의

만남은 여러 가지 위험이 따를 수 있어요. 그런 상황에서 자유님
께서 스스로 자리를 조심스럽게 피하신 건, 정말 잘하신 일이에
요.

자유: 저 그냥 솔직히 말할게요. 저는 남자 없이 못 사는 한심한 사람
같기도 해요. 인정할게요. 어느 선생님이 그러셨거든요. 정말 건
강한 사람은 혼자서도 괜찮대요.

그래서 제가 바로 말했어요. "아니, 사람이 어떻게 혼자 살아
요?!" 하고요. 진짜 아직도 잘 모르겠어요. 근데요, 확실한 건 연
애가 제일 먼저는 아니라는 거, 그건 머리로는 정말 잘 알고 있어
요. 단주도 그렇고 약물 복용과 상담, 자기 돌봄! 이런 것들이 제
일 먼저여야 한다는 거죠. 다들 쉽게 말하잖아요?

근데, 저만 그런 건 아니잖아요. 제가 너무 본능에 충실한 것인
가요? 혼자는 정말 너무 외롭단 말이에요. 이성이 주는 사랑은요,
도파민이 막 솟아나요. 진짜 끊을 수가 없어요... 그 호르몬이든
술이든 마찬가지죠. 일시적이지만 바로 효과가 느껴지니까요. 우
린 다 본능에 약하지 않나요? 세상 사람들 다 바르게만 사나요?

햇눈: 자유님의 그런 마음 저도 충분히 공감해요. 사랑받고 싶은 마음,
외롭지 않았으면 하는 마음... 그건 누구나 가지고 있는 자연스러
운 감정이에요. 다만 지금 자유님의 상태에서는 누군가에게 의존
하면 보상 심리가 작동할 수 있어요. 특히 그 대상이 애인처럼 가
까운 존재라면 감정적으로 더 빠르게 얽히게 될 수 있어요. 물론
자유님께서 무분별한 성관계를 피하려고 노력하신 것은 정말 훌
륭한 선택이에요. 하지만 지금은 조금 더 천천히 조심스럽게 연
애를 시작하는 게 좋아요. 감정이 너무 빠르게 오가면 서로에게
상처가 될 수도 있거든요.

자유: 사실 선생님이 말씀하셨던 것처럼 저도 애착에 문제가 있다는 걸

알고 있었어요. 그래서 오늘은 그 부분도 좀 이야기 나누고 싶어요. 예전에 저를 정말 사랑했던 사람이 있었는데 그런데 그 사람에게 마음을 정착하지 못 했어요.

이상하죠? 누군가가 저에게 마음을 주면, 갑자기 무겁게 느껴져서 자꾸 도망치게 돼요. 하지만 시간이 지나면, 다시 그 사람을 찾게 돼요. 이 반복되는 제 마음이 이상하게 느껴져요…

동성 친구한테도 그래요. 초등학교 고학년 때부터 친구들에게 소외당할까 봐 항상 과하게 행동하려 하고 웃기려고 했어요. 그랬더니 절 '진짜 웃긴 애'라고 했죠.

근데, 사실은 '동네북'인 느낌이 들었어요. 남들을 웃게 만드는 법은 알았지만, 내 마음이 웃는 방법을 몰랐어요. 내 마음 한켠은 늘 딴 데 있었던 것 같았어요.

학교 끝나면 집에서 무슨 일이 벌어질지, 그 생각이 늘 제 머릿속을 차지하고 있었어요. 오늘도 아빠가 술에 취해 들어오진 않을까, 엄마는 또 어떤 기분일까 하는 생각만 했어요. 저희 집은 2층이었는데, 그 계단 하나하나가 꼭 유리 조각 같았어요. 한 발 한 발 밟을 때마다 깨질 것처럼 아슬아슬하고 무서웠어요.

중학교 때 일인데 지금 생각하면 정말 청소년 드라마 같았어요. 늘 같이 다니던 친구들이 있었어요. 어느 날 급식을 받고 자리에 돌아가는 길에 갑자기 눈물이 주르륵 흘렀어요. 친구들이 제 자리를 비워두고 기다려주고 있었거든요.

그 모습이 너무 고맙고, 너무 좋았는데 동시에 너무 무서웠어요. 제 의자, 그 자리만큼은 꼭 저 같았어요. 겉으론 멀쩡해보여도 앉으면 금방이라도 푹 꺼져버릴 것 같은, 불안정한 의자요. 제가 앉으면 바닥이 꺼지고 저는 그대로 땅속으로 곤두박질칠 것만 같았어요.

하지만 곧 세상과 친구들은 아무렇지 않게 원래대로 돌아갈 것 같았어요. 그런데 저는 혼자 거기에서 잠기고만 있어요. '나 없어도 다 잘 돌아가겠구나.' 하지만 제 마음은 남겨지고 싶고, 기억되고 싶고, 사랑받고 싶었어요.

이상하게도 행동은 정반대로 튀어나와요. 친구들 앞에서 갑자기 "나 너희랑 친구 안 할래! 나 혼자 다닐 거야!" 하면서 엉엉 울어버렸어요. 좀 우스꽝스럽죠? 하하.

그 친구들은요, 급식 사건이 있기 전부터 제가 손등에 자해한 걸 알고 있었어요. 근데 저를 피하지 않았어요. 오히려 다정하게 약을 발라줬어요. 제 체육복은 엄마가 빨아주지 않았어요. 그래서 친구들이 돌아가면서 제게 자기 체육복을 빌려줬어요. 심지어 친구들이 선생님께 혼난 적도 있는데, 한결같이 저를 챙겨줬어요. 정말 진짜 좋은 친구들이었죠. 그때 제가 급식판을 들고 엉엉 울었을 때 제일 친한 친구가 제 옆에서 같이 울어줬어요. 다른 친구들은 "너 없는 자리는 없다"며 제 급식을 책상에 두고 끝까지 기다려줬어요.

근데 그 순간 친구들이 제 손을 잡아줄 때 보였던 손등이 너무 하얗고 고왔어요. 제 손은 울긋불긋하게 긁힌 자국들만 있었는데요. 그 친구들의 손을 보니까 갑자기 고마운 마음이 간사하게도 부럽고 미운 마음으로 바뀌었어요. 내 세상은 붉고 복잡한 줄로 가득 차 있는데, '너희는 왜 이렇게 매끄러워?'라는 생각이 들었어요. 그 후로도 해마다 좋은 친구들을 만났지만 저는 오래 관계를 이어가기 힘들었어요. 그렇게 매년 '1년만 잘 버티자'라는 생각만 했어요.

성인이 되면서는 눈에 띄는 부위에는 자해하지 않았어요. 사람들과 꽃 축제도 가고 카페에서 수다도 떨고 감정을 숨기는 방법도 정말 열심히 배웠어요. 그 덕에 잘 지내는 것처럼 보였어요.

그런데 성향은 쉽게 안 바뀌더라고요. 어느 순간 친밀감을 느끼기 시작하면 너무 버거워져요. 이상하게 스스로 거리를 두게 돼요. 괜히 혼자 멀어지고요.

익숙해요. 그런데 익숙한 게 꼭 편한 건 아니었어요. 사실 마음은 아파요. 익숙해졌다 해도 불편할 수 있다는 뜻이에요.

햇눈: 그렇군요. 자유님 말씀을 듣고 보니, 분명 애착과 관련된 부분에서 어려움을 많이 겪으셨던 것 같아요. 다음 상담에서는 가능하다면 자유님과 부모님과의 관계에 대해 좀 더 깊이 이야기 나눠 보면 좋을 것 같아요. 애착이라는 건 꼭 부모님과만 형성되는 건 아니지만, 어린 시절의 경험이 큰 영향을 주거든요.

자유님은 '애착 대상'에 대한 신뢰가 아직 충분히 세워지지 못한 상태로 보여요. 그래서 관계 안에서 안정감을 느끼는 게 어려울 수 있어요. 지금까지의 말씀으로 보면 자유님은 '혼란-회피형 애착'의 특성을 보이고 계세요.

자신에 대한 부정적인 감정과 타인에 대한 불신이 동시에 뒤섞여 있는 유형이에요. 관계 안에서는 불안형처럼 상대의 반응에 예민하게 반응하면서도, 누군가가 마음에 들지 않거나 너무 가까워지면, 회피형처럼 냉정하게 등을 돌리거나 이별을 통보하는 경우도 있죠. 하지만 그 이면에는 '유기 불안'이 있기 때문에, 혼자 남겨지는 것이 너무 두렵고 견디기 힘들어요. 결국 다시 재회를 시도하고 그 패턴이 반복되곤 하죠. 가깝다가 멀어지는 파도처럼요.

자유: 소름 돋을 정도로, 딱 저네요.

햇눈: 네, 혼란-회피형 애착을 가진 분들은 겉으로는 독립적인 척하지만, 사실은 독립이 정말 어려워요. 그 외로움과 의존 욕구를 스스로도 감당하기 힘들죠.

상대가 분명히 '문제가 있는 사람'이라는 걸 알면서도… 혼자 남겨질까 봐 그 사람을 놓지 못하고 계속 곁에 둬요. 또 한 가지 특징은 사람을 너무 쉽게 이상화하는 경향이에요. '이 사람만은 다를 거야'라고 기대를 걸게 되죠.

그런데 상대가 그 기대에서 조금이라도 벗어나면, 곧바로 아주 나쁜 사람처럼 느껴지고 관계를 단절해버리는 거예요. 이런 모든 과정 뒤에는 늘 '외로움'이 자리 잡고 있어요. 그 공허함을 채워 줄 누군가가 있을 거라는 기대를 늘 품고 있는 거죠. 그래서 이성과의 관계에서 감정이 쉽게 휘청이거나 복잡하게 얽히는 일이 자주 생기기도 해요.

자유: 사실 최근에도 그런 경험이 있었어요. 헬스장에서 한 남자를 봤는데요, 진짜 딱 눈빛에서 내 남자다! 싶은 거예요. 직진녀답게 바로 플러팅 들어갔죠. 외모랑 SNS만 보고 '아, 이 사람 웃는 건 순박하네. 반전 매력까지 있어!' 호감을 가졌어요.

처음엔 그 사람도 제 적극적인 모습에 호기심도 느끼고 호감도 있다고 했어요. 그래서 저희는 두 번 데이트했어요. 근데 두 번 만났을 뿐인데 상대방은 마음을 잘 모르겠다고 했어요. 저는 두 번 만나면 충분히 알 수 있지 않나 싶어서 상대방의 마음을 확인하려고 했어요. 상대는 호감은 있지만 좋아하는 마음까지 갈 것 같은 확신은 없다고 했어요.

그러자 제 감정이 극심하게 요동쳤어요. 제 존재가 거절당한 느낌이었어요. 저는 차단하고, 바로 풀고… 혼자 북치고 장구치고 다 했네요. 진짜 민망해요. 제 행동을 되돌아보면, 스스로 숨막혔어요. 머리를 콩 박고 싶을 만큼 답답했어요. 감정이 널뛰기를 하니까 힘들었어요. 결국은 제가 바로 사과를 했고 관계를 끝냈어요.

햇눈: 그래도 자유님, 그 상황에서 직접 사과하신건 정말 큰 용기예요. 자유님이 스스로 감정을 되돌아보고, 관계를 정리하려 했다는 점이 참 인상 깊어요.

　이번에 만났던 그 남성분은 꽤 신중한 분이었던 것 같아요. 자유님께서는 아마 그런 모습이 조금 낯설고 어려우셨을 수 있어요. 그동안 자유님이 만났던 분들은 자유님의 표현에 곧바로 반응해주는 경우가 많았을 수 있어요. 그게 익숙해진 만큼, 이번처럼 거리를 두고 신중하게 다가오는 사람은 더 어렵게 느껴졌을 수도 있어요.

　또 한편으론, 그동안 자유님이 보여온 플러팅이나 감정 표현에 상대가 긍정적으로 반응해줬던 경험들이 쌓이다 보니까, '관계에서 통하는 방식'처럼 학습되었을 수도 있어요.

　이번 경우에는 그 남성분의 반응을 자유님 자체에 대한 '거절'이라기보다는, 그분이 자기 속도에 맞춰 관계를 지키려는 방식이었을 거라고 생각해보는 건 어떠세요? 그저 자유님과 그분의 '속도'가 조금 달랐던 거죠.

자유: 그 남성분 입장도 이해해요. 다른 흐름인데 제가 개인적인 취향이 확고해요. 덩치 크고 듬직한 남자, 그런 사람이 좋아요. 뭔가 저를 지켜줄 것 같아서요.

　아빠가 돌아가셨을 때, 장례식장에서 친척들이 막 행패를 부렸거든요. 그때 생각했어요. '내가 체격이 좀 더 컸다면... 저 사람들 나한테 그렇게 했을까?' 그때 느낀 무력감이 아직도 잊히질 않아요. 무력감은 사람을 되게 혐오스럽게 만들어요. 그래서인지, 제 옆에 그런 남자가 있었으면 좋겠다는 마음이 들어요. 제가 이번 생에 남자가 될 수는 없잖아요...? 저도 반대로 이 남성분처럼 예전에 누군가의 감정을 부담스러워한 적이 있어서 그분을 이해해요.

근데 이상하게 제가 누군가에게 성적인 플러팅을 할 때마다 엄마에 대한 분노가 올라와요. 왜 그런지 생각해봤어요.

엄마가 말씀하신 것에 대해서는 순화해서 말씀드릴게요. 엄마가 제가 중학생일 때 월경을 실수한 것을 보고는 '아빠를 유혹하는 거 아니냐는 말'도 한 적이 있어요. 너무 충격적이었죠. 엄마는 도대체 나를 어떻게 생각하는 걸까요. 제가 성인이 되고 아빠가 돌아가신 뒤에, 엄마와 연락을 하며 지내던 때가 있었어요. 제가 제주도 여행 간 적이 있었어요. 엄마 선물도 사고 돌아다니느라 피곤해서 잠이 들어버렸어요. 엄마는 제가 자는 동안 연락이 안 된다는 이유로 문자로 성적으로 모욕적인 욕설을 남겼더라고요.

아빠가 중환자실에 계실 때도 제가 아빠 걱정하는 모습을 보고 혹시 너 아빠랑 그런 사이 사이냐고 했어요.

어릴 때는, 엄마가 저에게 아빠한테 할 성적인 말들을 쪽지에 적어 따라하도록 시켰어요. 전화를 해서 저는 쪽지에 적힌 문구를 말해야 했어요. 기분이 이상했어요.

근데 그런 날엔 두 분 사이가 괜찮아졌어요. 아빠는 맛있는 걸 사오고 집 분위기도 부드러워졌어요. 그래서 저는 점점 헷갈리기 시작했어요. 이런 식으로 대화하면, 남자는 폭력을 멈추고, 엄마는 눈물을 멈추고, 남녀는 사이가 좋아지는 건가? 그게 사랑이고 관계인가? 두 분이 그렇게 사이가 좋아진 날 밤에 저는 엄마의 몸을 본 적도 있어요.

아직도 '성'이라는 걸 생각하면 무척 혼란스러워요. 제가 부모에게 잘못된 성을 배운 걸까요? 아니면 그냥 제가 엄마 탓만 하고 있는 걸까요?

햇눈: 자유님, 그 모든 기억과 감정, 그리고 그 안에 담긴 혼란을 이렇

게 솔직하게 말해주셔서 정말 감사해요. 그리고, 너무 고생 많으셨어요. 어린 시절에 이해하기는 어렵고, 너무 일찍 알게 된 것들이었어요.

성이라는 걸 배울 나이에, 자유님은 그것을 '관계 유지의 수단'으로 받아들이게 되었어요. 그 결과, 지금도 혼란이 반복되고 있는 거예요.

이건 자유님이 잘못해서 생긴 게 아니에요. 잘못된 교육과 환경에서 자유님은 그저 살아남으려고 했던 거예요. 그때 자유님은 그 상황 안에서 가장 최선으로 버틴 거예요. 지금, 그 과거를 돌아보며 '왜 그런 마음이 드는지' 진지하게 질문하고 있다는 건 자유님이 자기 삶을 다시 바라보고 있다는 증거예요. 저는 지금 이 순간의 자유님이 정말 대단하다고 느껴요. 엄마에 대한 분노가 왜 성적 표현과 엮이는지, 그 감정이 어디서 시작되었는지 우리가 상담을 통해 천천히 하나씩 짚어볼 수 있어요. 지금은 그 모든 혼란이 섞여 있는 게 너무 당연해요. 그건 '이상한' 게 아니라, 상처 입은 마음의 언어일 수 있어요. 저와 대화하면서 자유님의 마음이 조금이라도 가벼워졌으면 해요.

자유: 이번에 썸남이 했던 말이 아직도 생각나요. 저처럼 첫날부터 성적인 이야기를 하는 여자는 처음이었다고 했어요. 사실, 저 건강하게 플러팅하는 방법 잘 몰라요.

제게 있는 건 흉터뿐이에요. 온몸에 남은 상처 자국들과 건강하지 않은 집안, 그리고 마음의 병... 어쩌면 약점이 될 만한 것들만 잔뜩인 거죠.

제가 내세울 수 있는 건 예쁘단 말은 가끔 듣는 외모와 적극적인 성격이랑 호감을 사는 말투 정도라고 생각했어요. 저 자존감 꽤 높은 줄 알았거든요? 근데 이렇게 나열해서 말해보니까 음, 좀 한심하네요.

아이러니하죠. 이렇게 유혹적인 말과 행동은 하면서도 겁이 많아서 원나잇은 못해요.

성범죄를 당했을 때, 처음엔 정말 죽어야 하나 싶었어요. 그러다, '아니야. 차라리 망가져야 살 수 있겠다'는 생각이 들더라고요. 그렇게라도 해야 덜 억울할 것 같았어요. 어차피 이렇게 된 거, 내가 먼저 내 인생을 더 망쳐버리면 조금은 덜 불쌍해 보이지 않을까... 그런 심리였던 것 같아요. '난 조심했는데, 왜 내가 이런 일을 당해야 해?' 수십 번 곱씹었지만 여전히 납득할 수 없었어요.

어느 순간엔 '난 원래 이런 일을 당할 운명이었나?'라는 이상한 상상까지 하게 됐어요. 그래서 반동처럼 엽기적인 연애를 시도했어요.

술을 진탕 마시고 작은 술집에 들어가서 "여자친구 있어요? 결혼할래요?" 그렇게 연애를 시작했어요.

햇눈: 자유님, 많은 분들이 성범죄를 경험한 후 당연히 성관계를 기피할 거라 예상하지만, 실제로는 반대로 성관계에 중독되시는 분들도 계세요. 그만큼 충격은 예측할 수 없는 방식으로 나타나요.

그러니 자유님의 선택도 이해돼요. 그건 잘못이 아니에요. 너무 큰 상처를 버티기 위해 자유님만의 방식으로 반응하신 거예요. 하지만 아까 말했듯이 낯선 만남은 조심해야 해요.

'건강한 플러팅'에 대해 고민하셨죠. 그럴 땐, 상대방과 취미를 공유하거나 그 사람이 말하는 걸 경청하고, 거기에 질문을 던지는 것도 좋아요. 그게 대화의 시작이자 자연스러운 연결이에요.

자유님은 성적으로만 매력적인 분이 아니에요. 이야기 나눠보면 스스로를 솔직하게 표현하고 상황을 유머로 감싸는 재치도 있으시잖아요. 스스로도 더 많은 매력을 하나씩 알아가셨으면 해요. 분명 겉으로 보이는 것보다 훨씬 더 멋진면들이 많으실 거라 장담해요.

자유: 감사합니다. 근데, 이번엔 자꾸 제 잘못 같아요. 제가 그 사람을 너무 빨리 제 안에 정착시키고 싶어 안달난 사람이 되어 상대방을 힘들게 했어요.

첫 데이트 때 몸에 착 달라붙는 시스루 흰 원피스 입었거든요. 심지어 속옷도 흰색이 아닌 더 눈에 띄는 색으로 입을까 고민했는데 친구들이 말려서 겨우 마음을 접었어요. 속옷까지 튀는 색이었다면 첫 만남부터 거절당했을지도 모르겠네요.

그날 영화 같이 봤거든요. 제가 손 잡아도 되냐고 물어봤는데, 그가 고개를 저었어요. 근데 제가 잡아버렸어요. 나중엔 그도 손을 잡긴 했지만 처음엔 분명히 거절했잖아요.

햇눈: 자유님 말씀해주신 상황을 보면 조급함이 있었던 건 사실이에요. 하지만 지금 말씀 속엔 이분법적인 사고도 함께 보여요. 모든 잘못을 나에게만 돌리기보다는, 그 안에 있었던 '결핍'과 '외로움'을 먼저 이해해주셨으면 해요.

예를 들어 이렇게 느껴보는 거예요. '내가 그땐 외로웠구나. 마음이 불안했구나. 상대방의 감정 반응이 바로바로 안 보인다고 해서 자유야, 내 자신을 불안해하지 말자. 사람마다 속도가 다르고, 그 속도를 기다리는 것도 하나의 연애 방식이야.' 이런 연습이 분명 도움이 될 거예요. 이 관계가 끝났다고 해서 전적으로 자유님의 잘못이라고 보지 않으셨으면 해요.

자유: 말씀해주신 거 꼭 기억할게요. 천천히 생각해보니까 고작 두 번 만나고도 그 사람을 좋은 사람이라고 단정했던 것이 좀 상대방을 이상화한 거였던 것 같아요. 맞죠?

햇눈: 네 자유님. 그걸 지금 이렇게 스스로 깨달으셨다는 건 정말 꼭 칭찬해주셨으면 해요. 자유님을 위해 한 가지 더 부탁드릴게요. 단주, 계속 지켜주세요. 이번엔 술 생각이 나지 않도록 가능하면 바깥에 나가서 가볍게 산책이라도 해보면 어떨까요?

다른 방법으로는 자유님처럼 감정이 깊은 분은 글을 통해 마음을 다독이는 힘도 분명 크거든요. 글짓기도 꾸준히 해보시면 좋을 것 같아요. 혹시 글을 쓰고 계세요?

자유: 사실 7월 한 달 동안 저를 더 잘 알고 싶어서 에세이를 썼어요. 예를 들면 '동행', '소식' 같은 주제를 던져주면, 거기에 대해 떠오르는 것을 글로 써보는 거예요.

그럴 땐 제 안을 깊이 들여다보게 되어서 좋았어요. 최소 1,000자씩 써야 했어요. 생각해보니 저 7월 한 달, 정말 열심히 살았구나 싶어요. 셀프 칭찬 또 하나 추가요, 히히.

7월에, 아까 얘기했던 쉽게 만났던 사람과 이별도 겪었거든요. 그래서 어떤 날은 진짜 짧게 이렇게만 썼어요. '나는 이별해서, 울고 있다. 내일 할래. 지금 쓸 힘이 없다. 내 눈물을 보여주고 싶다. 나의 종이에게.' 이렇게 쓴 날도 있었는데요, 그래도 단 하루도 빠지지 않고, 질문을 보고 한 글자라도 꼭 적었어요.

지금은 공동출간물로 단편소설 하나 마무리했어요. 진행 중인 건 장편소설 하나, 그리고 시집 공동 출간이 있어요.

햇눈: 괜찮은 정도가 아니라, 정말 열심히 살아오셨네요.

글짓기는 억눌렸던 감정을 해소해주는 데에도 도움이 되고, 우리 뇌 안에 새로운 연결, 새로운 '생각의 길'을 열어줘요. 사고를 유연하게 만들고, 마음을 천천히 정돈하게 해주죠. 혹시 어떤 주제가 깊이 와닿고 어떤 답을 쓰셨는지 알려주실 수 있을까요?

자유: 답변은 좀 부끄러워요. 기억에 남는 질문은 말씀드릴 수 있어요.

'단 하루를 당신만의 기념일로 선정한다면, 어떤 날을 꼽고 싶나요?' 그 질문 받았을 때, 가슴이 탁... 막히는 것 같았어요. 누구한테도 말해본 적 없는데, 그 질문에 답하면서 저 자신을 많이 안아주고 싶었던 것 같아요.

에세이를 쓸 때 가장 좋았던 점은요, 하나의 단어만 받아도 제 과거를 꺼내보게 되고 어쩌면 아직 도달하지 못한 미래를 꿈꾸게 돼요. 그게 참 좋았어요. 그게 바로 저만의 역사가 되니까요. 제 안에 차곡차곡 쌓인 것들을 정리할 수 있는 시간이었어요.

햇눈: 이렇게 글로 자신을 표현하고 돌아보는 시간은, 그 자체로 치유의 시작이에요. 오늘 이야기 나눠보면서 자유님에게 **EFT 기법**도 도움이 될 수 있겠다는 생각이 들었어요.

조금 생소하게 느껴지실 수도 있는데요, 간단히 설명드릴게요. EFT는 우리 몸에 흐르는 에너지 통로인 경락 지점을 손가락으로 가볍게 두드리면서, 자신의 감정을 있는 그대로 인정하고 받아들이는 문장을 말해주는 거예요.

예를 들면, '나는 지금 불안함을 느끼고 있다. 하지만 그런 나 자신을 깊이 사랑하고 완전히 받아들인다.' 이런 식으로요. 두드리는 동안 감정이 조금씩 정리되고, 몸도 편안해지는 걸 느낄 수 있어요.

유튜브에 'EFT'이라고 검색하시면 자세한 영상들도 많으니까, 한 번 시간 내서 따라 해보셔도 좋을 것 같아요. 오늘 상담은 어떠셨나요?

자유: 마음이, 많이 풀렸어요. 솔직히 오늘도 자책하고 있었어요.

근데 선생님 얘기 들으면서, 이제 치료에 집중하자는 생각이 들었어요. 진심으로 괜찮아지고 싶어요.

자유는 상담사가 추천해준 『키라의 경계성 인격장애 다이어리』의 책장을 넘기며 키라에게 깊이 공감하게 되었다. 키라에게 화도 났지만, 자유는 그 감정을 꾹 삼키며 끝까지 책장을 넘겼다.

책 속에서 키라는 변증법적 행동치료(DBT)와 불교 명상을 함께 실천해 나갔다. 자유는 자조 모임도 검색해보았다. 하지만 우리나라에서는 아직 활성화되지 않은 상태였다. 자유는 고개를 떨구었다. '우리나라는 아직 정신질환자를 위한 자조 모임조차 드물구나…' 아쉬운 감정이 들었다.

자유는 대학교를 나와 졸업한 학과와 관련된 직장에 근무하게 되었다. 근무 중에도 선임의 지독한 괴롭힘에 시달려야 했고 그 후 사람들과의 관계가 너무 힘들었다. 직장도 오래 다니지 못하고 스트레스로 인한 건강 문제로 퇴사했다.

퇴사한 뒤, 세상이 멈춘 듯했다. 다들 앞으로 나아가는데, 자신만 뒤로 밀려난 기분이었다. 우울의 구덩이에 푹 빠져버렸다.

병원에서는 조심스럽게, 현재 심리 상태로는 서비스 직종을 피하는 것이 좋겠다고 권했다. 그 말은 곧 칼처럼 꽂혔다. '난… 뒤처진 인간이야. 그럼 나는 사회에서 아무 쓸모 없는 존재인 거야?' 자신에게마저 환멸이 났다.

병원에서 돌아온 자유는 서랍장에 몸을 기댄 채 두 손으로 머리를 감싸쥐었다. '이젠 뭘 어떻게 해야 하지…'

결국 [10]109에 전화를 걸었다. 상담사에게 있는 그대로 상황을 말하자 답답한 감정이 조금 풀렸다.

며칠 뒤, 퇴사 후 처음으로 시간이 생겼을 때 출산한 친구의 집에 놀러 갔다. 그런데 친구는 자유가 이미 알고 있는 줄 알고 말을 꺼냈다. 자유의 전 남자친구에게 새로운 여자친구가 생겼다는 것이다.

그가 먼저 누군가를 만났다는 소식은 도저히 받아들여지지 않았다. 예

---

10) 정신건강 위기 상담 전화

전 같았으면 자유도 헤어지고 바로 누군가를 만났을지도 모른다. 하지만 그런 시작은, 또 상처로 이어진다는 걸 이제는 알고 있어 꾹꾹 마음을 누르고 있었다. 전 남자친구의 행동을 보며 예전 자신의 행동을 떠올리게 됐다. '나도, 똑같았잖아…'

자유는 친구에게 감정을 정리할 시간이 필요하다고 솔직히 털어놓았다. 친구는 고개를 끄덕였다. 유연하고 따뜻한 사람이었다.

잠시 후, 자유는 EFT 기법을 시도했다. 눈을 감고 이마를 톡톡, 가슴을 톡톡. 자유는 속으로 '지금 나는 불안하다. 그래도 그런 나를 인정하고, 사랑하려고 한다'라고 되새겼다.

그 모습에 친구와 눈이 마주쳤고 둘은 동시에 피식 웃고 말았다. 화제를 바꾸고 마음이 슬며시 가벼워졌다. 자유는 친구와 남은 오므라이스를 나눠 먹으며 한결 가벼워진 마음을 느꼈다. 이후, 귀여운 대사로 웃음을 자아내는 '캐치 피니핑!'을 함께 보며 진짜 힐링을 만끽했다. 둘은 머리를 맞대고 셀카도 찍었다. 작고 귀여운 우정의 기록이었다.

집으로 돌아온 자유는 잠들기 전에 다시 화가 올라왔다.

자유는 그 감정을 그냥 느끼도록 내버려두었더니 오래가지 않았다. 그리고 눈을 감았다. 내일의 자유는 더 괜찮을 테니까.

창밖에서는 달빛이 은은히 쏟아지고 있었다. 햇눈이는 그런 자유를 상상하며, 속으로 이렇게 중얼거렸다. '나도 자유에게 햇눈핑이 되고 싶다~'

자유는 그날 이후, 자신만의 회복 여정을 본격적으로 시작했다. 무너진 마음에 다시 숨을 불어넣고 싶었다. 조증 삽화가 찾아오면, 자유는 쉬지 않고 일을 벌였다. 정신없이 바쁘게 움직이며, 마치 무너질까 두려운 내면을 덮는 듯한 날들이었다. 그 혼란 속에서도 그녀는 감정과 회복에 관한 책들을 스스로 탐색하기 위해 검색을 시작했다.

그러다 우연히 아니 어쩌면 운명처럼 의사에게 들었던 단어 하나를 마주했다. 책에서 <복합적 PTSD(Complex PTSD)> 단어를 접하니 '내가 겪었던 건 단지 우울이나 불안이 아니었구나…'라는 것을 느끼게 되었다.

그녀는 곧바로 관련 서적들을 찾았다. 첫 번째는 [11]『변증법적 행동치료 기술워크북』이다. 이 책은 경계성 인격장애 치료 행동에도 매우 효과적이다. 두 번째는 우선 복합적 PTSD를 쉽게 이해하고 적용할 수 있는 [12]『빨간모자와 늑대의 트라우마 케어』였다. 그녀는 단숨에 책을 완독했다. 내용은 쉽고 따뜻하게 쓰여 있었지만, 그 속에는 깊은 위로와 실질적인 회복의 방법이 담겨 있었다. 책의 3장에서는 만성 트라우마를 회복하는 일곱 가지 단계(메리 하비의 회복 7단계)가 나온다.

자유는 회복을 위해 자신도 일곱 가지 단계를 적용해보기로 한다.[13] 그녀는 '회복'이라는 이름의 작은 정원을 가꾸기 시작했다. 낡은 기억은 부드럽게 정리하고, 새로운 가능성의 씨앗을 한 알씩 심는 것처럼.

나의 극복기 [1단계:기억 상기 과정의 주체자가 되자]

어린 시절 맞고 방에 갇혀 있던 그날의 기억이 떠올랐다. 몸은 작았고 방은 너무 컸으며 무서움은 벽처럼 나를 둘러쌌다. 그때 나는 누군가의 도움이 간절히 필요했다. 하지만 그 시절의 나는 도와달라는 말을 마음속에서도 꺼내지 못했던 아이였다. 입은 다물고 있었고 감정은 꾹 눌려 있었다. 그러던 내가 이제는 조금 달라졌다.

이 책을 읽기 전 상담에서 배운 '안전지대 만들기'가 나에게 하나의 든든한 울타리가 되어주었다. 그곳이 있었기에 나는 그 기억

---

11) 도서 『변증법적 행동치료 기술 워크북』 Matthew McKay, Jeffrey C. Wood 외 1명 지음
12) 『빨간모자와 늑대의 트라우마 케어』 2017년 9월 15일, ㈜프리렉, 시리코와 미야코 지음
13) 출판사의 허락 후 책에 나온 7단계를 주인공에게 적용했음을 기술함.

의 문을 다시 열 수 있었다. 고통스럽고 두려운 기억이었지만 상상의 안전한 공간을 마음속에 떠올리며 나는 그 장면을 끝까지 바라볼 수 있었다. 이제 나는, 그 기억 속에서 갇혀 있던 아이의 손을 잡아주는 어른이 되었다. "괜찮아. 난 잘 버텨냈어."

나의 극복기 [2단계:기억과 감정의 통합]

고등학생 때였다. 아빠는 또다시 술에 취한 채 집에 들어왔다. 문이 덜컥 열리는 소리만 들어도 가슴이 쿵 내려앉았고 곧이어 들려오는 괴성에 숨이 막혔다. 강아지들과 나는 방으로 도망쳤다. 그렇게 매번 언제 도망가야 할지 모르는 무서움을 안은 채 일상을 보냈다. 작은 집안에서도 도망다니는 제리 같았다.

하지만 그날은 달랐다. 몸속 깊은 곳에서 알 수 없는 에너지가 치솟았다. 나는 아빠에게 달려들어 있는 힘껏 화장실 벽으로 밀쳐냈다. 그는 이성을 잃은 상태였고 아빠는 밀리지 않고 나는 되려 곧바로 화장실로 밀려났다. 나는 넘어질 뻔했지만 세탁기가 있어 다행히 버틸 수 있었다. 곧 아빠의 손이 내 얼굴을 향해 올라왔다. 그 순간 나는 울부짖듯 소리쳤다.

"죽어!! 아빠가 죽었으면 좋겠다고!!" 순간의 고요 속에서 나는 내가 내뱉은 말의 파편 속에 서 있었다. 그때 내가 느낀 감정은 두려움과 당황스러움이었다. 강아지가 다칠까 봐 행동한 것에 스스로 놀랐다. 곧이어 '내가 반격을 할 수 있구나. 나도 아빠를 밀어낼 수 있구나.'라는 생각이 들었다. 지금 돌아보면 그날도 그 후에도 내가 아빠에게 가장 격렬하게 맞섰던 날은 늘 강아지가 다칠 위험이 있던 순간이었다. 내가 맞는 건 참을 수 있어도 지키고 싶은 존재가 다치는 건 절대 용납할 수 없는 일이었다.

나는 그때의 나를 이해한다. 무력했지만 그 안에 용기가 있었다는 걸. 그날의 기억과 그때의 감정을 나는 부정하지 않는다.

나의 극복기 [3단계:감정 내성]

나는 종종 마음이 바짝 조여오는 것을 느낀다. 일을 처리하는 시간이 충분함에도 불구하고 쫓기듯 바빠지고 조급함은 곧 짜증으로 터져 나온다.

"아니, 이것 좀 옮기라니까?", "이걸 동시에 못 해? 내가 아까 뭐랬어, 일찍 좀 움직이자고 했잖아!" 주변 상대방에게 말이 툭툭, 바늘처럼 날아간다. 상대방의 눈빛이 흔들리는 순간, 나는 움찔한다. 그제야 깨닫는다.

그 말투였다. 그건 내 안에 내재된 불안이 만들어낸 목소리였다. 익숙했다. 어릴 적에 엄마가 내게 자주 했던 말투였으니까.

"왜 이렇게 느려? 굼벵이 같아서는!", "얼른 안 하면, 오늘은 아무것도 못 해." 그 말들에 나는 늘 급하게 움직였고 느리다는 이유만으로 '사랑받지 못할지도 모른다'는 공포에 시달렸다.

하지만 그 조급함이 어디서부터 시작되었는지를 알기에 나는 요즘 나긋하고 상냥한 말투를 지향하려 애쓴다. 그럼에도 말이 반사적으로 튀어나올 때는 곧장 진심을 덧붙일 줄 아는 사람이 되고 싶다. 그래서 "어렸을 때 부모님 두 분 다, 내가 일을 느리게 하면 금세 화를 내셨거든. 그래서 늘 무서웠고, 조급한 말투가 몸에 밴 것 같아. 방금 내 말이 상처였다면 정말 미안해. 앞으로는 더 천천히 말해볼게."라고 용기내 말한다. 이제 나는 내 감정이 나를 앞질러 달릴 때 잠시 멈추어 바라볼 수 있게 됐다.

나의 극복기 [4단계:증상 통제]

썸을 타던 사람에게 거절당한 밤이었다. 지금 이 고통은 단순한 거절 때문만이 아니었다. 나는 자존심이 상한 게 아니라 자존감이 깎인 듯한 공허함을 느끼고 있었던 것이다. '나는 성적인 매력으로 사람의 마음을 붙잡아야만 하는 사람인가...?' 늘 그랬다. 안전한 사랑을 받기 위해 내 몸과 말투를 무기로 삼아야 했던 시절이 있었다.

그날 새벽, 내 안에서 '유기 불안'이라는 트리거가 발동된 것이었다. 사람에게 버려질지도 모른다는 두려움이 올라왔다. 하지만 나는 도망치지 않고, 그 감정을 바라보았다.

'달아오른 뺨처럼 화끈거리는 자존심도, 텅 빈 마음속 그늘도, 괜찮아. 난, 나만의 방식으로 살아남았을 뿐이야.' 다독이듯 속삭였다.

나의 극복기 [5단계:자아 존중감과 통일된 자아감]

요즘 나는 거울 앞에 서서, 스스로에게 말을 건다.

'나는 전문가에게 도움을 요청할 줄 아는 용기 있는 사람이다. 나는 넘어졌지만 다시 일어나는 법을 배운 사람이다. 나는 생명을 소중히 여기는 사람이고 나 자신도 그 안에 포함된다.'

예전엔 내가 참 싫었다. 흔들리는 나를 붙잡기 위해 억지로 태연한 척을 하며 버텼다. 하지만 지금은 내가 불편해하는 마음이 무엇인지 이해하고 그것을 어떻게 돌볼지 배우고 있는 사람이다. 금주를 선언했고 그 약속을 지키기 위해 하루하루를 살아내는 사람이고 그게 지금의 나라는 것이다. 이제 나는 조금 더 온전한 나로 살아가고 있다.

나의 극복기 [6단계:안전한 애착]

이 단계에 도달했을 때, 나는 결국 그것과 마주하게 되었다. 내가 때로는 피해자였지만, 어느 순간에는 가해자였다는 사실을.

최근까지도 나는 알코올에 기대어 언제부턴가 날카로운 날이 되어 상대방에게 내 말과 행동을 일그러뜨렸다. 상처받은 사람인 동시에 상처를 주는 사람이 되어버린 것을 알았을 때 많이 아팠다. '이럴 생각이 아니었는데...'

피해자인 나를 다정하게 보듬는 만큼 가해자의 얼굴을 한 나도 외면하지 말아야겠다고 결심했다. 피해자인 내 모습과 가해자의 그림자에서 벗어나기 위해 나는 다시 한번 단주를 결심했다. 또한 모난 말투와 감정의 가시로 누군가의 마음에 상처를 낸 적이 있다면 내 마음의 골을 들여다보며 다시 말의 온도를 배워야 한다고 생각했다.

나의 극복기 [7단계:의미의 도출]

나는 다시 흔들리더라도 다시 길을 찾을 것이다. 글을 통해 마음을 잇고, 어딘가에서 홀로 흔들리는 누군가에게 따뜻한 언어 하나를 전하는 사람이 되고 싶다.

그것이 내가 살아가는 이유이고 이 삶의 깊은 가치이다. 나는 '완치'를 목표로 하지 않는다. 병이 사라지는 것이 전부가는 아니라는 걸 배웠다. 넘치는 날에 속도를 조절하고 떨어지는 날에는 부드럽게 착지하는 법을 배워가는 중이다. 누군가는 인생을 정상을 향해 걸어가는 등산에 비유했다. 그 말에 동의하면서도 나는 다르게 생각한다.

모두가 정상을 밟아야 하는 건 아니다. 산은 꼭대기만을 위한 곳이 아니니까. 내 삶은 어쩌면 남들보다 조금 가팔랐는지도 모른다. 그렇기에 나는 더 오래, 더 깊이 풍경을 바라보겠다. 내가 쉬는 자리는 깊은 향이 남을 것이다.

자유는 명상을 대신해 하얀 벽에 조심스럽게 점 하나를 찍고 일곱 단계를 적용해보기로 마음먹었다. 점 하나에 시선을 고정하고 안에서 솟구치는 감정을 차분하게 정돈해 나갔다.

자유는 점 너머로 고요 속의 소리를 들으려 했다. 그 소리는 아주 작았지만 그녀의 마음속 어지러운 풍경을 잠시 멈추게 해주었다. 처음엔 '최근에 있었던 스트레스를 중심으로 적용해야 할까?', '아니면... 내 인생을 뒤흔들었던 사건들을 떠올려야 할까?' 하고 망설이던 자유는 결국 책을 다시 펼쳤다. 자연스럽게 떠오르는 '삶의 장면'들을 응시했다. 그리고 마음속에서 다짐했다.

햇눈이는 7단계를 적용해 나가는 자유의 모습을 지긋이 바라보고 있었다. 또한, 자유의 눈에 비친 햇눈이는 햇살처럼 따뜻하고 눈송이처럼 위로를 건네고 있었다.

햇눈: 자유야, 과거를 회상하고 울먹이는 너의 모습을 봤어. 그런데도 끝까지 포기하지 않고 7단계를 작성해준 그 용기 정말 대단해. 혹시 7단계 적용하면서 마음에 어떤 변화가 있었는지 적용하는 과정은 어땠는지 말해줄 수 있어?

자유: 응 그럼! '1단계, 기억 상기 - 기억의 주체자가 되자' 단계에서는 복지사님 도움을 받을까 고민했어. 근데 전에 배운 '안전지대' 솔루션이 떠올랐어. 그래서 '한번은 내 안전지대를 믿어보자' 하고 시도해봤어. 중간에 하다가 도저히 힘들면 복지사님께 도움을 청하자는 마음이었지. 결국 내 안전지대가 효과가 있었어.

　　아, 내가 만든 내 마음의 지지대가 나를 지킬 수 있구나. 그 생각에 마음이 신기하고 든든해졌어.

햇눈: 전문가와 함께하는 것도 좋지만, 네가 만든 안전지대 안에서 자신을 믿고 해보는 그 용기가 정말 멋져. 스스로 나오려는 너를 보니 내면이 훨씬 단단해졌구나.

자유: '2단계, 기억과 감정의 통합' 단계에서는, 아빠랑 지내면서 늘 긴장이 되긴 했지만, 나도 누군가를 공격할 수 있는 사람이라는 것을 깨달았어. 그런 순간들엔 늘 어떤 공통된 흐름이 있다는 걸 알게 됐어. 그걸 알게 되니까 내 행동을 이해할 수 있었고 동시에 슬퍼졌어. 방법은 옳지 않았지만 그 순간의 폭발적인 반응은 결국 내가 강아지들을 얼마나 사랑했는지를 보여주는 거였어. 아이들이 너무 보고 싶더라…

햇눈: 맞아. 매일 술 마신 아버지가 기분이 좋지 않은 날이면 언제 폭력적이 될지 몰라서 항상 긴장했었지. 지켜야 할 존재가 자유 너 하나로도 충분히 벅찼을 텐데, 너에게 소중한 생명까지 안고 있었으니 얼마나 힘들었겠어.

자유: '3단계, 감정 내성' 단계에서는 나도 모르게 과거 감정이 현재에 스며드는 걸 계속 느꼈어. 특히 내가 과음했을 때는 심한 것 같아. 그리고 엄마처럼 무섭게 협박하진 않아도 나도 타인을 다그치는 성격이 있다는 것을 알았어.

어릴 때부터 엄마에게 늘 굼벵이라고 불리면서 체벌을 받았거든. 그게 무서움으로 남아 있었나 봐. 결국 나도 다른 사람에게 재촉하고 목소리를 높이고 그 사람이 내게 화를 내면 과거로 휘청이며 돌아가는 느낌이 들었어.

햇눈: 그건 엄마와 동일시된 부분일 수도 있어. 그리고 느린 행동에 대한 부정적인 반응이 너무 강하게 남아 있어서, 지금도 '느리면 안 돼'라는 긴장감 속에 살아가는 걸 수도 있지. 이건 전문가와 함께 과거와 현재를 분리해보는 연습이 정말 중요해 보여.

자유: 응, 나도 그 부분은 아직 헷갈려. '4단계, 증상 통제' 단계에서는 내가 트리거가 많다는 걸 이미 알고 있었지만 특히 '유기 불안'이 강하게 나를 흔들어놓더라.

그 감정을 아무에게나 털어놓지 않도록 여러 전문가와 연습하고 있어. 그래도 몹시 어렵고 솔직히 많이 속상해. 다른 트리거들도 찾으려고 노력해봤는데 머리가 너무 아파서 포기했어. '이건 내가 혼자 해결할 수 있는 일이 아니다'라고 생각하게 됐어. 오랜 상담을 통해, 안전한 상태에서 천천히 마주 보려고 해. 일상 속에서 불쑥 나타날 수도 있을 거고, 상담 중에 드러날 수도 있겠지. 너무 깊이 몰입하지 않기로 했어. 솔직히, 4단계가 가장 힘들었어.

햇눈: 그럴 수밖에 없지. 트리거가 작동하는 상황 자체가 굉장히 고통스럽거든. 그 안에 있는 요인을 찾는 건 정말 어려운 일이야. '유기 불안'이라는 트리거를 인식한 것만으로도 정말 큰 걸 해낸 거야. 나머지 부분은, 천천히 해보자.

자유: '5단계, 자아 존중감과 통일된 자아감' 단계에서는, 조금씩 긴장이 풀리는 걸 느꼈어. 금주를 하는 것과 솔루션을 시행하는 것은 나를 단단하게 해주고 있어.

예전엔 자존감이 높다고 연기했어. 자존감 테스트할 때도, 어떤 항목에 체크해야 점수가 높게 나올지 다 알고 있었거든. 자존감 낮은 사람처럼 보이고 싶지 않았어. 지금은 인정할 수 있어. 나는 낮은 자존감 속에 살았고 천천히, 그 빈자리를 채우고 있다는 걸. 예전보다 자기부정이 줄어들었고 조금씩 나에게 관대해지고 있어.

햇눈: 자존감 테스트조차도 남의 시선을 의식했던 게 마음이 아려. 예전에 소울 병원 처음 갔을 때도 일상엔 문제 없고 수면만 힘들다고 했던 거 기억나.

자유가 혼자 짐을 지고 살아온 거 잘 알겠어. 우리 할머니도 삶의 무게가 무거웠을 텐데, 항상 아무렇지 않다는 듯 웃었거든. 그 모습이 겹쳐 보였고, 그래서 네가 떠올랐어.

슬플수록 더 밝은 얼굴을 하게 되는 사람들 있잖아. 그게 얼마나 힘든 일인지 알아. 그동안 널 곁에서 다독여줄 사람이 없었다는 게 아쉬웠어. 하지만 지금은 내가 있잖냐용~

자유: 맞아, 행복해. 요즘은 친구 관계도 예전보다 훨씬 단순하게 생각해, 예전엔 혼자 삐져서 단톡방에서 나가곤 했거든.

'6단계, 안전한 애착'단계에서는, 사실 내가 제일 인정하기 싫은 부분이었어. 나는 술에 취해서 자해하곤 했어. 그 모습을 나를 사랑해주는 사람들이 봤어. 너도 봤고, 내 전 연인이나 친구들도 봤어.

그때 그 사람들은 얼마나 마음이 아팠을까. 본인들이 나를 돕지 못한다는 생각에 얼마나 괴로웠을까. 지금 생각해보면 내가 그들에게 정서적 학대를 했던 것 같아. 그걸로 사랑을 확인하려 했던 내가 너무 밉고, 그들에게 미안해...

하지만 애착은 고정된 게 아니라 변화할 수 있는 거라고 이제는 알고 있고, 분명히 변할 거라 믿어.

햇눈: 나도 네가 자해하던 모습을 봤을 때, 또 술에 취해 너 자신을 아프게 하는 순간들을 볼 때 마음이 참 많이 아팠어. 하지만 표현해줘서 너무 고마워. 네 말대로 애착은 절대 고정된 건 아니야. 충분히 바뀔 수 있어.

자유: 고마워, 날 믿어줘서. 이제는 나도 나를 믿는 힘이 생겼어. 마지막, '7단계 의미의 도출'단계에서는, 이제까지 내 문제들이 완벽히는 아니어도 정리되는 느낌이 들었어. 천천히, 그리고 꾸준히. 그게 내 목표야.

햇눈: 하나하나 느낀 점 말해줘서 고마워. 마지막까지 정말 잘 해줬어. 다 마치고 나니 어때?

자유: 우선 햇눈아! 끝까지 내 얘기 들어줘서 고마워. 개인적으로는 2단

계, 4단계, 6단계가 참 힘들었거든. 그런데 이상하게도, 그 아픈 기억이 떠오를 때마다 마지막 7단계를 상기시키면 마음이 차분해지는 걸 느꼈어.

이 단계들은 내 마음이 정리되고 나를 다시 중심으로 데려다주는데 분명 좋은 역할이 됐어. 책에 있는 예시들 덕분에 '나만 이런 과정을 겪는 게 아니구나' 하는 위로도 컸어. 막대한 불안이 나를 삼키지 않도록 잡아주었어.

햇눈: 그래. 책도 너한테 큰 도움이 된 것 같아서 나도 마음이 놓여. 자유야, 정말 너무 잘 해냈어.

자유에게 금주의 후폭풍이 찾아왔다. 약물의 부작용이었다. 술에 대한 그녀의 욕망은 서서히 다른 형태로 모습을 바꾸기 시작했다. '단 것'을 찾기 시작했다. 달콤함으로 바뀐 갈망이었다.

정신이 맑고 몸이 활발할 때는 설탕 따위 무심하게 지나칠 수 있었다. 밤이 되면 달라졌다. 수면제를 삼킨 후, 입 안 가득 달달한 것을 원하게 되는 그 갈망이 어김없이 밀려왔다.

어느 날 새벽이었다. 자유는 렘수면의 경계에서 몸이 흔들리고 정신은 흐릿한 채, 그저 무언가에 이끌리듯 편의점을 향해 걸었다. 비틀비틀 넘어질 뻔하면서도 뇌 어딘가가 이끄는 대로 갔다. 위험했다. 다음 날, 자유는 불편함을 호소하기 위해 소울병원을 갔다.

의사: 환자 본인 이름, '한자유'님 맞으시죠?
자유: 네
의사: 요즘 약도 꾸준히 매주 잘 받으러 오시고, 참 좋아요. 단주는 계속하고 계세요?
자유: 예전에는 수면제 말고는 필요할 때 마음대로 약을 복용했었어요.

지금은 알람을 맞춰서 정해진 시간에 복용하니까 일상 속 감정 기복이 훨씬 줄었어요. 아침에도 일정한 시간대에 눈이 떠져요. 단주도 계속 이어가고 있어요.

의사: 오, 너무 잘하고 계시네요. 단주하면서 괜찮으세요?

자유: 사실 그게 좀 불편해서 왔어요. 단 게, 너무 먹고 싶어요. 특히 수면제를 복용한 새벽에는 주체가 안 돼요. 몸은 자는 것 같은데, 정신은 초콜릿 귀신에 홀린 사람처럼 편의점으로 가요. 비틀거리기도 하고, 넘어지기도 하고... 그래서 다치기도 해요. 멍도 자주 들어요.

의사: 음... 예전에 음주가 많으셨으니까 단 것에 대한 갈망은 그런 현상의 일환일 수 있습니다. 금주 증상 완화에 도움이 되는 약을 하나 처방해드릴게요. 기존 약은 그대로 진행할게요. 혹시 다른 불편한 점은요?

자유: 아직도 아침 7시에서 9시 사이에 가슴이 조이는 느낌이 들어요. 그 불편감에 잠에서 깨요. 잠이 든 시간에 무의식적으로 일어나서 과일이나 뽀또나 칙촉 같은 간식을 쿰척쿰척 먹고 있더라고요. 몽유병처럼요.

의사: 그 증상은 예전에도 말씀하셨었죠. 조금만 더 지켜볼게요. 앞으로도 단주는 계속 유지하세요. 약 효과를 충분히 보기 위해서는 지금처럼 2개월 정도는 안정적으로 이어가는 게 좋겠습니다.

자유: 네, 감사합니다.

아직도 남성 상담사와 깊은 대화를 나누는 것이 불편한 자유는 채팅 상담으로 진행하기로 한다. 오늘 상담에서도 상담사의 호칭은 자유가 의지하고 있는 '햇눈'으로 통일되었다.

햇눈: 안녕하세요. 자유님 준비되셨을까요?

자유: 안녕하세요. 오늘은 상담 선생님께서 가정사 이야기를 듣고 싶다고 하셔서 마음의 준비를 하고 왔어요.

햇눈: 네, 자유님에게 가정사 외에도 궁금한 게 많습니다. 예전 접수지를 읽어보았는데 가정사로 인해 학창 시절부터 많은 상담을 받으신 걸로 보여요. 여태 받은 상담이 도움이 되었나요? 어떠셨나요?

자유: 네, 중학생 때부터 상담받았어요. 그때는 [14] 'We class'가 없었어요. 처음 상담을 받았던 건 교무실 한쪽 구석에서였어요. 솔직히 말하면 불편했어요. 상담을 받은 계기는요. 체육복이 제대로 세탁되지 않아서 곰팡이가 폈거든요. 선생님이 제 사물함 앞을 지나가면서 냄새가 난다고 하셨어요. 그때 또 제 손등에 자해 자국도 있어서, 친하지 않은 친구들이 놀리고... 그리고 급식 반찬으로 장난을 치거나, 수업 시간에 가만히 못 앉아 있거나 하면 꼭 엄마한테 전화가 갔어요. 집에 가면 맞았죠. 또.

햇눈: 교무실이라면 비밀 보장도 어렵고, 제대로 된 상담이 아니었겠네요. 자유님의 감정은 고려되지 않았겠어요. 어머니는 오히려 폭력으로 반응하셨군요.

자유: 네, 전학 간 학교에서는 상담 선생님이 좀 다르셨어요. 개인 연락처도 알려주셔서 밤에도 제가 연락드리곤 했어요.

제가 선을 지키지 못하고 자해한 사진도 보냈었어요. 시간이 지나고 나니까, 그 선생님께 너무 죄송하더라고요. 어릴 때부터

---

14) We+education, we+emotion&class 학교, 교육청, 지역사회가 연계해 학생들의 학교생활을 지원하는 3단계 다중 통합지원 서비스망

엄마의 폭행이 심해서 아픈 감정을 어떻게 표출해야 하는지 방법을 몰랐어요.

부모님이 이혼하신 후 엄마가 직접적으로 때리지는 않지만 변함없이 소통할 때 폭언을 퍼부었어요. 너무 심해서 주변 사람들 모두가 엄마와 완전히 단절하라고 권했어요.

햇눈: 전학 간 학교에서는 따뜻한 위로와 공감을 받긴 했지만, 상담자와 내담자 사이의 경계가 흐렸던 것 같아요. 자유님이 자해 사진까지 보냈던 걸 보면 자유님에게 누군가에게 관심받고 있다는 감각과 애정을 확인받고 싶은 감정이 정말 절박했던 거겠죠.

부모님이 그 역할을 해주지 못했으니 정말 외롭고 혼란스러웠을 것 같아요. 지금은 따로 계신다고 하셨죠. 그런데 어머니께서 그렇게 폭언을 하신 후에 사과 같은 건 하신 적 있으세요?

자유: ... 없어요. 아빠가 식물인간일 때 순간적으로 마음이 약해져서 '엄마와도 다시 가까워질 수 있지 않을까' 하는 어리석은 기대를 했던 적도 있었어요. 근데 그 기대가 오히려 더 큰 증오로 바뀌었어요. 엄마는 정말 이상해요. 사고방식이 정상적인 사고를 하는 것 같지 않아요. 같이 이야기하고 있으면 '내가 정말 사람과 말하고 있는 게 맞나?' 그런 생각이 들어요. 제가 아는 사실조차도 거짓이라고 주장해요. 자신이 말하는 것만을 제가 믿어야 하고 전적으로 엄마의 뜻을 따르길 바라요. 처음엔 일부러 그러는 줄 알았는데, 지금은 완전히 엄마가 다른 세계 존재 같아요.

햇눈: 자유님이 알고 있는 사실조차 왜곡되면 그건 정말 혼란스러울 수밖에 없겠어요. 혹시 어떤 상황에서 그런 식으로 말씀하신 적이 있었는지 말해주실 수 있나요?

자유: 제가 초등학생 때 아빠가 첫 번째 뇌출혈을 일으켰어요. 그날 집에 돌아온 엄마는 저한테 화를 냈어요. 제가 말을 안 들어서 아빠

가 아프다는 것이었어요, 그래서 '저는 내가 뭘 잘못했지?' 하고 죄책감에 쌓였어요.

아빠가 운동화 닦아달라고 했는데, 안 닦은 게... 어린 마음에 그게 꼭 아빠를 아프게 만든 일 같았어요. 상담을 통해서야 알았어요. 그건 완전히 왜곡된 사고였고, 부모님의 병이나 불행은 제 탓이 아니었다는 걸요.

부모님의 외도를 저 초등학생때 여러번 봤어요. 그때는 서로 알아서 정리하셨어요. 하지만 중학생 때, 엄마의 핸드폰에서 엄마가 외도했다는 것을 알게 됐어요. 그때 의논할 성숙한 어른이 없었어요. 혼자 오래 고민하다가 결국 아빠에게 말하기로 결심했어요.

그땐 '나중에 아빠가 알게 되면 엄마가 진짜 위험할지도 모른다'는 생각이 컸었어요. 아빠에게 말하면서 엄마가 저에게 미안해할 줄 알았어요. 그런데 엄마는 저한테 미안함이 없었어요. 되려 제가 엄마의 인생을 망친 혐오스러운 존재가 되었죠.

엄마는 당시에 "니 때문에, 그 놈의 폭력을 참아왔는데 나를 배신했어"라고 했어요. 그 일을 아직도 들먹이며 저에게 폭언을 하세요. 또 다른 일화로는 제가 아빠와 둘이 라면을 먹는 행동으로 엄마는 자신이 그 집에서 왕따를 당했다고 했어요. 제 앞에서 아빠 지갑에서 돈을 훔친 것도 기억나요. 그게 나쁜 일이니까 저는 아빠에게 말했어요. 그랬더니 엄마는 이간질했다며 아빠가 출근하자마자 '진실의 방'을 시작하셨어요. 제가 성인이 되고 공황장애가 있다고 어렵게 말했을 때도 사탄이 들렸다고 하셨어요.

햇눈: 에고... 정말 너무 힘들었겠어요. 어머니와 거리를 둔 건, 정말 잘한 결정이었네요. 자유님이 강아지에게 많이 의지했던 이유도 알 것 같아요. 사람보다 먼저 다가와 준 생명, 말없이 안아주는 존재

였으니까요. 지금 자유님의 일상에서 가장 불편하다고 느끼는 게 있다면 어떤 걸까요? 사실 우리가 지금 제일 불편한 걸 들여다보는 게 곧, 제일 먼저 회복하고 싶은 것과 연결되어 있거든요.

자유: 선생님, 엄마 이야기를 조금 더 해도 괜찮을까요? 그런데 오늘은 상담에 집중이 잘 안 돼요. 엄마 이야기만 하면 특히 더 힘들어요. 잠깐 쉬었다 해도 될까요?

햇눈: 그럼요. 자유님, 편하게 말씀해 주세요.

자유: 아빠가 식물인간일 때 엄마와 내적인 화해가 이루어질 수 있기를 기대했다고 했잖아요. 제가 엄마에게 어린 시절 저를 많이 때리고 도구처럼 이용했던 것에 대해 사과해주기를 요구했어요. '엄마가 그땐 미안했어, 내가 잘못했어, 너의 입장을 생각하지 못했어.' 그런 말들요. 근데 사실 제가 정말 바랐던 건 '미안했다. 너를 사랑한다.' 사랑이라는 엄마에게 자식에게 줄 수 있는 고귀한 마음이었어요.

그 말을 들었어도 그 어린 시절이 전부 치유되진 않았겠지만, 적어도 이렇게까지 엄마를 증오하진 않았을 거예요. 그런데 엄마는 사과하지 않았어요. 오히려 쏘아붙였어요.

싸가지 없이 굴면 아빠의 보험을 해지해버린다며 어디서 감히 까부냐고 소리 질렀어요. 그 보험은 엄마가 이혼 전에 아빠를 피보험자로 계약한 거였어요. 아빠는 30대에 뇌출혈이 와서, 다른 보험은 들기에 제한이 컸고 실비도 없었어요. 그 보험에서 입원비만 나와도 저한테 한 줄기 희망 같은 거였어요.

그래서 저는 또다시 엄마에게 잘못했다고 말했어요. 어린 시절처럼, 다시 복종자로 돌아갔어요.

그때 그런 생각이 강하게 들었어요. '엄마에게 정말… 모성애라는 게 존재하기는 했을까?' 아빠 돌아가시고 4년이 흘러, 외할아버지 임종할 때 이야기에요. 엄마가 전화로 떨리는 목소리로 저에게 무섭다고 했을 때, 저는 어린 시절처럼 무작정 곁에 있어줘야겠다고 생각했어요. 엄마와는 다른 모습을 보여주고 싶었어요.

아빠 아플 때, 시골에서 급히 올라와준 아빠 친구분, 여자친구에게 허락받고 달려온 남동생, 반차 내고 노트북 들고 온 언니... 모두가 잠시라도 저를 봐주고 안아준 그 순간들이 제게 얼마나 큰 힘이 되었는지 몰라요.

그래서 저는 밤 10시에 4시간 거리를 택시 타고 엄마에게 달려갔어요. 도착하자마자 엄마 손을 잡고, 안아주었어요. 엄마에게 딸이 곁에 있으니 걱정 말라고 계속 다독였어요. 그리고 마음속으로 생각했어요. '나 같은 딸... 참 사랑스러울 텐데.' 그런데 엄마는 그렇게 느껴지지 않은 듯 했어요. 자신을 한 번 보러 왔다고 나중에 손 벌릴 생각 하지 말라고 하더라고요. 엄마는 과거에도 학생이던 저에게 도대체 언제부터 용돈 줄 거냐고 물었어요.

제게 엄마는 연 19.9% 이자를 요구하는 채권자 같았어요.

햇눈: 제일 힘들었을 시기에 그런 말들을 들으셨다니... 정말 안타깝네요. 모든 엄마가 모성애가 중심이 되진 않아요. 아픈 부모는 자식의 감정을 읽을 능력 자체가 결여됐을 수도 있어요. 그런 경우엔 감정을 조절하는 전두엽보다 본능적인 반응을 관장하는 편도체가 주도하는 사고장애일 가능성도 있어요. 혹시 아버님은 어떠셨나요?

자유: 지금 제가 말이 꼬이죠? 정신이 혼란스러워요. 엄마 얘기하면 제 자신이 저로부터 스스로 멀어지는 것처럼 느껴져요. 누가 저를 포근히 안아줬으면 좋겠어요. (슬금슬금 음주 욕구가 올라오고 있었다.)

햇눈: 그럴 수 있어요. 자유님은 오랜 시간 정신적·신체적으로 너무 큰

상처를 받아오셨어요. 지금 약물 치료는 받고 계신가요?

자유: 네, 약물치료 중이에요. 질문하셨던 아빠에 대해 말씀드릴게요. 부모님 이혼 후 아빠랑 단둘이 살 때 엄마가 없으니 고스란히, 저는 홀로 학대당했어요. 저는 엄마만 없으면 폭력과 멀어질 줄 알았는데 그때 한번 더 좌절감을 크게 느꼈어요. 남들이 좋아하는 주말이 저에게 제일 무서운 시간이었어요.

토요일이 제일 무서웠어요. 일요일은 쉬는 날이니까 아빠는 토요일 밤에 술을 진탕 마셨거든요. 아빠가 취하면 전 제 방을 나갈 수 없었어요. 욕먹거나 맞을 걸 아니까. 그래서 저는 그 작은 방 안에서 검은 비닐봉지 안에 대소변을 봐야 했어요. 바닥에 흐르는 것보다 더 수치스러웠던 건... 손끝에 남은 그 냄새였어요. 마치 지워지지 않는 오물처럼 제 존재를 덮고 있는 기분이었어요.

세상에서 가장 지독한 감옥 속에 그곳에서 저는 숨죽여 견뎠어요. 누구도 지켜주지 않는 밤 적막하게 썩어가는 마음을 저는 어릴 때부터 알았어요.

아빠가 잠이 들어야만 비누로 씻을 수 있었어요. 그 냄새가 아빠 술냄새였는지 담배 냄새였는지 제 배설물이었는지... 사실, 전 알고 싶지 않았어요. 친구들에게 나는 애정 섞인 집안 냄새가 탐났어요. 친구의 인형을 훔칠 수는 있어도 냄새는 훔칠 수는 없었어요. 냄새는 너무 정직해서 사람의 여유를 보여줬어요. 저는 악취를 달고 자랐어요.

악몽처럼 남은 장면이 있어요. 허니버터칩을 사달라고 했는데 편의점에서 품절이 되어 과자가 없었어요. 아빠는 그게 자기를 놀린 거라고 생각했어요. 식칼을 들고, 제 방 문을 열고 들어왔어요. 칼끝이 제 코앞까지 왔다가 바닥에 던져졌어요.

강아지 한 마리는 저를 지키겠다고 짖어댔고, 다른 한 마리는 제 뒤에 숨었어요. 저와 아빠가 눈을 마주쳤는데 그 순간 아빠 눈빛... 붉은 기가 도는 그 눈빛이 예전에 엄마가 저를 동대문 도서관에 두고 간 날 돌아보던 그 눈빛과 똑같았어요. 사람의 눈빛이 얼마나 강한지 전 알아요.

아빠가 현행범으로 파출소에 잡혀간 적도 있어요. 진술서를 쓰러 파출소로 가는 길에, 출동관이 저에게 갈 곳이 있냐고 물었어요. 저는 오히려 제가 지금 어디로 가야 하는 거냐고 되물었어요. 출동관은 긴 한숨을 쉬었어요.

파출소에 도착한 전 진술서 종이를 익숙하게 꺼내 육하원칙에 맞춰 또박또박 써 내려갔어요. 처음이 아니었거든요. 이미 여러 번 써봤던 거니까요. 경찰 한 분이 조심스레 말하셨어요.

"가정법원은 교육, 형사재판은 처벌이에요. 피해자님의 신변을 생각하셔야 해요."

그 순간, 종이만 보였던 시야가 서서히 넓어졌어요. 제 바지엔 강아지 똥이 묻어 있었고 냄새가 올라오고 있었어요. 그 상황에서 눈물이 뚝- 하고 떨어졌어요. 경찰이 휴지를 내밀었고, 전 코를 닦고 다시 진술서를 썼어요.

아빠는 경찰서에서 찜질방이나 가야겠다며 고함쳤어요. 제가 그날 맞은 이유요? 친구 집에서 자고 왔다는 이유였어요. 외박한 저에게 화가 난 아빠는 집을 나가라는 말에 제가 반항하자 제 머리채를 잡고 거실로 질질 끌었어요. 저는 강아지 대소변이 묻은 신문지 깔린 박스에 던져졌고, 박스는 찢어졌어요. 아빠는 저를 다시 일으켜서 얼굴을 때렸어요. 저는 이를 악물었어요.

제 무릎은 꿇려졌지만 온 힘을 다해 일어나 필사적으로 대문을 열고 정신없이 불을 붙였어요. 그저... 다 끝내고 싶었어요. 하지만 아빠가 바로 제압했고 불씨는 날아가 버렸어요. 아빠는 112

로 본인을 신고했어요. "지금 당장 안 오면, 진짜 살인 난다"고 소리쳤어요. 그땐 그냥... 차라리 죽여줬으면 했어요. 진짜 재가 되었으면 좋겠다고 생각했어요.

햇눈: 그건 정말, 말로 표현하기 힘든 고통이에요. 몸과 마음도 너무 심하게 다쳐온 삶이네요. 지금 여기 살아계신 것만으로도 자유님은 온몸으로 살아내신 거예요. 하지만 자유님, 앞으로는 절대 그런 시도조차 하지 말아야 해요. 그건 너무 위험하고 돌이킬 수 없는 행동이에요. 우리 천천히 가더라도 절대 포기하지 말아요.

자유: 실제로 집을 태울 생각은 없었어요. 위협이었어요. 저도 그때 놀라서 지금 집은 인덕션을 쓰고 있어요. 단주도... 나름대로 열심히 하고 있어요.

햇눈: 네, 단주는 정말 쉽지 않아요. 하지만 계속 노력해 주세요. 오늘은 이제 마무리할 시간인데 상담은 어떠셨나요?

자유: 선생님이 추천해주신 책들 읽을 때마다, 선생님이 곁에 있는 기분이 들어요. 전문가 분들이 옆에서 함께해 주시니 숨통이 트이는 느낌이에요. 다음 주에 또 뵐게요.

상담이 끝났을 즈음, 자유는 실제로 아무 일도 일어나지 않았지만 거친 파도 속에 던져진 듯한 혼란을 느꼈다. 상담 후 일상으로 돌아가는 시간이 되자 이젠엔 없던 방지턱이 보였고 마치 과거로 통하는 문처럼 느껴졌다. 결국 그때로 끌려가 버렸다. 숨 죽인 공간은 점점 더 무거워져 갔다.

밤이 되자 자유는 결국 유혹을 이기지 못했다. 그녀는 다시 술의 품에 안기듯 흘려나갔다. 연락을 받지 않는 전 애인에게도 연락을 했다. 아침이 오듯 후회는 자연스럽게 찾아왔다. 그 후에도 수면제를 마구 입 속에 털어 넣고 며칠을 무의미하게 흘려보냈다. 그렇게 또다시 공허가 찾아오는 익숙한 패턴이었다. 해바라기 센터에서 온 연락은 받지도 않았다.

햇눈이는 상담 시간을 기다리며 하염없이 앉아 있었다. 한때 유의미했던 상담은 그녀에게 점점 자욱한 안개처럼 흐려졌다가, 오히려 트라우마가 올라왔기에 자유는 상담도 제대로 받지 않았다. 햇눈이는 답답한 마음에 그녀가 있기를 바라며 집까지 찾아갔지만, 자유는 이미 술집으로 가버린 뒤였다. 햇눈이는 술집 옆 어두운 골목길에서 자유를 기다렸다. 어둠 속에선 차가운 골목 바람을 빌려 햇눈이는 자유의 옷자락을 흔들었다.

그녀는 햇눈이가 그렇게 본인을 지켜주려 온 힘을 다하고 있다는 것을 몰랐다. 자유는 술에 취한 상태에서 쌩쌩 달리는 도로 위로 몸을 던지듯 뛰어들기도 했다. 같이 있던 친구가 놀라 화를 낼 정도였다. 길가에서 주운 돌멩이로 다리를 그으려 들었고, 분노에 사로잡혀 들고 있던 물건들을 바닥에 내던졌다. 모든 게 뒤엉킨 그녀는, 결국 울음을 터뜨렸다. "아빠... 보고 싶어..." 울고 싶어서 우는 게 아니었다. 혼나고 싶어서 누군가 자신을 진심으로 혼내줬으면 해서였다.

자유는 무슨 말을 했는지조차 기억하지 못하는 해리 증상이 나타났다. 그녀는 동일한 말을 반복했다. 신과 햇눈이는 고개를 끄덕이며 자유가 다시 매우 위험해진 상태임을 인정했다.

자유는 그렇게 취한 날 중 어느 날 홀린 듯 자전거 가게에 들어섰다. 햇눈이는 말없이 그녀를 따라 문을 넘었다. "저 자전거 사고 싶어요." 자유는 허공을 바라보며 중얼댔다. 자전거를 수리하던 사장은 손을 멈추고, 그녀를 바라보았다.

"무슨 일 있으세요?" 뜻밖의 질문이었다. 자유는 속으로 궁시렁거렸다. '그냥 자전거나 팔지. 왜 사람들은 필요할 때 도움은 주지 않으면서, 남 일엔 그렇게 관심이 많을까...' 귀찮고 허무했다.

"자전거 사는데 이유가 필요해요?" 자유는 비꼬듯, 당돌하게 되물었다. 사장은 잠시 침묵했고, 무뚝뚝해 보이지만 분명 정이 묻어나는 목소리로 침묵을 깼다.
 "걱정돼서요. 사고 날까 봐. 술 냄새가... 여기까지 나요. 나도 자식 키워요."
 그 말에 자유는 갑자기 마음이 무너졌다. 콧물, 눈물, 참았던 눈물이 한꺼번에 터졌다. "아빠가 보고 싶은데요... 아빠가 자전거 타는 거 가르쳐 줬는데요. 아빠가 없어요."

 잠시 숨을 고른 뒤, 그녀는 다시 물었다. "제가 죽을까 봐 그러세요?" 그 남자는 자유의 아버지와 전혀 닮지 않은 중년 남성이었다. 하지만, 땀 냄새만은 꼭 닮아 있었다. 그 고생스러운 땀 냄새... 지독하게 그리웠고, 익숙해서 더 아픈 냄새였다. '왜 아빠들은 다 그런 냄새가 날까...' 한동안 사장은 말없이 자전거 바퀴를 다시 손봤다.
 "1시간만 더 고민해봐요. 그리고 흰 바지는 때 타요. 나는... 내가 파는 자전거가 좋은 곳에 갔으면 좋겠거든요."
 그는 계속해서 자유가 사고 날까 걱정했다. 사실, 처음엔 자유도 자전거로 자연스레 사고를 내고 다치고 싶었다. 아무도 의심하지 않도록. 하지만, 그 지독하게 그리웠던 땀 냄새 하나가 그녀 마음을 바꿔버렸다.
 "고민 끝났어요. 저 애, 되게 섹시하게 생겼네요."
 자유는 그렇게 말하며 단단해 보이는 검정색 자전거를 골랐다. 사장은 말없이 안장을 푹신한 것으로 바꿔주었다.
 "편안한 길을... 천천히 느껴봐요. 편안하게." 그의 눈빛은 '이 선택이, 정말 괜찮은가' 끝까지 물었다.
 자유는 안장을 발끝 높이에 맞추고 자전거를 끌고 나섰다. 그녀는 흥분했다. 거리의 소음 속에 자신이 묻히고 싶은 만큼 소리 지르며 달렸다. 앞이 보이지 않는 고층 건물 대신, 낮은 담장 사이 골목을 향해 달려갔다.
 할머니 집과 비슷하게 생긴 집들이 보였다. 할머니 집의 '뒷간'과 꼭 닮은 재래식 화장실을 보는 순간, 오래된 기억이 떠올랐다.

모래와 똥이 뒤섞인 땅, 똥파리, 나무로 된 변기. 어린 자유는 구멍 아래를 보며 늘 걱정했다. '벌레가 올라오진 않을까?', '파란 휴지 줄까, 빨간 휴지 줄까 하는 귀신이 있는 건 아닐까…'

새벽이면 혼자 화장실을 가기 무서워 자유는 아버지를 깨웠고, 그는 화장실 밖에서 겁이 많은 딸을 지켜주었다.

"노래 불러줘." 그럼 자유의 아버지는 "자유 쉬이~" 하며 동요가 아닌 노고지리의 찻잔 노래를 불러줬다. '너무 진하지 않은 향기를 담고~' 자유도 따라 흥얼거리며 용변을 봤다. 자유는 그 노래를 지독하게 많이 들어 그 노래를 외웠다. 성인이 되어서도 노래방 애창곡이다.

자유는 상담 중에 아버지에게 받은 상처를 쏟아내며 분노했는데, 왜 또 이렇게 그리운 걸까. 자유는 자신을 이해할 수 없었다. 분노와 애정이, 늘 극단을 오갔다. 이렇게 흥청망청 사는 건, 내가 싫어했던 부모의 모습과 그렇게 다르길 바랐는데, 어느새 그 모습이 그녀 안에 자리 잡고 있었다.

자유는 자전거를 타고 다시 동네를 한 바퀴 돌았다. 한 번은 넘어지고 악바리처럼 일어났다. 그다음엔, 일부러 넘어졌다. 도움을 요청하는 법을 배우기 위해서. 한 번은 두 분의 할머니가, 또 한 번은 지나가던 청년이 손을 내밀었다. 아무도 거절하지 않았다. 그건 자유에게 작은 기적이었다. 집으로 돌아온 자유는 자신을 진심으로 생각하는 친구들을 떠올렸다. 그리고 용기를 내어 그들에게 도움을 요청했다. '문자로 나에 대한 칭찬이나 긍정적인 말을 보내주면 좋겠어. 고마워할 거야.'[15] 라고 전송했다. 그러자 문자들이 왔다. '자유는 지금까지 해오던 대로만 하면 문제없이 이겨낼 힘이 있어!', '자유 너는 감수성이 풍부해서 글을 잘 적고, 상대방의 말에 공감을 잘해줘~ 그리고 할 말을 조리 있게 잘해 똑부러져^^ 자유 파

---

15) 변증법적 행동치료 〉 고통 감내 〉 문자 받기: 감정 이완에 도움이 됨

이팅!!', '언니랑 얘기하면 마음이 편안해져', '흔들리지 않고 피는 꽃이 어디 있으랴, 이 세상 그 어떤 아름다운 꽃들도 다 흔들리면서 피었나니', '창작의 고통이란 힘든 것인데, 그것을 향하는 당신 대단해~ 그리고 언제나 내 편인 것, 그것이 제일 멋짐', '예쁘니, 생명을 사랑하고 아낄 줄 알고 견디고 버틸 줄 알고 단단한 사람!!' 혼자라고만 믿었던 자유는, 그제서야 자신이 얼마나 많은 마음을 외면해왔는지를 깨달았다. 죄책감과 슬픔이 뒤섞인 무언의 파도가 머리를 스치듯 지나갔다.

금주를 다짐한 순간 많았지만 지금은 그 어떤 때보다 분명하고 또렷하게 결심하게 됐다. 모두가 말렸지만 자유는 스스로 술을 선택해서 취했고 불안정한 상황을 반복했다. 부모와 별거한 시간 속에서 가장 괴로웠던 열 가지 사건 중 아홉은 술이었다. 자유는 그 사실을 알면서도 되풀이했었다. 스스로에게 모멸감이 들었다.

자유가 자신을 돌보지 않은 채 등을 돌렸던 사이에도 자유를 사랑한 존재들은 각자의 자리에서 기다리고 있었다. 그들은 모두 진심이었다.

그날 자전거를 타고 무사히 집에 도착한 자유는 자전거 가게에 전화를 걸었다. 울고 당돌했던 자신의 모습이 부끄러우면서도 감사한 마음을 품은 목소리는 떨릴 수밖에 없었다.

"길을... 안전하게 여행했어요. 도착했어요. 고맙습니다." 그리고 덧붙였다. "때 탄 흰 바지요... 왠지 낭만 있었어요."

사장은 편안한 숨을 길게 내쉬었다.

"앞으로도... 안전하게 지내요. 빠르게만 말고 경치도 보면서요."

전화는 길지 않았지만, 우리는 서로의 평안을 진심으로 바랐다.

그리고 또 다른 곳에서 햇눈이는 자전거를 탄 자유의 뒷모습을 멀리서 바라보고 있었다. 햇눈이는 그제야 나무 아래 앉아 숨을 길게 토했다. 한참 후에야 햇눈이가 보냈던 문자 하나가 자유의 폰에 도착했다. 도착한 건 단 하나, 이모티콘 '^^'였다. 단순한 기호가 이토록 따뜻하게 느껴질 수 있다는 걸 자유는 처음 알았다.

　자유는 아주 살포시 자유의 방 문을 두드렸다. 그곳은 분명히 햇눈이 기다리고 있는 작지만 깊고 소중한 공간이었다. 문 너머, 햇눈이는 자유의 발소리를 듣고 잠시 고민에 빠졌다. '하악질을 해야 하나, 그냥 부비적거릴까…'
　햇눈이와 자유는 서로 묘한 기대와 서운함이 엇갈린 순간이었다. 자유가 눈을 질끈 감고 문을 열었다. 햇눈은 자유를 보자마자 늘어난 타투를 발견했다. 한숨을 내쉰 뒤, 창가에 앉았다.
　긴 침묵의 시간은 천천히 흐르는 것 같았다. 그러다 동시에 마치 신호라도 맞춘 듯 자유와 햇눈이의 입에서 말이 흘러나왔다. 그 말이 무엇이었는지는 중요하지 않았다. 말보다 앞서 두 사람은 다시 서로를 마주할 수 있는 마음을 꺼내놓고 있었으니까.

　오래도록 짝사랑처럼 바라보기만 하던 햇눈이는 마침내 자신을 보라는 눈빛으로 돌아섰다. 서운함이 가득했던 햇눈이는 그 순간, 참아왔던 마음이 서서히 새어 나왔다. 자유도 느꼈다. 결국 서로 울음을 터뜨렸다. 자유의 흰옷엔 핏자국이 얼룩졌고, 팔꿈치는 까져 있었다. 다리에는 멍이 자국처럼 퍼져 있었다. 타투와 상처가 뒤섞여 오래 묵은 아픔이 겉으로 드러났다.
　햇눈이는 그날만큼은 서로 간격을 두고 쉬고 싶었다. 그것이 지금 가장 필요한 사랑의 형태라는 걸 햇눈이는 알고 있었다.
　햇눈이는 말 대신, 자신의 발자국을 찍은 한 장의 종이를 책상에 남겼다. 그리고는 자신을 위해 신이 준비해둔 간이 구름 놀이터로 발걸음을 옮겼다. 솜으로 만들어진 구름이 낮게 깔린 곳에서 햇눈이는 잠시라도 쉬고 싶었다. 누구의 감정도 얹히지 않은 그곳에서 자신의 숨을 쉬고 싶었다. 오랜만에 골골송이 나왔다.

다음 날 아침, 자유는 가장 먼저 소울병원으로 향했다.

흐트러진 머리를 묶고 두 손을 꼭 쥔 채 의사에게 다시 단주를 선언했다. 의사는 여느 때처럼 한결같은 표정이었다. 담담하지만 이번에도 진심이 담긴 눈빛으로 금주를 성공하길 바랐다. 진료실을 나서기 전, 자유는 처음으로 약 복용 시간에 대해 물었다. 4년간 약을 복용해오면서도 단 한 번도 묻지 않았던 질문이었다. 부끄러운 일이었지만 약물부터 맞춰야겠다고 생각했다.

자유: 혹시 오전 약은 정해진 시간에 꼭 맞춰 먹는 게 좋을까요? 제가 늦게 일어나는 편이라서요. 잠에서 깬 뒤 바로 먹는 게 더 나을까요?
의사: 오전 약은 9시 30분에 알람 맞춰서 드세요. 저녁 약은 밤 11시 전에 복용하시면 됩니다.

자유는 마음을 다잡고 숨을 들이쉬었다. 떨리는 손으로 전화를 걸었다. 해바라기 센터와 정신건강 보건소 번호를 눌렀다. 전화기 너머의 음성은 변하지 않았지만 그녀의 가슴은 오래된 자갈처럼 무거웠다.

한참을 머뭇이다가 입을 열었다. 그동안 연락을 끊었던 일과 예약을 취소하지 않고 상담을 빼먹은 일, 그리고 거듭된 음주… 그 모든 것에 대해 깊이 고개를 숙였다.

"다시 단주할 거예요. 정말, 상담도… 제대로 받을게요."

두 기관 담당자의 말씀은 모두 다정했지만 태도는 분명했다.

"자유님. 더 이상 임의로 복약을 중단하거나, 음주로 상담 일정이 지연될 경우 상담은 수개월 뒤로 밀릴 수 있습니다."

단호한 경고였다. 자유는 그 말이 무섭기보다는 오히려 자신을 붙잡아주는 밧줄처럼 느껴졌다. 놓치고 싶지 않았다. 이번에는 정말 꽉 잡고 싶었다.

그렇게 전화를 마친 자유는 다시 자유의 방으로 돌아왔다.
이제는 햇눈이에게 사과해야 할 차례였다. 제일 먼저 풀었어야 할 중요한 일이었지만 가장 어려운 일이었다. 이성을 차리자 모든 흔적에서 햇눈이가 얼마나 자유를 애타게 기다렸는지 알 수 있었기 때문이다. 방 안은 언제나처럼 자유를 기다리는 공기로 가득 차 있었다.
창가에 걸린 얇은 커튼은 살랑거리며 흔들리고 있었고 햇눈이는 스크래처 위에 조그맣게 몸을 말고 앉아 졸고 있었다. 자유는 햇눈이의 앞에 천천히 다가갔다. 눈을 맞추고 낮고 부드러운 목소리로 말을 건넸다.
"햇눈아... 정말 미안해. 많이 기다렸지? 네가 놓고 간 쪽지, 봤어. 다시 단주할 거야. 상담도 다시 제대로 받을 거고, 그러니까 나를 다시 한 번만 믿어줄 수 있어? 사실 나도 또 무너질까 봐 무서워. 하지만 노력해볼게. 진심으로."
햇눈이는 자유가 오기 전부터 청각을 일부러 열어 두고 있었다. 그녀의 진심 어린 사과에 햇눈이 역시 본능적으로 눈을 천천히 떠올렸고, 그 눈동자엔 작은 불빛이 깃들어 있었다. 햇눈이의 동공은 우주를 품은 듯 매우 깊었고, 어디선가 오래된 별빛처럼 따뜻했다. 햇눈이는 입을 열었다. 목소리는 낮고 단단했지만, 어딘가 부서질 듯 흔들렸다.
"알겠어. 하지만 자유야 술로 너의 몸과 마음이 다쳐가는 걸, 난 더는 보고 싶지 않아." 햇눈이는 숨을 한 번 고르고, 이어 말했다. "그게 계속되면 신도 널 치유해줄 수 없대. 우리가 할 수 있는 일들마저, 다 놓치게 될 수도 있대. 다시 시작하자. 전문 상담도, 마음 관리도. 제대로. 그리고 나도 너무 아파. 너, 아프면... 나도 같이 아파. 나도 슬픔을 느끼는 것을 알아줘."

그 말에 자유는 아무 말도 하지 못했다. 무언가 뜨거운 것이 목울대까지 차오른 듯했지만, 그녀는 죄책감에 입이 굳게 다물어진 벽처럼 아무 말도 할 수 없었다. 햇눈이 역시 그녀에게 다가가지 않았고, 자유도 울지도 않았다. 하지만 그 작은 숨결 속에서 마치 실금이 간 얼음 위로 새순이 돋듯, 무언가가 다시 이어지고 있었다. 서로에게 이 과정이 매우 아팠지만 다시 오를 힘이 솟고 있었다.

상담사와 자유는 협의하여 이번 상담 회기도 **채팅 상담**으로 진행하기로 했다. 상담사의 별명은 여전히 '햇눈'으로 통일되었다.

햇눈: 안녕하세요, 자유님 오랜만이네요. 반갑기도 하면서 내심 무슨 일이 있는 건 아닌지 걱정했어요.

자유: 죄송해요. 다시 폭음했어요. 할 말이 없네요.

햇눈: 그렇군요. 금주를 한 번에 성공하기는 어려워요. 그래도 다시 용기 내서 와주셔서 감사해요. 다시 시작해봅시다. 오늘 하고 싶은 이야기가 있을까요?

자유: 억울해요. 남들은 기분 좋을 때 술을 마시는데, 저는 술 마시는 것을 마치 유리잔 위를 걷듯 조심해야 해요. 신세 한탄을 할 때가 아니라는 것도 알아요. 그런데 저만 너무 많은 금기를 안고 사는 것 같아요.

햇눈: 이해해요. 자유님의 마음. 그래도 잘 이겨내려고 다시 왔잖아요. 중간에 멈추시는 분도 많아요. 제가 감히 모든 것을 안다고 할 수 없지만 술 말고도 우리 즐거운 것을 찾아보기도 하고 노력해보아요.

자유: 반성은 커녕 또 투정만 늘어놨네요. 정말 멈추고 싶어요. 제 손으로 저를 다치게 하는 걸요. 제가 자해하게 된 건 어렸을 때부터였어요. 엄마는 알콜 탐닉인 아빠로 인해 스트레스를 받고 있었어요. 아빠는 알콜이 들어가면 굉장히 폭력적이셨거든요. 엄마는 집안일에 관심이 없었어요. 닭이 먼저냐 알이 먼저냐, 끝도 없는 핑계였어요. 엄마는 폭력적인 아빠 탓, 아빠는 무심한 엄마 탓. 서로에게 등을 돌린 채, 저만 가운데에 갇혀 있었죠. 저는 그런 어린 시절이 힘들어서 초등학생 때부터 조각칼이나 쪽 가위 같은 걸로 자해를 시작했어요. 그때 아빠는 제 팔의 상처를 보고는, 말도 없이 똑같은 자리에 칼을 그었어요. 그러면서 말했어요.

"너 이거 봐. 이게 정상인 거 같아?"

그렇게 극단적인 방식으로 나를 혼냈어요. 아빠는 그런 방식으로 자해가 비정상적인 것을 알리려고 한 것이겠지요. 어린 저는 그것을 보고 더 충격을 받았어요. '내가 미친 건가' 하고 생각했어요. 제가 자해한 이유는 도움을 요청하고 싶었기 때문이었어요. '그만 싸워주세요. 그만 때려주세요. 이제 저 좀 안아주세요. 저 아파요. 돌봐주세요.' 그런데 왜 아빠는 그렇게 했던 걸까요. 처음엔 아빠의 상처를 보고 죄책감이 들었어요. 아빠가 얼마나 아플까 나를 사랑해서 그럴까 혼란스러웠어요. 하지만 엄마는 제가 자해했는지 몰랐어요. 엄마는 아빠를 미워하면서도 아빠의 사랑을 갈망하고 있어서 어린 자식을 돌볼 틈이 없었던 것 같아요.

햇눈: 자유님은 어린 시절부터 계속해서 자신만의 방법으로 도움을 요청했군요. 그런 상황에서도 어머니를 이해하려고 노력하시네요. 아빠의 알콜 탐닉은 언제부터 시작되었나요?

자유: 제가 기억하는 아빠는 처음부터 술에 찌든 모습이었어요. 집안에 손에 잡히는 물건을 던지거나 엄마와 저에게 욕설을 퍼부었어요.

우리 집 방문에서 화장실 말고는 문고리가 제대로 있는 곳이 없었어요. 엄마와 제가 방으로 피신하여 문을 잠그면 아빠가 도구를 이용해 문고리를 부쉈어요. 그리고 방문을 아주 세게 발로 찼죠. 엄마와 저는 무서운 괴음에 이불 속에서 두 손을 맞잡거나 울다가 안고 잤어요. 그때마다 엄마는 울었고, 저는 엄마를 달래주면 엄마는 저를 사랑한다고 했어요. 어느 순간부터 저는 아빠가 술에 취해 무서운 상황이 와도 울지 않았어요. 엄마를 달래주면 사랑받는다는 생존 본능이 올라와 이상하게 그 시간 제가 필요한 사람이 된 것 같았어요. 쓸모있는 사람이요. 그래서 울지 않고 엄마를 안았어요.

지금은 그런 아빠가 없는데... 그런 상황이 올 일이 없는 걸 아는데도 저는 모든 방문을 닫지 못해요. 심지어 화장실마저 문을 닫지 못하고 살아요.

마음은 닫혀 있으면서 모든 문은 열려있는 집, 참 웃기고 슬프네요. 어느 날 그런 부모님이 집에 없이 저 혼자 있을 때였어요. 일기장을 쓸 때였으니 초등학생 같아요. 갑자기 소나기가 무서울 정도로 쏟아지는 거예요. 근데 그때 이상한 감정이 들었어요. '버려졌다.' 그래서 엄마랑 아빠한테 전화했어요. 생각해보면 그게 유기불안의 시초였는지 잘 모르겠어요. 그날의 감각이 잊혀지지 않아요. 부모님 이혼 후 아빠랑 살았을 때 아빠가 늦게 들어오거나 새벽에 출근하면 불안해서 잠을 자지 못했어요.

햇눈: 부모가 술에 의지하게 되면, 아이는 그 그림자 아래서 자라게 돼요. 자존감은 바람 빠진 풍선처럼 축 처지고, '나는 누구인가'라는 감각조차 흐릿해지죠. 자유님에게 아버지는 술을 마시는 순간부터 예측 불가능한 사람이 되었을 거예요. 그런 집 안에서 아이는 숨도 편히 쉬지 못해요. 알콜을 마신 후 아버지가 문고리를 파

손하면 문에 대해 신경 쓰일 수 있어요. 또 다른 불편함은 없으신가요?

자유: 아빠는 제가 우는 걸 참지 못했어요. 이유도 묻지 않았어요. 우는 꼴 보기 싫으니까 나가라는 그 한마디면, 제 눈물도 마음도 꽁꽁 얼어붙었죠. 아빠는 세상에 힘든 일이 얼마나 많은데 울고 있냐고 언성을 높이셨죠. 저는 그저 다정한 한마디가 필요했어요. 저는 마음이 얇은 종잇장 같아서 감정이 조금만 스쳐도 눈물이 났거든요. 그래서인지 저는 아빠가 없어도 울다가도 갑자기 확 다른 세상이 저를 집어삼킨 듯 눈물이 메말라요. 저는 아프거나 슬픈 감정을 지속시킬 수 없었어요. 깊숙이 넣었어요.

햇눈: 부모님이 감정을 억압시키는 방법을 가르쳐 주셨네요. 그런 방법이 오랜 기간 학습되었다면 우는 것이 무서울 수 있고 우는 것이 올바르지 못한 방법이라고 생각들 수 있어요. 슬플 때 어떻게 표현해야 할지 모를 수 있겠어요.

자유: 그 말이 너무 슬퍼요. 맞아요. 저 슬플 때 사실 어떻게 슬픔을 표현해야 할지 잘 모르겠어요. 생각해 보니까 불편함이 또 있네요. 잘 때 불을 전부 끄지 못해요. 전등을 하나 켜고 자요. 저는 깃털처럼 가볍지 않은데도, 어떤 날은 마음의 어둠이 더 무겁게 내려앉아요. 그런 날에는 전등을 두 개 켜요. 작은 불빛으로라도, 저를 붙잡아보려고요.

시도도 해봤어요. 방안의 전등을 다 끄고 자야 숙면에 도움을 줄 수 있다는 의사 선생님의 말씀을 듣고 칭찬받고 싶었거든요. 근데 불을 다 끄자마자 잠시 눈을 떴는데 블랙홀에 갇힌 것 같았어요. 어릴 적 놀이동산에서 친구와 타본 놀이기구가 있어요. 어두운 배경 속에서 놀이기구가 세차게 돌며 정신을 쏙 빼놓는 거요. 전등을 끈 방 안에서 느껴지는 혼란의 속도가 그 놀이기구의 속도와 꼭 닮아 있었어요. 재빨리 전등을 찾아야 하는데 형태가 자세히 보이지 않아, 또 제가 저 멀리 우주로 날아간 것 같아요.

그럴 때면 엄마나 아빠가 저를 때리고, 방 밖에서 문을 묶어 나올 수 없게 만들던 날들이 생각나요. 문은 있어도 열 수 없는 작은 방 속에, 저는 숨죽여 웅크려 있었어요. 저는 맞을까 봐 이불 안으로 파고들었어요. 엄마는 저를 때리고 방에서 나갔지만, 저는 아직도 그 안에 갇혀 있기를 택해요. 전등을 켜지도 못해요. 어둠은 제 그림자처럼 따라다녔어요. 늘 곁에 있었죠. 불편해도 떨어뜨릴 수 없었어요. 그 불쾌함을 물리치는 건 작은 전등 하나예요.

거짓말처럼 매일 밤 악몽을 꿔요. 저는 어딘가에 갇혀 있고, 누군가가 제 심장을 쿵, 쿵 짓밟아요. 말 그대로 숨이 멎을 듯한 고통이에요. 아니면 저는 누군가로부터 도망가요. 옥상들을 점프해 다니기도 하고 하늘을 날아다니며 계속 도망가요. 수면 불편감은 아주 오래전부터 있었어요. 심한 스트레스를 받은 날에는 자면서 심장이 조이는 느낌이 들어 얼굴에 찬 물을 들이붓기도 했어요. 베개가 젖을 정도로요. 창문도 열기도 해요.

햇눈: 말씀하신 놀이기구가 '혜성특급'인 것 같네요. 매우 빠른 속도로 돌아서 어지럽고 몸이 확 떨어질 것 같은 무서움을 주지요. 숙면이 굉장히 중요한데 매일 쫓아다니는 듯한 등의 악몽을 꾼다니 공포스럽겠어요. 잠을 포함한 일상이 불편할 것 같아요. 그렇게 엄습할 정도라면 잔잔한 무드등도 좋은 방법일 것 같네요.

자유: 맞아요. 놀이기구 이름 들으니까 기억나네요. 엄마는 알콜탐닉인 아빠에게 시달리고 두 분 다 상처받은 어린 시절로 인해 잘못된 방식으로 저를 힘들게 했어요.

햇눈: 학대는 대물림될 수 있어요. 알콜 탐닉도 많은 경우 대물림되고

요. 그래서 부모님 중 한 분이라도 알콜 탐닉이면 자식이 알콜을 섭취하지 않는 게 제일 좋다는 말도 있습니다.

자유: 말 중간에 끼어들어 죄송해요. 갑자기 떠오른 기억이 있어요. 엄마한테 맞는 게 얼마나 무서웠냐면요...

유치원생 때였어요. 눈이 소복이 쌓인 겨울에 등원 차량을 놓쳤어요. 어른 걸음으로도 20분은 족히 걸리는 거리였지만 저는 집으로 돌아가지 않았어요. 돌아가면 더 차가운 매질이 기다릴 걸 알았거든요. 어린 저는 눈밭을 헤치고 혼자 유치원을 찾아갔어요. 점심시간쯤 도착했어요. 그날은 유치원도 집도 난리가 났죠. 그날 맞았는지는 기억나지 않아요. 하지만 그 추운 길이, 매질보다 덜 무섭다는 걸 알고 아직도 기억하고 있다는 거에요.

맞은 이유 중 가장 흔한 건 아빠를 닮았다는 거였어요. 밥을 먹다 분노가 치밀면 엄마는 갑자기 후라이팬으로 제 머리를 강타했어요. 저는 밥알이 머리에 붙은 상태에서 엄마에게 종이를 받았어요. '잘못한 이유 10가지'를 적어오라는 명령이었죠.

잊히지 않는 체벌이 있어요. 무릎을 꿇은 채, 두 팔을 양귀에 붙여 들고 있으면 엄마는 빈 밥솥에 물을 가득 채워 올려놓았어요. 무거운 그 밥솥을 들고 제가 잘못한 걸 열 가지 넘게 말할 때까지 버텨야 했죠. 물이 흐르면 처음부터 다시, 또 다시했어요. 무릎 아래는 무겁게 젖어가고 팔은 저릿하게 떨렸어요.

하지만 가장 번민한 건... '내가 뭘 잘못했을까?'를 억지로 짜내야 하는 그 시간이었어요.

엄마가 정말 저라는 아이가 사라지길 바라는구나, 그렇게 느낀 건 초등학생이던 제가 버스로 40분 걸리는 동대문 한복판에 남겨졌을 때였어요. 길을 걷다가 엄마는 화를 내더니 그냥 가버렸어요. 사람 많은 그곳에서 저는 엄마를 잡지 못하고 가만히 서 있었어요. 그때 많은 사람 속에서 제 존재가 투명해졌어요.

　　어느 겨울날엔 늦잠을 잤다는 이유로 머리채를 잡히고 질질 끌려나갔어요. 맨발로 쫓겨났죠. "죄송해요... 잘못했어요..." 몇 번이나 문을 두드리고 발로 차고 울었어요. 문이 열렸을 땐, 화장실 대야에 알 수 없는 온도의 물이 담겨 있었어요. 발은 퉁퉁 부어 감각이 없었고 한참이 지나서야 고통이 찾아왔어요.

햇눈: 서울이란 도시는 성인인 저도 종종 길을 잃을 만큼 복잡해요. 그 어린 자유님이 낯선 길에서 얼마나 무서웠을지요. 그보다 더 무서웠던 건 문 앞에서 기다리던 그 '한숨'이었겠죠. 같은 상황이 반복되었을 테니 '나는 사랑받을 자격이 없는 존재인가?'라는 생각도 들었을 것 같아요.

자유: 맞아요. 엄마는 저를 흘깃 보고는 한숨을 쉬며 고개를 돌렸어요. 부모님은 항상 제가 기대하는 반응과 다르게 행동하셨으니까 좌절이 쌓여갔어요. 저를 보고 말없이 돌아서는 엄마의 뒷모습에는 냉기 섞인 어둠이 드리워져 있었어요.

햇눈: 자유님은 어린 시절부터 정서적·신체적으로 너무 취약한 상황에 놓이셨어요. 집은 따뜻하게 품어주는 곳이어야 하는데 많은 분들이 안타깝게도 가장 아파야 했던 곳이 바로 집이 되곤 해요. 하지만 건강한 부모는 상처받은 자식을 꼭 다시 안아주고 사과하며 지지해줍니다.

　　자유님은 그 따뜻한 손길을 제대로 받아본 적이 없었네요.[16] 가해자가 확실한 목표를 정해놓고 분노와 혐오를 표출할 때 피해자는 회복할 수 없는 수준으로 파괴됩니다. 매 순간이 얼마나 무서우셨을까요.

자유: 저 스스로 공황장애를 의심해본 적이 있어요.

---

16) 도서 『감정 폭력』 베르너 바르텐스 지음 19p

햇눈: 어떤 부분에서 그렇게 느끼셨나요?

자유: 엄마는 저에게 조종자였어요. 제가 좋아하는 것들을 알면서도 엄마의 기대를 채우지 않으면 그것들을 빼앗아버렸어요. 예를 들어 초등학교 고학년쯤에는 친구들과 노는 게 참 좋았거든요. 그런데 밖에만 나가면 엄마에게 계속 문자가 왔어요. '30분 안에 안 오면 사주기로 한 거 없던 걸로 한다.', '너 지금 나 무시하는 거냐.', '니가 그러니까 쳐맞고 욕먹는 거야.' 그 메시지들은 마치 실처럼 얇지만 절대 끊어지지 않는 거미줄 같았어요. 멀리 가고 싶어도, 어느 순간 다시 휘감겨 원점으로 끌려가는 기분이었죠.

또, 친할머니에게 전화할 때도 엄마가 써준 내용을 읽어야 했어요. '할머니, 아빠 때문에 엄마가 힘들어해요. 저도 힘들어요. 피아노 사주세요. 왜 아빠를 그따위로 키워서 엄마를 못살게 해요?' 이런 말이 적혀 있었어요. 저는 못 하겠다고 버텼지만 엄마는 사나운 눈빛으로 고장 난 청소기 막대를 손에 쥔 채 저를 바라봤어요. 저는 마음속으로 제발 할머니가 전화를 받지 않기를 간절히 빌었어요. 하지만 할머니는 전화를 받으셨어요.

"우리 똥강아지~" 그 따뜻한 부름이 들리는 순간 저는 숨을 꼴딱꼴딱 삼키며 종이에 적힌 말을 한 글자, 한 글자 뱉어냈어요. 엄마는 제 옆구리를 꼬집으며 무언의 압박을 줬고 그 눈빛은 가시덩굴처럼 날카로웠어요. 할머니는 아무 말도 하지 못하시고, 전화기 너머로 정적만 흘렀어요. 할머니는 힘써 밝게 물으셨어요.

"우리 아가, 설날에는 오니?" 저는 답답함과 숨막힘에 못 이겨 할머니에게 화를 내버렸어요. "안 가요!" 저는 전화를 끊어버렸어요. 할머니는 분명 제게 사랑을 주셨던 분인데요. 엄마는 늘 제가 장손이 아니라서 할머니가 미워한다고 말했어요. 저는 엄마 말이 맞다고 믿으려 애썼어요. 그게 덜 힘들 것 같았거든요. 할머니를 미워한 적도 있었어요.

그 통화는 할머니와의 마지막 전화가 됐어요. 2주 후에, 할머니는 돌아가셨거든요.

햇눈: 엄마와의 관계가 자유님에게 절대적인 세계였네요.

자유: 맞아요. 엄마를 싫어했지만, 기이하게 엄마 감정에 따라 제 감정도 휘둘렸어요. 그러다가 엄마의 괴팍함을 잘 아니까, 아빠가 불쌍해지기도 했고요. 또 엄마의 속마음 이야기를 들으면, 모든 게 또 아빠 탓 같았어요. 아빠랑 살 때는 거꾸로 엄마 탓을 하면 정말 그게 맞는 것 같았어요. 마치 두 개의 서로 다른 강물이 저를 양옆에서 끌어당기는 느낌이었어요. 결국 어느 쪽에도 발을 제대로 딛지 못하고 휩쓸렸던 것 같아요.

햇눈: [17]부부 사이의 갈등이 깊어 서로를 향한 증오심이 커질 경우 그 감정이 부모와 가까운 자녀에게 그대로 옮겨져 결국 아이도 부모를 미워하게 된다는 내용의 책을 본 적 있어요.

아... 할머니가 2주 후에 돌아가셨군요. 그런데 자유님, 할머니가 돌아가신 건 절대 자유님 때문이 아니에요.

자유: 지금은 알아요. 근데 그때는 아니었어요. 정말 그 전화 한 통 때문에 할머니가 떠났다고 믿었어요. 저를 그렇게 예뻐해 주시고 시골에 가면 저를 오냐오냐 다 안아주시던 분의 마음을 찢어놓은 것 같았거든요. 그 전화가 너무 후회됐어요. 지금도 그래요.

어릴 땐 정말 혹시 내가 할머니에게 전화한 사실을 말하게 되면 범죄자가 되는 거 아닐까? 겁먹은 적도 있었어요. 그 전화가 정말 마지막이라는 걸 알았더라면... 제가 또 미워지네요. "그동안 사랑해주셔서 정말 감사했어요. 저도 할머니를 사랑했어요. 그날 한 말은 진심이 아니었어요. 정말 미안해요..." 할머니를 만

---

17) 도서 『관계를 읽는 시간』 문요한 지음 116p

나면 감히 꼭 전하고 싶어요.

할머니가 떠나신 뒤에도, 엄마는 전처럼 행동하셨어요. 반면에 그 이후 저는 일상이 점점 낯설게 느껴졌어요. 거울을 보면 그 안에 있는 제가 저 같지 않았어요. 감정은 비어 있는 못난이 인형 같았어요.

친구들과 얘기하는데도 제 말소리가 마치 물풍선 속에 갇힌 사람처럼 소리가 먹먹하게 울려 퍼졌어요.

"내 말 잘 들려?", "내가 진짜로 말하고 있는 거 맞아?", "내가 이렇게 느끼는 거, 틀린 건 아니지?" 그리고 제 감정을 다른 사람을 거울 삼아 확인하려 들었어요. '내가 너무 예민한 거야?', '내가 잘못한 건가?'

그렇게 지내던 어느 날이었어요. 제가 외할머니 집에 가고 싶다고 했더니 엄마가 구구단 거꾸로 5분 안에 외우면 보내준다고 했어요. 저는 진짜 해냈어요. 그런데 버스를 놓쳤어요. 엄마는 저를 노려보더니, "니가 굼벵이처럼 굼떠서 못 간 거다"라고 말했어요.

집에 돌아가자마자 화난 엄마는 저를 바닥에 눕히고 발로 등을 밟으며 때렸어요. 그때, 처음이었어요. 몸 안에 누군가가 훅 들어온 것 같은 이상한 감각이 들었어요. 내 의지로는 막을 수 없는 울렁임과 떨림이었어요. 숨이 막히고 머리가 하얘지고 책상 밑으로 기어들어가서 콩벌레처럼 몸을 말았어요.

"살려주세요... 제발... 제가 죽을죄를 지었습니다... 제발... 때리지 마세요... 아아아아악—!" 그 이후는 기억이 없어요. 정신이 잠깐 꺼졌다가, 다시 켜진 것처럼 흐릿해요.

햇눈: 자유님... 확실한 건요, 자유님의 감정은 그 자체로 온전하고 정당해요. 확인받지 않아도 괜찮아요. 아프면 아픈 거고, 힘들면 힘든 거예요. 예민한 게 아니라 그만큼 상처가 많았던 거죠. 어릴

적부터 [18]이인감 증상이 나타난 걸 보니, 마음이 안전하지 못했던 곳에서 스스로를 지키기 위한 방법이었던 것 같아요. 친구에게도 자유님의 감정을 확인하던 그 과정이 얼마나 힘들었을지 상상만 해도 마음이 먹먹해요.

우리 자기 자신을 조금씩 믿어보는 연습을 같이 해봐요. 천천히. 하지만 반드시요.

자유: 최근에도 엄마랑 통화하다가 공황 증상이 또 올라왔어요. 제가 재작년에 깊은 계곡에서 스노클링을 처음 해본 적이 있어요. 수심이 깊고 물도 차가웠어요. 눈앞에는 반짝이는 물풀과 물살이 춤추고 있었어요. 너무 아름다워서 욕심이 났어요. 조금 더, 조금 더... 깊이 들어가봤어요. 그런데 싸구려 스노클 장비라 그런지 물안경에 서서히 물이 차기 시작했어요. 눈이 흐려지고 그러다 갑자기 센터스노클이 물살에 휩쓸려 사라졌어요. 숨이 안 쉬어졌어요. 발도 땅에 닿지 않았고요. 눈앞엔 아무것도 보이지 않았고 눈, 코, 입에 거센 물살이 밀려들었어요. 그 순간 저는 내가 이대로 물에 삼켜져 사라질 수도 있겠구나 하는 생각이 들었어요.

'깊은 수심에서 스노클링을 하던 중 센터스노클을 잃다' 제게 공황 증상을 한마디로 표현해보라면 이렇게 할 수 있을 것 같아요.

햇눈: 저도 물속에서 발이 닿지 않아 허우적거린 적 있어요. 그때의 공포는 정말 말로 다 못하죠. 그래서 자유님의 비유가 더 깊이 와닿아요. 그 감각과 그 혼란 속에서 지금 이렇게 감정을 표현해주는 것은 정말 대단한 일이에요. 자유님의 내면에 귀 기울이는 연습을 앞으로도 우리 함께 해나가요. 혹시 취미 있으신가요?

자유: 네, 저는 글을 쓸 때 정말 몰입이 잘 돼요. 시간 가는 줄 모르고 써요. 시 읽는 것도 좋아해요. 반려동물들이랑 이불 속에서 뒹굴

---

18) 자기 몸이나 감정을 실제로 경험하는 것이 아니라 마치 낯설고 분리된 것처럼 느끼는 상태

거리는 것도, 책 읽는 것도요.

햇눈: 그래서였군요. 자유님이 보내주시는 문장들이 너무 잘 읽혔어요. 상담 중에 단어 하나하나가 마음을 쿡 찌를 정도로 깊이가 있었거든요. 오늘 몇 권의 책을 추천드릴게요.
『관계를 읽는 시간』,『나는 왜 나를 사랑하지 못할까』모두, 지금의 자유님에게 위로가 될 수 있을 책들이에요. 오늘 상담 어떠셨나요?

자유: 책 추천해주셔서 정말 감사해요. 제 감정에 함께해주셔서 위로받는 느낌이었어요. 정말, 감사해요.

자유는 상담을 마치고 나서야, 마음이 조금은 풀린 듯한 기분을 느꼈다. 어디선가 얼어붙어 있던 감정이 살며시 녹아내리는 듯했다. 그런 자유의 얼굴에 미소가 떠오르자, 햇눈이도 안심한 듯 꼬리를 살랑였다. 자유는 다시 책상 앞에 앉았다. 이미 읽고 있던『오은영의 화해』를 다 읽고, 상담사가 추천해준 책들을 한 권씩 읽어보기로 마음먹었다. 며칠 뒤, 보건 상담소에서는 인지행동치료 모임이 열렸다. 복지사는 모임에서 한 가지 이야기를 꺼내주었다.

"한 남성이 있었어요. 여성에 대한 두려움을 극복하기 위해 길거리에서 백 명의 여성에게 데이트 신청을 했죠. 그중 세 명만이 수락했고, 실제로 데이트 장소에 나온 사람은 단 한 명이었어요. 결과는 중요하지 않았어요. 그는 '거절당하는 연습'을 통해 자신이 무서워하던 감정을 이겨냈어요."

자유는 그 이야기를 들으며 마음속에서 뭔가 반짝이는 걸 느꼈다. 그 남성의 두려움을 마주하는 용기가 깊이 다가왔다. 하지만 어머니의 연락이 또 한 번 자유를 덮쳤다. 단단해진 줄 알았던 마음이 다시 부서지는 소리가 났다.

분노와 억울함도 다시 밀려왔다. 눈앞에 보이는 박스를 낚아채 가위로 잘랐다. 프리허그 피켓을 만들기 위해서였다. 그 박스는 사실 햇눈이의 애착 상자였기 때문에, 햇눈이는 순간 눈을 동그랗게 떴다. 자유는 박스 위에 굵고 큰 글씨로 적었다.

'저는 아동학대 피해자입니다. 안아주세요. 한 번만.'

모자를 눌러쓰고, 마스크를 착용한 자유는 그 피켓을 들고 집을 나섰다. 사람들의 발길이 오가는 인도 한복판에 서 있었다. 한 여성이 피켓의 글을 읽다 말고, 울먹이며 자리를 떠났다. 어떤 남성은 눈시울이 붉어진 채 자유를 꼭 안아주었다. 또 다른 중년 남성은 "힘내세요."라는 속삭임과 함께 조심스럽게 포옹을 건넸다. 무심하게 보였던 또 다른 중년 남성은 학생 무리가 비웃으며 자유를 흘겨보자, 저리 가라고 엄격한 목소리로 말했다. 햇눈이도 옆에서 하악거리며 그 말에 힘을 보탰다. 학생들은 멋쩍은 듯 떠났다. 자유는 몇 사람으로부터 포옹과 다정한 말을 들었다.

"당신 잘못 아니에요.", "괜찮아요.", "당신은 소중해요."

자유는 조용히 고개를 숙인 채 그 말들을 가슴속에 꼭 껴안고 집으로 향했다. 햇눈이도 새 박스를 등에 메고 총총 뒤따랐다. 그날의 경험은 자유에게 확실한 한 줌의 거름이 되어주었다.

자유는 모든 것을 알지 못해도 안아줄 수 있는 다정을 가진 여러 사람들과 사회라는 공동체에서 살고 있다는 것을 체감했다.

자유와 상담사는 어느 정도 신뢰를 쌓았다. 여러 상담과 해바라기센터를 오가며, 자유는 남성에게도 가벼운 대화가 아닌 고민을 말할 수 있을 정도로 괜찮아졌다. 더 이상 모든 남성을 기피 대상으로 여기지 않게 되었다. 사람들에게 천천히 마음을 열기 시작한 자유는, 마침내 용기를 내서 처음으로 **보이스 상담**에 도전하게 되었다.

상담사: 안녕하세요, 자유님! 보이스 상담은 이렇게 마인드 카페 앱에서 전화가 연결되는 방식입니다.
자유: 안녕하세요. 처음이라 긴장했는데, 괜찮네요. 반갑습니다.
상담사: 네, 오늘도 편하게 말씀 나눠주시면 됩니다.
자유: 제가 상담을 계속 받다 보니까 서적도 찾아보게 되고 자연스럽게 얕은 지식들이 쌓이더라고요. [19] 노시보효과가 저한테 꽤 큰 영향을 주고 있어요. 조금만 저랑 비슷한 증상이 보이면, '나는 이 병이 아니야?' 하면서 걱정 인형으로 살고 있답니다.
상담사: 그러시군요. 자유님은 예전부터 병명에 대해 많이 의식하는 모습이 느껴졌어요.

---

19) 부정적인 암시가 초래하는 부정적인 결과를 의미함 『너 이런 심리법칙 알아?』 이동귀 지음 45p

자유: 예를 들면, 화끈하게 플러팅하는 것이나 기분 변동이 심한 것도 다 병 때문이 아닐까 싶어요. 사실 정신질환이 없어도 저보다 기분 변동이 심한 애인을 만난 적도 있어요. 제 친구 중에는 저보다 더 적극적으로 이성에게 플러팅하고도 지금은 결혼해서 잘 사는 친구도 있어요. 평범한 행동인데도 제가 병원을 다니고 상담을 받는다는 이유로 괜히 '이것도 병 때문인가' 싶어졌어요. 그래서 위축되고 뭘 해도 자연스럽지 않아 보여요. 대인관계 자리에서도 눈치를 보게 돼요.

상담사: 혹시 자유님은 감정을 표현하기 어렵거나 확신이 없을 때, 병명을 붙이면 조금 마음이 편해지나요?

자유: 감정을 회피하는 건 있는 것 같아요. 울적할 때 '내가 상처가 있으니까 무력한 거야'하고 스스로 합리화하듯 생각해요.

상담사: 제가 상담하면서 느끼기로는 자유님은 감정을 억압하는 경향은 있지만 꼭 회피하는 것처럼 보이지는 않았어요. 자유님 스스로는 감정을 회피하고 싶어서 병명을 붙인다고 느끼시나요?

자유: 음... 이해받고 싶다는 마음도 있는 것 같아요.

상담사: 저도 그렇게 느껴져요. 자유님은 불안을 느낄 때 '불안하다'는 표현 대신, 병명을 빌려서라도 상대방이 그 불안을 알아주길 바라는 것 같아요.

자유: 네.

상담사: 그런데 자유님, 제가 보기에는 자유님이 관계를 못하는 사람이라고는 생각하지 않아요. 자유님은 그저 관계를 더 잘하고 싶어하는 거예요. 조금 어려움을 겪고 있을 뿐이에요. 자유님뿐만 아니라 많은 사람들이 관계를 유지하려고 이런 저런 이유를 붙이고 핑계를 대면서 버텨요.

자유: 네. 그리고 선생님 말씀을 듣고 보니 저는 병명을 동정심을 유발하

는 도구로 쓰는 것 같기도 해요. 내 곁에 있어 달라는 의미로요.

상담사: 네, 그럴 수 있어요. 그렇지만 병명을 통해 자유님을 설명하는 방식이 정말 효과적일지는 한 번 고민해보셨으면 해요. 자유님에게는 병명보다 훨씬 많은 장점이 있을 테니까요. 저는 자유님이 인간관계에서 자신을 설득하려다 보니, 확실하지 않은 병명으로 스스로를 가두고, 상대에게 보여주려 했던 건 아닐까 싶어요. 자유님은 간결하고 명확하게 자신의 상황을 설명하고 싶어 하는 것처럼 보여요.

자유: 네. 최근에 친구와 관계가 끝나면서 제 상황을 이야기한 적이 있어요. '학대 가정에서 자라서 표현하는 방법을 몰랐다. 미안하다. 지금 치료받고 있다. 좋지 않은 기억만 준 것 같아서 할 말이 없다.' 이런 식으로요.

사실 저는 지금껏 제가 가스라이팅을 당하고 힘든 연애를 했다고 생각했어요. 아빠를 닮은 사람들을 만나 괴로웠거든요. 아빠는 권위적이고 가부장적이었어요. 아빠는 제가 남자였다면 외박도 허락했을 거라고 했어요. 화장을 하지 않거나 살이 조금 쪄도 꾸중을 들었어요.

그런데 책을 읽다 보니 알게 됐어요. 제가 가끔 가스라이터가 됐던 적도 분명히 있었어요. 혼자 있기 무서워서 상대를 [20] 후버링 했는데, 그게 상대방에게는 가스라이팅이라는 생각에 미안해요.

실제로 삼자대면이 된 상황도 있어요. 헤어진 상황에서 구 애인이 저를 잊지 못했고 저는 새로운 사람을 만났는데, 술집에서 셋이 마주쳤어요. 수치스러웠어요. 당시 저는 '이별한 당일에 다른 사람을 만났다고 뭐가 문제야?'라고 생각했지만, 결국 늘 여지를 주고 있었던 것 같아요. 상처를 준 사람들에게 정말로 미안해요.

---

20) 상대방의 관심이나 관계를 감정적으로 끌어당기려는 행동을 의미함

상담사: 친구에게 끝인사를 전한 것도, 자유님 나름의 방법으로 마음을 표현한 거라고 생각해요. 삼자대면 상황도 이별한후 라면 자유님이 그럴 수 있었다고 봐요. 크게 문제 삼을 일은 아닌 것 같아요. 저는 자유님이 너무 힘들어서 누군가에게 이해받고 싶은 마음이 정말 강하다는 게 느껴져요. 혼자 있는 것이 두려워서, '이런 나라도 괜찮아?'라고 확인받고 싶어 하는 마음도 보여요.

자유: 맞아요. 그런데 반대로 병명을 드러냈다가 약점이 된 경험도 있어요. 그런데도 멈추질 못해요.

상담사: 우리 사회가 정신건강에 대해 점차 나아지고는 있지만, 한참 더 변화해야 해요. 저는 그런 솔직함을 지닌 자유님이 정말 용감하다고 생각해요. 그리고 사람이 사람을 알아가는 데는 시간이 필요해요. 어느 정도까지 내 이야기를 해도 될지를 천천히 배워가도 괜찮아요. 병명으로 자유님을 가둘 필요는 없어요.

자유: 솔직히 제 상태가 약점이 된 적도 있지만, 저는 숨기고 싶지 않아요. 애착유형이나 병명을 떠나서, '이런 사람도 극복하고 행복하게 살아간다'는 걸 보여주고 싶어요.

상담사: 자유님, 정말 치열하게 노력하면서 살아오셨어요. 그 마음을 깊이 존중해요.

자유: 저는 사람들의 기억에 남고 싶어요. 명확하게 표현되고 싶어요. 나를 아는 사람들을 포함해서 스쳐 가는 누군가에게라도 기억되고 싶어요. 흔적을 남기고 싶어요. 어떤 향이라도요.

아빠가 식물인간이 되고 돌아가시는 과정을 바로 곁에서 지켜본 건 저뿐이었어요. 그때 이후로 저는 죽음에 대한 막대한 두려움을 갖게 됐어요. 제 몸에는 '내가 죽으면 이렇게 해달라'는 의미를 담은 타투도 있어요. 지금도 가끔 생각해요. 연고도 없는 이곳에서 내가 갑자기 쓰러지면 누가 나를 지켜줄까.

믿는 친구들에게 부탁했어요. '만약 내가 죽거나 식물인간이 되면 우리 반려 가족들을 지켜달라'고, 집 주소와 동물 특이사항까지 자세히 적어 카톡을 남겼어요. 저는 이걸 단순히 제 상태를 노출시키려는 게 아니라 정말 반려 가족이 안전했으면 좋겠어요.
　　이불 속에서 앓다 죽는 어린아이가 되고 싶지 않아요. 역경 속에서도 살아낸 사람의 삶을 남기고 싶어요. 가끔은 멋지고 가끔은 엽기적이었지만, 죽음을 옆에 두고 이겨내고 버텼던 사람으로 기억되고 싶어요. 그리고 무엇보다 저의 반려 가족을 끝까지 지키고 싶어요.

상담사: 자유님이 얼마나 외로웠는지 모든 문장에서 고스란히 전해져요. 그래서 저도 마음이 아픕니다. 자유님의 말은 모두 맞아요. 다만 자유님이 끊임없이 '내 선택이 틀린 건 아닐까' 확인받고 싶어 하는 모습도 느껴져요.

자유: 저는 제 선택에 자신이 없을 때가 많아요. 그 시작은 중학교 2학년 때, 엄마의 외도를 아빠에게 알린 일부터였어요.
　　언제부턴가 엄마는 저를 때리지 않았어요. '이상하다, 엄마가 왜 갑자기 변했지?' 싶었어요. 초등학교 입학식에도 오지 않았던 엄마가 독서실 근처 공원에서 도시락을 싸서 저를 기다리고 있었어요. 엄마가 강아지를 산책시키며 저를 찾아온 거예요. 우린 정자에 앉아 도란도란 밥을 먹었어요. 엄마 얼굴에는 화색이 돌았어요. 제 옷장 안에는 저를 향한 긍정적인 쪽지들이 숨겨져 있었어요. 어색했지만 앞으로 우리 가족이 행복해질 것 같은 기대감이 들었어요. 그런데 알고 보니, 그 시기에 엄마에게 새로운 남자가 생긴 거였더라고요. 엄마도 사랑이 필요했던 사람이었던 거죠.
　　엄마의 외도를 아빠에게 말한 이후 모두가 불행해지자 저는 딜레마 동굴에 갇혔어요. '내가 선택을 잘못해서 이런 일이 벌어진 건 아닐까' 하는 죄책감을 오롯이 혼자 감당해야 했어요. 어른들은 미성숙했고, 결과적으로 저에게 모든 탓을 돌렸어요. 아빠도 이혼 후 저에게 엄마 역할까지 기대했어요. 성인이 돼서 아빠가 아팠을 때도 수술과 치료 결정을 내려야 했고 친척들은 아무런 도움 없이 저를 비난하기만 했어요.

상담사: 그런 상황이 있었다니 이해가 가네요. 저 같아도 내 선택이 맞나 조바심 나고 두려움도 들었을 것 같아요. 하지만 자유님은 최선의 선택을 하셨어요. 어머님의 외도는 중학생이 현명한 선택을 내리기 어려운 일이에요. 부모님에게 놀랐겠다며 위로를 받았어야 했어요. 그리고 혼자 아버지를 간병하고 이런저런 선택을 하고, 비난을 받을 이유가 전혀 없어요. 선택에 자부심을 가져도 된다고 말씀드리고 싶어요. 자유님은 잘하고 있으십니다.

자유: 선생님께서 아까 제가 관계를 못하는 것 같지는 않다고 하셨잖아요. 생각해 보면 저에게는 시간과 여유를 주는 사람과는 오랜 시간 깊은 관계를 맺을 수 있어요. 그런데 애인은 늘 가까워야 하잖아요. 연락도 자주 해야 하고요. 저는 너무 가까우면 힘들어요. 지금은 제가 멀리 이사 가서 친구들과 아주 가끔 만나요. 저는 오히려 좋을 때도 있어요. 바로 볼 수 없어서 많이 외롭기도 해요. 그런데 가까우면 힘들걸 아닐까요. 그리고 사랑하는 조카가 있어요. 진짜 조카는 아니고 친한 아이예요. 그 아이도 저를 참 잘 따르고, 저도 그 아이와 깊이 친해요. 아이의 나이는 어리지만 서로의 순수함으로 잘 통하고, 그 조카와 영상통화를 할 때면 설레고 정말 기뻐요.

상담사: 자유님이 조카 말씀하실 때 목소리가 특히 밝아 보여서 참 좋네요. 말씀하시면서 어떻게 해야 관계가 더 유지가 잘 되는지 본인이 잘 아는 것처럼 보이네요. 어떠신가요?

자유: 어린 조카를 기준으로 말해볼게요. 급하게 연락하지 못하잖아요. 언행도 조심해야 하고 늦은 밤에는 아이가 자야 하니까 연락을 피해야 하고요. 마치 친구에게도 아이한테처럼 서로 선을 만드는 거죠. 또래 관계에서도 제가 [21]바운더리를 더 적절하게 유지하도록 노력해야 할 것 같아요.

상담사: 바운더리는 자신을 보호할 만큼 충분히 튼튼하면서도, 다른 사람들과 친밀하게 교류할 수 있을 만큼 개방적이어야 해요. 세포막처럼 유연해야 한다는 거죠. 그런 관계는 자양분이 될 수 있어요.

자유: 선생님 제가 아까 병명에 저를 가두는 것 같다고 말씀드렸잖아요. 상담 전에 햇눈이와 예전에 했던 상담 내용을 녹음해서 들어 보았어요. 저에 대해 꽤 놀랐어요.

상담사: 어떤 점에서 그렇게 느끼셨나요?

자유: 제가 상담했을 때의 기억이랑 녹음된 실제 상담 내용이 다른 부분이 많았어요. 충격적이긴 했지만, 저를 객관적으로 알 수 있어서 좋았던 것 같아요. 물론 스스로 괴리감을 느끼기도 했지만요.

상담사: 더 자세히 설명해주실 수 있을까요?

자유: 저는 상담 내용을 전체적인 흐름으로만 기억해요. 상황은 기억하는데, 제 감정은 거의 기억하지 못했더라고요. 부모님에 대한 양가감정을 상황 중심으로만 설명했다고 생각했거든요. 그런데 녹음된 내용을 들어보니까 대화 속에서 감정 교차가 심한 걸 알았어요. 저는 제 생각보다 감정 변화가 심했어요. 마치 어린아이가 가지고 있던 장난감을 뺏겼을 때 바로 즉각적으로 나타내는 맹렬한 공격성을 느꼈어요. 그리고 상담 중반에는 심지어 햇눈이의 말을 끊고 급하게 분노를 뱉어야 할 것 같은 조급함도 보였어요.

---

21) 개인이 자신의 정체성을 형성하고 유지하기 위해 경계를 설정하는 것

대화 중에 햇눈이의 질문에 동문서답하기도 했었어요.

제 분노가 자꾸 거세지니까 햇눈이는 저를 어린 시절로부터 분리시키려는 시도를 한 것 같은데 저는 분노에만 멈춰 있었어요. 예를 들면 아빠 얘기하다가 갑자기 엄마 얘기로 튀고 그럴 때마다 뜨거운 기름이 튀는 것처럼 확 온도가 올라가는 걸 느꼈어요.

엄마에 대한 분노도 강렬하다는 걸 알게 됐어요. 저는 엄마에게 애정도 적절하게 있다고 생각했는데 실제로 분노가 압도적이라는 느낌이 들었어요. 그리고 더 깊이 생각해보니까, 저도 엄마랑 비슷한 점이 있다는 걸 자각하게 되었어요.

상담사: 많은 생각이 드셨나 봐요. 어머니와 어떤 점이 비슷하다고 느끼셨어요?

자유: 분노를 다루는 과정이 비슷하다고 느껴졌어요. 다른 점은, 엄마는 분노를 풀기 위해 희생양을 찾아서 밖으로 표출하세요. 저는 반대로 안으로 향해 자신에게 자극적인 공격을 하거나 감정을 억제해서 무감각한 공간으로 에워싸버려요. 여기서 엄마와 방향이 다르다는 점에서 안도감을 느끼긴 했지만, 한편으로는 그런 저를 좋게만 보기는 어렵네요.

그리고 이렇게 감정의 변화가 큰 저를 기억하지 못하는 저를 보면서 혹시 이중인격일 수도 있나? 그런 생각이 들었어요. 하하.

상담사: 말씀하시면서 웃으시는 이유가 있으세요?

자유: 우선 무감각으로 저를 넣는 건 이인감 아닌가요?

상담사: 먼저 말씀드리고 싶은 건, 자유님은 자기 이해를 위해 애쓰시고 상담 경험도 풍부하시며 전문적인 용어에 대한 이해도 높아요. 그런데, 용어를 사용할 때는 조금 조심할 필요가 있어요. 방금 말씀하신 것처럼 '이중인격인가요?', '이인감이 아닌가요?'라고 묻기보다는, '내가 나의 일부분을 떨어뜨려 놓고 버틸

수밖에 없었던 이유가 무엇일까요?' 이렇게 구체적으로 생각하고, 표현하는 게 더 도움이 됩니다.

자유: 용어를 조심하라고 제안해주신 건, 병명으로 제가 저를 가두려는 경향 때문인가요? 아니면 다른 이유가 있는 건가요?

상담사: 자유님이 정확하게 표현해주셨어요. 요즘 심리상담이나 정신건강의학 쪽에서도 활발히 논의되고 있는 주제예요. 조금만 지식적인 설명을 드리자면, ○○증, ○○장애, ○○병 같은 병명으로는 그 사람의 심리적 특성을 전부 설명할 수 없다는 얘기들이 많아요. 그게 대중에게 잘못 전해지면서 사회적인 오해도 생겨요. 병원마다 진단 기준도 다를 수 있어서 같은 환자라도 어떤 병원에서는 명확한 병명 한두개가 나오기도 하고, 또 다른 병원에서는 여러 가지 범주를 이야기 하기도 해요. 그래서 저는 병명 자체보다는 내담자가 왜 그런 마음을 품게 되었는지, 어떤 행동으로 나타나는지가 더 중요하다고 생각해요.

자유: 대학생 때 교수님께 비슷한 말씀을 들은 적 있어요. 같은 증상이라도 상담사나 병원장의 전공에 따라 진단의 초점이나 치료 방법이 달라질 수 있다고 배웠어요.

상담사: 맞아요. 그래서 더 중요한 건 자유님이 엄마랑 비슷하다는 점과 '분노'하는 점이요. 자유님은 어떠세요? 엄마와 비슷하다는 말이 어떻게 느껴지세요?

자유: 음… 솔직히 처음엔 인정하기 싫었어요. 제가 엄마를 얼마나 증오하는지 선생님도 아시잖아요. 그런데 인정하지 않으면 변화가 없을 것 같았어요. 부모님은 분노 조절을 배우지 못한 거고 저도 배울 대상이 없었던 거니까요. 지금부터라도 치료를 잘 받으면 달라질 수 있다고 생각해요. 분노도 표현하는 방법을 알게 되면 괜찮아질 수 있다고 생각했어요. 태어나면서부터 그런 사람들과

살아왔는데 전혀 안 닮는 게 더 이상한 거잖아요. 중요한 건 멈추지 않는 거라고 생각해요. 제가 아빠의 알콜 문제를 닮은 것을 알고 있기 때문에 금주하려고 노력하듯이요.

근데 힘들어요. 솔직히 말하면, 마음으로는 다시 태어나고 싶어요. 인생이 참 고달파요.

상담사: 먼저 말씀드리고 싶은 건, 자유님은 굉장히 똑똑하고, 자기 이해가 깊어요. 그리고 말로도 명확하게 잘 풀어내세요. 속도감도 빠르세요. '화'는 겉으로는 거센 감정처럼 보이지만, 그 밑바탕에는 상담을 통해 차곡차곡 쌓여온 엄마에 대한 감정이 올라온 것 같아요. 감정은 표현되지 않으면 안에서 썩거나, 고이거나, 넘치거나, 아니면 흐르다가 망가질 수도 있어요. 그런 의미에서 저는 자유님이 엄마에게 더 많이 화를 내고, 아빠에 대해 마음껏 슬퍼하는 경험을 했으면 좋겠어요. 그런데 자유님은 그 마음에 머물기보다는 빨리 벗어나고 싶고, 해결책을 찾고 싶은 쪽이 더 강한 것 같아요.

자유: 가끔은 저도 저를 이해할 수가 없어요. 상담은 평생 받아야 하는 거잖아요. 저는 저 스스로를 돌보고 싶어요. 친구들조차도 다 이해할 수 없는데요. 힘든 일이 있을 때 감정을 드러내기보다는 해결을 찾기 위해 상담받고 싶어요.

상담사: 음… 제가 느끼기엔, 자유님에게 '관계'라는 게 꽤 걱정스러운 존재였을 것 같아요. 아무리 친해도 자기 자신을 터놓기 어렵고, 그래서 씁쓸한 순간도 많았을 것 같아요.

자유: 전 외롭지는 않아요. 그리고 너무 가깝다고 해서 꼭 좋은 건 아닌 것 같아요. 어느 정도 적당한 경계선이 있어야 할 것 같아요. 제 치료 목적 중 가장 큰 건… 어머니를 제 마음속에서 보내는 거예요. 근데 아까 선생님께서 제 속도감이 빠르다고 하셨잖아요? 사

실 그 힘든 일이 있었던 이후, 회복하는 데 걸린 시간이 이틀 정도밖에 안 됐어요. 그래서 어린 시절과 비교해봤어요. 제가 그때랑 지금, 회복에 있어서 뭐가 달라졌나 하고요.

어린 시절, 하루 학교에 빠지더라도 다음 날엔 아무 일 없었던 것처럼 친구들하고 잘 지내요. 심하게 맞은 날도 그랬어요. 학교 안 간 하루 동안은 친구들 연락 다 무시하고 잠수 탔고, 몸에 자해 흔적이 있어도, 등교한 다음 날엔 아무렇지도 않게 밝게 행동했어요. 되려 친구들이 우리를 좀 의지해도 되지 않냐고 걱정했어요. 그래서 저도 지금 이러는 게 회복탄력성이 좋아서가 아니라, 그냥 습관일 수도 있다는 생각이 들어요.

상담사: '습관'이라는 부분이 인상 깊네요. 좀 더 자세히 얘기해주실 수 있어요?

자유: 스무 살 때 만난 의사 선생님이 그러셨어요. 제가 완전히 가라앉았다가 갑자기 확 일어나는 모습이 살기 위한 행동 패턴이자 성격이 된 것 같다고 하셨어요.

상담사: 그 의사 선생님의 말씀이 저도 참 공감돼요. 저도 자유님을 보며 그런 느낌을 받아요. 자유님은 힘들었던 그 시간들을 돌아보면, 정말 짧은 시간 안에 아무 일 없었던 사람처럼 일상을 살아가시잖아요. 아마도 계속해서 부모님에 대한 마음을 가슴에 품고 살기엔 너무 힘들었을 거예요. 누구라도 그렇게는 못 견뎠을 거예요. 그러니까 마치 또 다른 나를 만들어낸 것처럼요. 감정을 완전히 분리해서 잠시 미뤄두고 느끼지 않으려는 부분이 자유님에게 있는 게 보여요.

고민이 되는 지점은 지금까지는 그 방법으로 자유님이 잘 살아오셨다는 거예요. 견디고 살아남고 일상도 유지하면서요. 하지만 앞으로 나아가야 할 방향은 그 방법을 '내려놓는 것'이에요.

자유: 어떤 식으로요?

상담사: 자유님이 예전보다 감정을 느끼고 표현하고, 내 안에서 더이상 터지지 않게 조금씩 풀어가는 거예요. 천천히요. 이런 말 들으시기엔 어떠세요?

자유: 이해는 될 것 같으면서도 어렵네요. 제가 확 가라앉았다가 다시 올라오는 시간이 2~3일 정도로 짧았잖아요. 그럼 회복되는 기간이 더 길어져야 한다는 말인가요?

상담사: 단순히 '기간'의 문제는 아닌 것 같아요. 그때 느낀 감정을 떠올리더라도 일상생활을 유지할 수 있고, 또 혼자 견디기 어렵다면 도움을 요청할 수 있고, 그리고 슬플 땐 슬프고 화날 땐 화를 낼 수 있었으면 해요.

자유: 제가 이해한 바로는 감정이 터지기 전에 누적되지 않게 연습을 해야 한다는 건가요?

상담사: 연습보다는 '표현'이라는 게 더 정확한 것 같아요.

자유: 표현을 상담하면서 배우는 건가요? 계속 도전하면서요?

상담사: 저는 자유님이 지금까지 상담 안에서도 충분히 잘 해오셨다고 생각해요. 그 외의 일상에서도, 예를 들어 슬플 때 우는 것처럼 감정을 표현한 경험이 있는지 궁금해요.

자유: 음… 우선 혼자 있을 땐 슬픔을 표현하는 건 나름대로 잘 되고 있는 것 같아요. 근데 '화'는 아직 잘 모르겠어요. 건강한 관계를 만들고 싶은 친구가 한 명 있는데 깊은 우울감을 앓고 있으면서도 매일 술을 마시니까 걱정돼요. 걱정을 말했다가 서로 감정이 격해져서 그 상황이 분노로 바뀔까 봐 두려워요. 그래서 어느 날엔 제 마음을 조심스럽게 이야기하고 관계의 선 긋기를 시도했어요. 저도 단주하다가 폭음을 반복하고… 그걸 친구에게 말하다니 결

국 자가당착적인 행동을 해버린 셈이에요.

상담사: 몇 초 시간을 드릴게요. 그때 친구에게 마음을 이야기했을 때 어떤 기분이었는지 생각해 볼 수 있을까요?

자유: 아빠가 저를 사랑하신다고 하셨지만 표현하는 방법을 모르셨잖아요. 걱정도 분노로 표현하셨어요. 부모님 두 분 다 '걱정', '화', '공포', '불안' 같은 부정적인 감정의 경계가 불분명했어요. 저도 조금 그런 것 같아요.

상담사: 어떤 부분에서 그렇게 느끼셨어요?

자유: 전문가가 아니면 도움 요청을 잘 안 해요. 그냥 사랑받고 싶어서 자해하거나 술 먹고 울면 안아줄 것 같거든요. 감정을 물어보면, 대답을 제대로 못 하겠어요.

친구에게 화가 날 뻔했던 이유도 결국 제 욕심과 걱정이었어요. 세분화해서 설명하지 못한 저에게 화가 난 거예요. 친구에게 제가 많이 걱정하고 불안해한다는 걸 들키면, 친구도 더 힘들어질까 봐 말을 아꼈던 것 같아요.

상담사: 그럴 수 있어요. 저라도 자유님 입장이면 친구에게 화가 났을 것 같아요. 동시에 걱정도 되고 불안하기도 하고요. 같이 노력하자고 해놓고 매일 술 마시는 모습을 보면 답답하고 속상하기도 할 거예요.

감정은 하나만 느껴야 하는 게 아니니까요. 자유님은 친구에 대해 여러 감정을 느끼고 계신데, 그중 '화'가 먼저 표현된 거겠죠. 감정은 잘 느끼시는데, 머릿속에서만 정리해서 상대방은 그걸 모를 수도 있었겠다 싶어요. 그래서 아쉬움이 남아요.

자유: 제가 감정을 잘 표현하지 못해서 다른 사람이 이해하기 어렵게 느꼈을 수도 있다는 말씀이신가요? 전체적인 말씀을 들어보면 저는 감정을 잘 느끼긴 하지만 들키기 무서워하는 것처럼 느끼신

것 같은데 맞나요?

상담사: 감정 표현을 '무서워하시는구나'라고 느끼셨나요?

자유: 표현을 '들키기 싫어한다', '무서워한다', 그런 느낌이요.

상담사: 저는 '무섭다'는 표현을 쓰진 않았어요. 하지만 자유님이 그렇게 느꼈다면, 자유님에게 감정 표현에는 '무서움'도 함께 따라올 수 있다는 생각이 드네요.

자유: 그럴 수도 있을 것 같아요.

상담사: 맥락이 살짝 어긋날 수도 있지만, 오늘 지금까지 상담을 해 오면서 어떠셨는지 여쭤봐도 괜찮을까요?

자유: 오늘은 '비상대책위원회' 같은 컨셉으로 상담받고 싶었어요. 사실 지난 회기 상담에서는 더 감정이 복잡했어요.

상담사: 저는 속이 시원해요. 이전보다 오늘은 자유님이 머리를 많이 쓰신다는 느낌이 들었거든요. 상담 내용이 자유님께 잘 와닿을까 걱정했었어요.

자유: 걱정하실 문제는 아닌 것 같아요. 지금은 일상도 유지하고 있고, 감정이 들쑥날쑥한 게 상담 중에 죄송하게 느껴졌어요. 진심으로 '와, 나 같으면 이렇게 왔다 갔다 하는 사람 받아주기 힘들 것 같다. 상담사 정말 극한직업이다'라는 생각이 들었어요. 하하.

상담사: 저는 자유님의 방금 말씀이 오늘 상담 중 가장 중요한 말 같아요. 웃으면서 말씀하셨지만, 자신의 감정 기복을 인지하고 사과하는 분은 거의 없어요. 될 수 있으면 가까운 사람에게도 이렇게 감정을 솔직히 말해보셨으면 좋겠어요. 저에게 이렇게 솔직히 말씀해주셔서 감사합니다.

자유: 저야말로 감사합니다. 어떻게든 살아가야 하는 건 맞지만, 앞으로도 이렇게만 살아갈 수는 없잖아요. 더 열심히 상담받아야겠다고 느꼈어요. 일상에서 위협적인 일이 닥쳐도 감정이 오르내리는

정도를 줄이고 싶어요. 그리고 마음속의 엄마를 보내고 애도하는 방법을 배우고 싶어요.

상담사: 저는 해결책이나 대응책보다 '관계'에 대해 이야기하고 싶어요. 상담사이기 전에 저도 사람이니까 감정이 극단적으로 왔다 갔다 하면 저 역시 힘들 수 있어요. 하지만 오늘 자유님처럼 '이런 모습인데 받아주기 힘들지 않았는지 조율해보고 싶다.'는 말씀을 듣는다면, 저는 정말 괜찮다고 느껴져요. 자유님이 해치려는 게 아니라 자기 안에서 튀어나오는 감정이고 스스로 이해하려고 노력 중이라는 걸 알 수 있거든요. 자유님은 관계 안에서 '약한 모습'을 보여도 되는 분이에요. 금방 회복하신 뒤엔 미안함이나 고마움도 표현하시는 분이니까요.

　그게 우리 신뢰를 더 단단하게 만들 거예요. 자유님이 이런 말 하시기까지 정말 용기 필요했을 텐데, 저는 의미 있고 중요한 표현이라고 생각해요.

자유: 그렇다면... 뭐라고 말해야 할지 모르겠어요.

상담사: 뭐가 느껴지세요?

자유: 저는 부모님과 공통점만 계속 말씀드렸는데요. 다른 점은 저는 사과할 줄 알고 시야가 넓은 것 같아요. 상대방 입장을 이해하려고 하니까요. 또 저는 사소한 것에도 감사한 게 많아요. 많은 걸 사랑할 수 있고, 그래서 살아갈 수 있는 것 같아요. '상담사'라는 직업이라도 상담 이후까지 저를 걱정해주시는 분은 드물다고 생각해요. 저번 회기에서 어떻게 견뎠는지 메시지 남겨달라고 하셨을 때, 직업을 넘어 사람에 대한 애정을 느낄 수 있었어요. 그래서 제 감정과 마음을 내려놓을 수 있었던 것 같아요. 정말 감사합니다.

상담사: 저야말로 고마워요. 그건 제가 자유님과 '관계'를 맺고 있기 때문이라고 생각해요. 내담자마다 다 달라요. 상담이라고 감정만

호소하시는 분도 계세요.

우린 서로 주고받는 관계라고 생각해주시면 좋겠어요. 저도 자유님께 좋은 영향을 받고 있어요. 함께 해결책을 생각할 수 있는 관계가 되어가고 있다는 뜻이기도 해요. 이제 상담을 정리할 시간인데, 오늘 어떤 점이 느껴지셨나요?

자유: 오늘 대화를 통해 제 또 다른 장점이나 채워야 할 부분을 생각하게 됐어요. 감정의 들쑥날쑥함, 그리고 분노도 더 들여다봐야겠다고 느꼈어요. 선생님이 보시기엔 제 상태는 어떠신 것 같으세요?

상담사: 질문이 좀 넓긴 한데요, 저는 자유님이 정말 잘 나아가고 있다고 느껴요. 가지고 계신 자원이 아주 많은 분이고 조금만 더 회복되셔도 많은 사람들에게 사랑받고 관심받을 수 있어요. 배려도 있으세요. 다정다감하시다고 느껴져요.

자유: 감사합니다. 마지막으로 하나만 더 여쭤볼게요. 제가 속도감 있게 해결하려는 습관이 있다고 하셨잖아요. 그건 변할 수 없는 건가요?

상담사: 저는 그 습관이 '조금씩 흐려질 수 있다'고 생각해요. 예전에는 오직 한 가지 방식으로만 살아낼 수 있었지만, 지금은 환경도 바뀌었고 자유님도 성숙해지셨잖아요. 그 과정에서 '하나 말고도 여러 가지 방법이 있다'는 걸 배워가고 있는 거예요. 시간은 걸릴 수 있지만, 오로지 하나만 고집하던 방식은 언젠가는 자연스럽게 손에서 놓게 되실 거라고 저는 믿어요.

자유: 네 감사합니다.

마음이 한결 가벼워진 상태에서 맞이한 명절이었다. 자유는 꾸준히 이어온 약물 복용, 상담, 그리고 단주로 일상은 이전보다 훨씬 안락해졌다. 평범한 사람들은 이런 감정이 일상일까 낯설지만 기분 좋은 평온함이었다. 하지만, 반갑지 않은 연락이 자유의 귓가를 울렸다. 힘겹게 발신 버튼을 눌렀다. 전화기 너머에서 들려오는 목소리는 익숙하면서도 이제는 버거운 존재, 어머니였다. 자유의 어머니는 자유에게 외할아버지가 돌아가시고나서 혼자 남겨진 외할머니가 살해당할 수도 있으니 할머니를 돌보라는 명령을 내렸다. 익숙한 패턴이었다. 그녀의 어머니는 실제로 일어나지도 않은 상황을 상상하며 걱정을 쏟아냈다. 그 걱정을 스스로 감당하지 못하고 결국 자유에게 떠넘겼다. 자유는 처음엔 차분히 엄마를 다독였다. 하지만 어머니의 불안은 설득으로는 가라앉지 않을 것을 자유는 느꼈다. 어머니의 언어는 곧 비난이 되고, 걱정은 억압이 되어 자유의 감정을 짓누르기 시작했다. 자유는 침착하게 전화를 끊었다.

 자유의 내면은 소용돌이쳤다. 감정은 서서히 끓어오르며 분노와 무력감이 뒤섞여버렸다. 손에 쥔 휴대폰이 미세하게 떨릴 만큼, 그녀의 심장도 떨렸다. 그때였다. 옆에 있던 햇눈이가 자유의 눈치를 살피며 조심스럽게 말을 건넸다.

 "자유야, 혹시 REST 전략 들어봤어?"

 자유는 순간 눈을 들어 햇눈이를 바라봤다. 낯선 단어였지만 그 말의 어감이 왠지 따뜻하게 느껴졌다. 햇눈이의 설명에 따라 실행해보았다.

R: 이완하기 단계로 "지금 멈춰야 해."

 튀어나오려는 말이 있었지만, 자유는 입을 다물었다. 엄마가 던진 말에 반사적으로 튀어나올 분노와 반박을 꾹 삼켰다. 대신 자유는 마음속으로 들이쉬고 내쉬며, 자신의 감정에 먼저 귀를 기울였다.

 '나는 지금 긴장돼 있어. 화도 나고, 무력해. 하지만, 이 감정에 내가 휘둘리지 않을 거야.'

E: 평가하기 단계로 자유는 전화를 손에 쥔 채, 고요히 생각했다. 지금 상황을 단순하게 바라보려 노력했다.

"어머니는 지금 흥분 상태야. 어떤 말을 해도 통하지 않을 거야. 내가 이성적으로 설명해도 소용이 없겠지."

머릿속이 조금씩 맑아졌다. 감정이 판단을 흐리지 못하게, 자유는 간단하게 상황의 본질을 바라보았다.

S: 계획하기 단계이다. 어떤 반응을 보여야 할지에 대한 계획이 조금씩 떠올랐다. 감정을 터뜨리지 않으면서, 경계를 지킬 수 있는 말이 무엇일까. 그리고 조심스럽게 말문을 열었다. "엄마, 많이 불안한 거 알아. 그런데 이렇게 감정을 가라앉히지 않으면, 나도 대화를 이어가기 어려워요." 목소리는 단호했지만, 담담했다. 감정을 억누른 것도 아니고 폭발시킨 것도 아니었다. 그 사이, 딱 그만큼의 간격을 자유는 스스로 만들었다.

T: 행동하기 단계이다. 전화기 너머, 엄마의 목소리는 점점 날카로워지고 있었다. 마치 예전의 반복되는 상황처럼, 상처 주는 말이 자유를 향해 날아들었다. "너 같은 건 필요 없어. 하나도 도움이 안 돼." 그 말은 날카로운 칼날처럼 자유의 심장을 스치고 지나갔다. 하지만 이번에는 다르다. 자유는 숨을 깊게 들이쉬었다. 손이 약간 떨렸지만, 마음은 중심을 잡고 있었다. 이 순간, 자신이 자신을 지켜야 한다는 걸 누구보다 잘 알고 있었기 때문이다.

"전화를 끊겠습니다." 그녀의 목소리는 낮고 단호했다. 떨림은 있었지만 망설임은 없었다. 말을 끝내자마자, 자유는 통화 종료 버튼을 눌렀다. 그리고 이어지는 어머니의 반복 전화를 예상한 듯, 곧장 수신 거절 기능을 설정했다. 그 순간, 묘한 정적이 공간을 메웠다. 자유는 다시 고요해진 방 안에 앉아, 자신의 숨소리를 들었다. 그건 도망이 아니었다. 무시도 아니었다. 그건 자신을 지키기 위한

> 선택, 자신의 한계를 넘어서지 않기 위한 행동이자 이제는 외부의 언어에 의해 휘둘리지 않겠다는 작은 선언이었다. 자유는 휴대폰을 책상 위에 내려놓고, 부드럽게 눈을 감았다. 그 어느 때보다 마음이 무겁지 않았다. REST의 마지막 단계가 실행된 순간이었다.

자유는 REST 전략을 실행한 뒤에도 어머니에 대한 감정이 힘들었다. 상담을 통해 그녀는 분명히 딸이었지만, 딸다운 딸로 존재해 본 적이 없었다는 것을 깨달았다.

자유는 늘 어머니의 분노를 받아내는 배출구였고 어머니가 불안할 때 안겨서 어른의 애정을 확인받아야 했던 수동적인 존재였다. 정확히 말하면 자유의 어머니는 자유에게서 딸이 아니라 '자신의 어머니'로 존재하길 원했다. 당신의 상담자이자 당신의 보호자이자, 불안할 때마다 모든 걸 이해해줄 존재.

아이는 본능적으로 분노한 부모를 건강하게 방어할 수 없다는 것을 느낀다. 그래서 더 약한 대상인 자신을 상처 입힌다. 자유는 그런 어머니에게 꼭 맞는 희생양이었다.

자유는 상담사님의 말도 기억했다. 어머니도 아마, 자식을 고통 주기 위해 일부러 그런 것은 아니었을 거라고. 자유도 어머니는 악의로 그런 것이 아닐 수 있다는 것을 알았다. 그러나 자유는 어머니를 치료할 의사도, 상담사도 아니다.

자유는 한때 보살핌을 받아야 할 존재였지만 그렇지 못했다. 어머니를 향한 이해는 있었다. 여자로서의 인생은 분명 고달팠을 것이다. 하지만 어머니로서의 인생은 이해하지 않기로 했다.

단 한 순간도 어머니가 자유를 사랑하지 않은 것은 아니었다. 하지만 8살, 자유는 사랑받기 위해 밥 짓는 법을 배웠다. 꼬들꼬들한 밥을 좋아하는 어머니를 위해 수십 번 밥을 다시 지었다. 어머니가 흡족해할 때까지 매번 긴장했던 그 어린아이는 사랑받기 위한 조건을 채워야 했다. 금상을 타지 못해 실망한 어머니를 보면서, '나는 있는 그대로 사랑받을 수 없는 아이구나.' 어린 자유는 자신의 뺨을 때리고 상장을 찢어버렸다.

'엄마도, 치료와 상담을 받으면 좋겠어. 하지만 나는 이제, 엄마의 삶을 대신 살아주지 않을 거야.' 육신이 분리되어도 이루지 못한 독립을 제대로 시작하는 것이었다.

자유는 매주 해바라기 센터에서의 상담 약속을 꾸준히 지켰다. 담당 선생님에게 성실함을 인정받고 그런 자신에게 뿌듯함을 느꼈다. 힘들 때마다, 스트레스나 불안을 솔직하게 복지사님께 털어놓았다. 감정을 숨기지 않고 솔루션을 함께 찾는 것이 얼마나 큰 도움이 되는지 깨달았다. 어머니와 있었던 일을 복지사에게 털어놓으며 자신이 REST 전략을 사용해 감정의 폭발 없이 상황을 정리해낸 이야기를 들려주었다. 그러자 복지사는 환한 미소와 함께 자유를 크게 격려해주었다.

"너무 잘했어요, 자유님. 정말 많이 성장했어요." 그 한마디가 자유의 가슴을 따뜻하게 적셨다. 자유는 자신을 구하는 사람이 되어가고 있었다.

아버지 기일이 다가온 자유의 상황으로 인해 상담사와 협의했다. 자유가 애도에 대해 마음이 힘들 수 있다는 것을 참고해서 오늘은 햇눈이와 병행해 상담을 진행하기로 한다.

돌봄의 방

자유의 울음:
간병과 애도

돌봄의 하악질:
유기 및 인플루언서의
학대

상담사: 안녕하세요, 자유님. 이번에 어머니 연락에 REST 전략을 사용해서 효과를 보셨다는 접수지를 보고 정말 기뻤어요. 그 외에 다른 일은 없으셨나요?

자유: 오늘은 아빠 기일이 다가와서요. 애도에 대해 이야기 나누고 싶어요. 제가 힘들어서 그러는데, 햇눈이가 함께해도 괜찮을까요? 제가 애도를 잘하고 있는지 모르겠어요. 정신건강의학적으로 건강한 애도가 무엇인지 정의할 수 있을까요?

상담사: 그럼요, 자유님. 그런데 자유님은 개인적으로 어떤 게 건강한 애도라고 생각하시는지 먼저 들어볼 수 있을까요? 저는 사전적인 정의만으로 설명하긴 어렵다고 생각하거든요.

자유: 20대 중반에 아빠가 돌아가시고, 그 다음 해에 저에게 소중했던 강아지 둘도 세상을 떠났어요. 제가 홀로 결정해야 했어요. 저 혼자서 아버지 연명 치료 거부까지 했어요. 첫 번째 반려견 안락사, 두 번째 반려견은 피를 흘리며 죽어가는 걸 지켜보았어요. 세 존재 모두 저와 같은 마음으로 서로를 떠나기 싫어했는지 끝까지 눈을 제대로 감지 못했어요. 제가 손으로 눈을 감겨주었는데도, 끝내 눈을 완전히 감지 못했어요.

　남겨진 저는 감당할 수가 없었어요. 현실을 받아들이기 힘들어서 술을 찾았고 학창시절보다 심한 자해를 했어요. 정말 그들 곁으로 가고 싶기도 했어요.

　아빠에 대해서는 굉장한 양가감정이 있었어요. 그런데 아빠가 떠난 이후에는 오히려 유일하게 사랑을 주고받은 존재였던 강아지들보다 아빠의 죽음이 더 슬프게 느껴져요. 그래서 애도라는 게 뭔지 저는 정말 궁금해요. 이게 제대로 된 애도인지, 아니면 그저 현실을 회피하고 있는 건지 모르겠어요.

상담사: 자유님, 말씀 들으면서 정말 마음이 아팠어요. 양가감정이 있

는 아버지의 죽음은 특히 더 혼란스럽고 복합적인 감정을 일으킬 수 있어요. 사랑한 존재들에겐 무심한 듯한 자신이 낯설게 느껴지는 것도 충분히 이해돼요. 혹시 아버님과 관련된 감정 중에 특히 기억에 남는 에피소드나, 지금 떠오르는 감정이 있다면 들려주실 수 있을까요?

자유: 아빠에 대한 감정보다 먼저 상황을 설명하고 싶어요. 아빠는 저보다 어린 나이에 아빠, 그러니까 저희 친할아버지를 여의었어요. 산골에서 지게를 지며 삼 남매와 어머니를 지켜냈어요. 할아버지는 술과 도박에 중독되어서 할머니가 농사로 번 돈을 몽땅 날려버리셨고 결국 술독에 빠져 돌아가셨다고 들었어요. 아빠는 할아버지에 대한 분노를 늘 품고 살았어요.

아빠도 알콜 탐닉과 폭력을 이어받긴 했지만 가족을 먹여 살리는 일에 대한 책임감은 정말 강했어요. 일 중독처럼 쉬지 않고 일하셨거든요. 제가 중학교 때 아빠는 건축회사에 다니셨고 꽤 높은 자리까지 갔어요. 근데 정권이 바뀌면서 계약된 회사들이 줄줄이 부도가 났어요. 결국 아빠도 개인회생 신청을 해야 했고 그 이후 막노동을 하면서도 한 달에 110만 원씩 6년을 갚았어요. 그렇게 저를 대학까지 보내셨어요. 임용 준비 1년 동안도 아빠가 지원해주셨어요. 사실 그때 알았어요. 아빠에게도 꿈이 있었던 걸요. 자신이 자란 시골집으로 귀농을 꿈꾸셨대요. 그런데 저한테 빚을 넘기지 않으려고 끝까지 혼자 다 감당하셨어요. 개인회생이 끝난 해에 아빠는 돌아가셨어요.

저는 후회했어요. 그때 취업을 빨리 했더라면 아빠가 몇 개월이라도 좀 편히 쉴 수 있었을 텐데. 저만을 위해 꿈을 포기한 아빠와 다르게 저만 생각했구나 싶어서 죄책감이 들었어요. 그리고 아빠가 자동차를 할부로 샀던 것도 기억나요. 딱 두 번 운전했는데 두 번 다 큰고모 집으로 갔어요. 하지만 아빠 임종 할 때도 큰고모는 오지 않았어요. 장례식 이후 작은 고모가 전화해서 했던 말은 아직도 잊을 수 없어요. "오빠, 그렇게 갈 줄 알았으면 아빠 회생했을 때 돈 좀 보태줄 걸 그랬다"고요. 그때 너무 기가 막혔어요. 아빠가 얼마나 외로웠는지 알 것 같았어요.

    우리가 처음 함께 새로 산 아빠의 차를 타기로 한 날이자 아빠의 휴가 시작인 2021년 8월 2일에 아빠는 새벽에 몸이 이상하다고 해서 병원으로 갔어요. 아빠는 6년 동안 이틀 이상 쉰 적이 없는 사람이었는데… 아빠는 그렇게 식물인간이 되었고 혼자 보호자의 삶을 감당하게 됐어요. 아빠의 화장터에서야 처음 울었어요. 모든 게 공허했어요.

상담사: 아버지의 삶이 안타깝다고 느껴졌군요. 그만큼 양가감정도 크게 느껴졌을 것 같아요. 감정을 충분히 해소하지 못한 상태에서 슬픔이 더 깊어졌을 수도 있어요. 그래도 아버님께서 자유님을 유기하지 않고 대학교까지 책임감 있게 지지해주셨다는 점에 감사한 마음도 드셨네요. 그런데 이제 아버님마저 떠나시고 생존에 집중해야 하는 상황이 되니, 강아지들의 죽음을 충분히 애도하지 못한다고 느껴지실 수도 있었겠어요. 자유님은 어릴 적부터 반려동물에게 의지해왔고, 그래서 유기불안을 느껴 반려동물 입양을 서두르셨을 수도 있을 것 같아요.

자유: 네. 사실은 첫째 강아지가 죽기 전 아픈 증상이 보일 때부터 이미 입양을 고려했어요. 정확히 말하면 그 전부터, 즉 아빠가 식물인간 상태였을 때부터 생각했네요. 두 마리가 다 세상을 떠난 직후에 유기견 센터에서 고양이를 데려왔어요. 지금은 반려동물이 꽤 많아요. 근데 복지사님이 얘기해준 상담 사례를 들어보니까 부모님과 관계가 어떻든 간에 저처럼 빠르게 일상에 복귀하는 경우는

많지 않다고 했어요. 저 스스로도 좀 무서웠어요. 저는 아빠 장례를 치른 후, 아빠의 피가 묻은 베개가 그대로 있는 그 방에서 잤거든요.

상담사: 사람마다 처한 환경이 다 다르기 때문에 그런 이야기를 일반화하는 건 조심스러워요. 그래도 일상생활로 금방 돌아온 자신이 낯설고 무섭게 느껴졌군요. 그렇다면 자유님은 일반적으로 '죽음을 잘 애도한 사람'은 어떤 방식으로 상실을 받아들이는 사람이라고 생각하세요?

자유: 잘 모르겠어요. 저는 강아지들이 죽기 전부터 죽음을 계속 준비했어요. 첫째 강아지가 열 살쯤 됐을 때부터였던 것 같아요. 일부러 강아지가 제 베개 옆에 와도 등을 돌리고 혼자 몰래 울었어요. 그러다 다시 아이들을 안고는 "미안해, 떠나지 마"라며 애원하기도 했어요. 또 일부러 무지개다리를 건넌 반려동물에 대한 블로그 글을 찾아 읽으면서 계속 울었어요. 어떤 친구는 저한테 첫째 강아지가 죽으면 너까지 잃을까 봐 무섭다고도 했어요.

첫째 아이는 강아지 나이로 열다섯 살쯤에 세상을 떴고, 둘째 아이는 열두세 살쯤에 갔어요. 막상 실제로 떠나니까 예상했던 것보다 침착했어요.

현실적으로 보면 강아지들은 충분히 오래 살다 간 거잖아요. 근데 아빠는… 평균 수명보다도 일찍 돌아가셨잖아요. 아빠의 죽음은 전혀 준비되지 않은 상실이었어요. 아빠는 응급실에 가자마자 의식을 잃고 깨어나지 않았어요. 저는 계속 경계하고 긴장해야 했어요. 돌아가시기 전부터 보험이나 사회적인 일 같은 걸 처리해야 했고 돌아가시고 나서도 해야 할 일이 생각보다 훨씬 많았어요.

그 후에 바로 강아지까지 아프고 떠났어요. 정말 애도할 틈이 없었어요. 아빠도, 강아지도요. 저는 정말 강아지들을 사랑했어요. 그래도 마음 한편으론 사람이 먼저라고 생각하긴 한 것 같아요.

 첫째 강아지가 죽었을 때, 그 아이 시신을 품에 안았어요. 제 머리카락을 조금 잘라서 빨간 실로 그 아이 다리에 묶었어요. 다시 만나자고 그런 의미였어요. 그리고 차분히 마지막 일기도 썼어요. 그런데 모두가 떠나고 나니까 제 곁에 정말 아무것도 남지 않은 느낌이었어요. 결국 저는 붕괴됐어요.

상담사: 살아 있을 때부터 죽음을 준비했다는 건 자유님이 얼마나 큰 두려움과 불안 속에 있었는지를 보여주는 것 같아요. 순탄치 못했던 가정환경 속에서 반려 가족이 자유님께 준 사랑은 정말 컸을 것 같아요. 그래서 자유님도 정말 원 없이 사랑해주셨을 거예요. 그런 깊은 관계일수록 때로는 이별 앞에서 의외로 담담해지기도 하거든요. 하지만 연달아 찾아온 죽음들 속에서 충분히 애도할 기회조차 갖기 어려웠던 건 아닌지 그런 생각이 들어요.

자유: '충분한 애도'라는 게 대체 뭘까요? 아빠 병상 기간과 장례까지 제가 그 시간을 어떻게 버텼는지도 모르겠어요. 아빠는 분명 본인 발로 응급실 침상 위로 올라가셨어요. 코로나 시기라 응급실에는 아빠 혼자 들어가셨고요. 의료진 말로는 수술 전에 구토를 두세 번 하신 후 의식을 잃으셨대요. 뇌출혈인 상태로 검사 결과를 기다리느라 골든타임을 놓쳤어요. 수술은 했지만, 바로 식물인간이 되셨어요.

 면회는 코로나 때문에 안 됐지만 주치의 선생님이 배려해주셔서 2주에 한 번씩 화상 통화를 했어요. 아빠는 눈만 뜨고 허공을 멍하니 바라보셨어요. 저는 혼잣말만 했어요.

중환자실은 환자가 오래 머무를 수 없으니까 전원할 병원을 찾아야 했어요. 서울의 유명 병원들 중 한 곳에서 예약을 받아준다고 해서 제가 직접 아빠 상태 CD랑 필요한 서류를 들고 병원에 갔어요. 근데 거기서는 수술 결과에 문제는 없다면서도 왜 의식이 없는지 모르겠다며 받아줄 수 없다고 냉정하게 말하셨어요. 그렇게 무의미하게 진료는 끝났어요. 결국 아빠는 자가호흡을 못하셔서 기관 삽입을 하셨어요. 그래야 재활병원에서 받아주거든요. 재활병원으로 가는 구급차 안에서 아빠를 봤어요. 예전처럼 저를 무섭게 때리던 그 모습은 없었고 앙상한 나무 같았어요.

그때부터 간병비가 큰 산처럼 다가왔어요. 하루에 13만원이 기본 지급비였어요. 식비와 유급 휴가비 모두 따로였어요. 간병인은 보험 청구도 안 됐어요. 저는 그때 수입도 없는 고시생이었어요. 고모들이 각자 200만원씩 도와주긴 했어요. 처음엔 선의라고 믿었는데 아빠의 인감을 달라고 요구했어요. 그래서 저는 단호하게 말했어요. 아빠가 다시 일어날 수도 있는데 인감은 못 드린다고요. 왜 인감이 필요한지도 물었어요. 그랬더니 할머니가 주신 시골 밭이랑 공동 명의 땅을 고모 앞으로 돌리고 한 번에 팔아서 치료비로 쓰겠다는 거였어요. 그때 아빠가 의식 없을 틈을 타서, 이 사람들이 '투자'처럼 뭔가를 꾸미고 있었구나 하고 생각했어요. 장례 끝나고는 제가 생각했던 게 맞았어요. 고모가 아빠를 위해 도와준 400만원 돌려내라고 협박했어요. 저 몰래 아빠 병원 모금을 한다며 고모 계좌가 적힌 문자를 돌리고 있었고 아빠 핸드폰을 관리하던 제가 그걸 우연히 봤어요.

병원비는 제가 다 관리하고 있었는데 아무런 상의도 없이요. 결국 저는 인감을 주지 않았고 아빠는 돌아가셨어요. 장례식장에서 저는 조의금 문제로 작은아빠에게 다가갔어요. 작은아빠는 꺼지라며, 너는 가족도 아니라고 사람들 앞에서 면박을 주셨어요.

그 순간, 저는 작은 미니어처 같았어요. 더 작게… 나중엔 회색 먼지처럼 사라질 것 같은 기분이었어요. 작은아빠는 취해서 뒷주머니에서 지인들한테 받은 돈을 꺼내선, 아빠 영정사진 앞에 툭툭 치면서 "이걸로 노름이나 할란다~"라고 실실 웃었어요. 작은 고모는 그 옆에서 "나도 좀 나눠줘~"라고 따라 웃었고요. 저는 자는 척했지만 그 말들을 다 듣고 있었어요. 아빠의 장례 첫날, 작은아빠는 조문객들에게 형이랑 안 친하다며 행패를 부리기도 했어요. 말리는 작은 고모부 말도 안 듣고 취해서는 팬티차림으로 차에서 자겠다고 윽박질렀어요. 다음 날, 저는 누군가 한마디라도 해주길 바랐어요. "여기는 애도하는 자리야." 그런 말이라도요.

근데 아무도 그런 말을 하지 않았어요. 그냥 웃고 넘겼어요. 그 이후로 그 사람들이 먹는 음식이 그냥 짐승이 자기 배설물을 다시 삼키는 것처럼 느껴졌어요. 애니메이션 '센과 치히로'에서 돼지처럼 변한 인간들이 게걸스럽게 먹는 장면이 계속 떠올랐어요. 저는 3일 동안 두 끼도 못 먹고 네 시간도 못 잤어요. 아무런 표정도, 감정도, 감각도 없었어요. 아빠의 화장터에서 운 저를 본 작은 아빠는 꼴 보기 싫다며 욕하고 상주 옷을 벗어 던졌어요. 아빠 유골을 뿌리는 곳엔, 아무 가족도 따라오지 않아서 아빠 친구들과 함께 했어요.

상담사: 그 많은 무거운 결정들을 자유님 혼자서 다 감당하셨다니 정말 가슴이 아파요. 저희 집에도 중환자실에 계셨던 어르신이 계셔서, 아픈 가족이 있을 때 집안 분위기가 어떻게 변하는지 조금은 알아요. 그런데 자유님은 그걸 혼자서 보호자 역할을 해내신 거잖아요. 그 무게가 얼마나 컸을지, 상상만 해도 참 슬퍼

요. 이런 상황이라면, 저는 이렇게 느껴져요. '감정을 느끼지 않아야만 살아남을 수 있었겠다.' 어떤 문제나 감정을 말로 표현하기도 전에, 그 감정 자체를 느끼지 않도록 스스로를 단단히 막아야만 했겠구나... 그런 생각이 들어요.

예전에 자유님께서 본인의 병명을 말해야만 자신을 설명할 수 있을 것 같다고 하셨던 기억이 나요. 그 말이 이제서야 더 깊이 이해돼요. 아버님을 간병하는 그 오랜 시간 동안 자유님은 늘 경계 속에서 모든 상황을 예의주시하며 버텨야 했잖아요. 그 자체가 얼마나 고통스러운 시간이었을까요. 그리고 중간중간 수술 여부나 연명치료 같은 중요한 그 선택들 하나하나가 얼마나 무겁고 괴로웠을지요... 정말 감히 상상하기 어려울 만큼요.

아버님이 식물인간 상태에서 뇌출혈이 두 번이나 더 왔다면, 병원비나 간병비도 감당하기 어려우셨을 거예요. 400만원으로는 턱없이 부족했을 테고요. 그런 상황에서 의지할 어른은 아무도 없으셨던 건가요? 자유님이 그 모든 걸 혼자 떠안았다고 생각하니 너무 안타깝고 마음이 아픕니다.

자유: 우선 급하게 아빠 카드를 사용했어요. 그리고 병원 안에 있는 사회사업팀과 행정복지센터, 보건소 같은 곳에 문의도 했어요. 그런데 조건이 너무 까다로웠어요. 6개월이 지나야 장애 판정을 받을 수 있다거나, 의식불명이라는 공식 진단이 있어야 한다고 했어요. 그런데 식물인간 상태는 기간이 정해진 것도 아니니까, 도대체 어떻게 해야 할지 몰라서 고민이 많았어요.

아빠가 식물인간인 상태에서 두 번째 뇌출혈이 왔어요. 새벽 네 시쯤이었어요. 의료진이 수술 동의서를 들고 저한테 펜을 내밀었어요. 저는 물었어요. "이 수술, 누구를 위해 하는 거예요?"

잠깐 침묵이 흘렀어요. 의료진이 품위 있는 단어로 설명해줄 줄 알았는데… 돌아온 대답은 너무나 덤덤했어요. "수술 안 하시면 오늘 죽을 수도 있어요." 저는 전혀 준비가 안 되어 있었어요. 머리로는 알았어요. 백 번, 천 번 아빠를 보내야 한다는 걸… 저는 시간이 필요했어요. 아빠를 보내드릴 '시간'이요. 결국 12시간 동안 수술이 진행됐어요. 수술이 끝난 뒤 주치의 선생님이 저한테 조심스럽게 말했어요. 마음의 준비를 하라고 했어요. 처음에는 냉정해 보였던 주치의선생님이었는데, 그때는 눈에 동정심이 흐르는 게 느껴졌어요. 그리고 뒤에 있던 의료진이 저를 불러 세웠어요. "지금은 면회가 안 되지만, 환자 이동 경로를 알려줄 테니까 잠깐이라도 볼 수 있을 거예요."라고요. 저는 그 말을 듣자마자 알려준 곳으로 달려갔어요. 검사실로 가는 길목에 미리 가서, 쭈그려 앉았어요. 쭈그려 앉으면 사람들의 뒤통수가 잘 보이거든요.

가족은요, 뒤통수만 봐도 알아볼 수 있어요. 몇 번이나 환자 침상이 지나갔지만 저는 미동도 하지 않았어요. 아빠가 아니었거든요. 그러다가 어느 순간 본능적으로 몸이 반응했어요. '아빠다, 내 아빠.' 마음속으로 그렇게 외쳤지만 입 밖으로는 내지 못했어요. "지나가듯 보기만 하세요."라는 말이 의료진에 떠올라서요. 아빠가 침상에 실려 지나가셨어요. 아빠는 늘, 겨울이든 봄이든 제가 외출할 때마다 양말 신었는지 확인해주던 사람이었는데… 그날, 아빠 발에는 양말이 없었어요. 맨발이었어요. 아빠의 발은 붉게 부풀어 올라, 마치 수면 양말을 신은 것처럼 보였어요. 사람 마음이 그토록 아프게 저릴 수 있는 거였어요.

상담사: 정말 고생 많이 했어요. 자유님은 자식으로서 할 수 있는 거 다 했어요. 그런 사람 생각보다 많지 않아요. 진짜… 진짜 대견해

요. 하나도 안 이기적이었어요. 이기적인 건 그 친척들이에요. '고생했다'라는 말로 부족해요, 정말.

(그때, 자유는 상담사의 훌쩍이는 소리를 들었다.)

자유: 아빠는 의식을 계속해서 되찾지 못했고, 뇌출혈이 다시 터졌어요. 의사 선생님은 의식이 돌아올 확률이 극히 낮고 깨어나도 겨우 눈만 꿈뻑일 수 있을 거라고 말씀하셨어요. 그 이후부터 핸드폰으로 아빠 회사 단톡방에 상황을 알렸어요. 거기서 아빠와 가장 가까웠던 분이 월급 처리 방법과 사업용 자동차 해지하는 것 그리고 개인 사업장 정리 같은 걸 도와주셨어요. 그리고 아빠 깨벅쟁이 친구들 단톡방에도 알렸어요. 처음에는 아빠 지인분들은 다들 아빠의 연세도 많지 않고 아빠가 의지도 강한 분이라서 이겨낼 거라고 믿고 저에게도 밥은 꼭 챙겨먹고 힘내라고 했어요. 아빠 회사 친구는 하루 전만 해도 아빠가 원숭이처럼 3.5톤 트럭에 짐을 거뜬히 옮겼다고, 일주일 전만 해도 술 마시며 춤추던 사람이었으니까 걱정말라고 농담도 했어요.

그런데 시간이 지나면서 점점 다들 상황이 심각한 걸 아셨죠. 아빠 깨벅쟁이 고향 친구들이 500만 원 정도 모아주셨어요. 1주기 기일도 함께해주셨어요. 아빠 수혈 필요할 때는 급하게 헌혈자 모집글 썼어요. 제 피를 드리고 싶었는데... 직계는 안 된다고 하셨어요. 아빠는 잦은 수술과 시술로 살아있는 채로 부식이 되었어요. 저는 제가 할 수 있는 것이 없다는 것을 서서히 느낄 때쯤 다가오는 절망은 잔잔하게, 그러나 확실히 저를 부식시켰어요. 아빠만 부식되는 게 아니었어요. 아빠 친구들은 나이와 지병 때문에 헌혈이 어려웠고 제 친구들은 모집글을 공유하며 도움을 줘서 모르는 사람들한테도 아빠와 제 소식이 들어가게 됐어요. 병원에서 아빠 필요한 혈액 다 찼다고 남은 혈액은 다른 분께 양도해도 되냐고 물어보셨을 때... 감동했어요. 그렇게 폐허가 된 마음 위에 작은 희망은 간간히 찾아왔어요.

다른 간병으로 힘들었던 점은 간병인 분들이 조선족이라 소통이 잘 안 됐던 거예요. 아빠한테서 "냄새 난다, 힘들다..." 그런 말들을 구정물처럼 쏟아낸 이유는 돈을 더 달라고 하는 거였어요. 심한 경우에는 아빠가 재활 치료하러 가야 하는데 그냥 도망간 분도 있었어요. 다 처음엔 가족처럼 대해주겠다고 했던 분들인데요. 아빠와 저는 버려진 짐짝처럼... 세상에 내던져졌었어요. 살고 싶으면 저의 이를 드러내야 했어요. 누구도 나를 구한다고 생각하지 못했으니까요. 저를 지키는 건 저 자신뿐이었어요.

상담사: 그건 강해진 게 아니라... 그냥, 그래 보이게 한 거일 수도 있어요. 말씀하신 것 중에 아무렇지 않은 상황이 하나도 없었어요. 간병인 문제는 아직도 사회적으로 계속 이슈되는 건데 그걸 또 자유님이 겪으셨다니. 정말 고생 많았어요. 그 상황에서 이인감도 느낄 수도 있었을 것 같아요. 지금 말씀하시는 거 보면 목소리 톤이 너무 일정해요. 그만큼 중요한 일들이 한꺼번에 몰려왔고 즉각적으로 처리하느라 정신이 없었겠죠.

정신없이 버티다 보니까 몰랐던 감정들이 한꺼번에 터진 거 아닐까 싶어요. 자해나 과음 같은 방식으로요. 이야기 들어보니까 아버지 장례 전 후로 남겨진 자유님이 막막한 생을 이어가기 위해, 주변을 볼 틈조차 없었던 거 같아요. 그래서 애도할 겨를도 없었던 거고요. 그리고 괜찮아요. 지금 반려동물들은 자유님이 지켜주시면 돼요. 애도는 언제라도 할 수 있어요. 편지를 쓰는 방식도 있어요. (햇눈이는 말없이 자유의 품에 안겼다.)

자유: 네, 간병인 문제로 국민청원도 올렸어요. 뇌출혈 환자 모임 카페 글을 올려서 청원 글에 찬성해주셨어요. 사회가 쉽게 변하진 않

더라도 변하자는 목소리는 계속해서 이어져야 한다고 생각해요. 그 글을 보고 [22] 시사 프로그램에서 연락이 왔어요. 재활병원에서 식물인간 상태인 아빠랑 제가 면담하는 모습이 방송에 나왔어요. 아빠는 식물인간상태라 그저 의자에 고정되어 있을 뿐이었지만요. 그때, 방송이 끝나고 유튜브로도 영상이 올라갔는데 많은 분들이 응원해주셔서 힘이 됐어요.

상담사: 그 와중에도 사회에 도움이 되는 소리를 내주셨네요. 자유님은 진짜 힘이 많은 분이에요. 꼭 드리고 싶은 말씀이 있어요. 극심한 환경 중 예를 들어 전쟁 중에 총알이 바로 눈앞을 날아다녀도 군인들이 앞으로 나아간다고 해요. 전쟁 끝나고 군인들에게 물어보면 뭐든 할 수 있을 것 같은 힘이 본능처럼 생겼었다고 해요.

압도된 군인도 있었지만 어떤 분들은 초인적으로 현실을, 현실이 아닌 것처럼 받아들였대요. 그리고 잘 회복해내셨대요. 인간의 '**회복탄력성**'이 발휘된 것이지요.

자유: 좋은 말씀 감사합니다. 저한테도 그런 힘이 있었군요. 햇눈이도 그런 힘이 키워지도록 저와 함께 해주고 있어요.

상담사: 과거형이 아니에요. 지금도 있어요. 이제 마칠 시간인데 오늘 상담 어떠셨어요?

자유: 최근에 아빠 핸드폰의 녹음된 목소리랑 세상을 떠난 반려동물이 담긴 사진들을 보고 정말 많이 울었어요. 그날은 참지 않고 너무 울어서... 아무것도 못했어요. 두통이 3일 정도 지속됐어요. 상담 선생님 목소리에서 저를 위해 슬퍼해주는 마음이 묻어나 따스히 느껴졌어요. 위안이 됐어요. 이렇게 말로 꺼내니까 조금 해소되

---

[22] [93회full] 나는 효녀가 아니다 - 청년, 간병 | #시사직격 KBS 211008 방송 (YouTube)

는 기분이에요. 정말 감사합니다.

상담사: 상실이라는 건 그런 거예요. 온몸이 부서질 듯이 아픈 거요. 자유님은 회복하고 있어요. 감정을 더 유연하게 느끼는 연습을 천천히 해봐요. 오늘처럼 감정을 꺼내봐도 괜찮아요. 앞으로 상담하면서 좋은 관계를 맺는 힘도 함께 키워가요. 자유님은 어린 시절부터 스스로 감정을 부정하는 데 익숙했던 것 같아요. 나로 살지 못하는 게 속상하지만 단단한 껍질처럼 굳어버린 거죠. 하지만 언젠가는 씨앗이 돼서 꽃 피울 수 있어요.

자유: 감사합니다. 저도 제가 어떤 존재든 저를 덮고 있는 껍질을 깨고 싶어요. 다음 상담 때 뵐게요.

상담사: 네 자유님. 그럼 마음 잘 추스르시고 이번에는 자유님 내면에 귀 기울여서 자유님이 하고 싶은 것을 해보고 다음 회기에 알려주세요.

햇눈: 고생했어, 자유야. 아라홍련이라는 꽃이 있어. 나도 신께 들은 거야. 아라홍련은 오랜 시간 껍질로 있다가 연꽃으로 피어난 고귀한 고려시대 연씨야. 너에게 꼭 알려주고 싶어. 그리고 너에게 도움이 될 만한 걸 추천해줄게. '[23]국가트라우마센터'라는 사이트가 있어. 그 사이트 자료가 꽤 도움이 될 거야. 지금은 감정을 느끼는 게 쉽지 않을 수도 있어. 감정이 억압되어 있을 수 있거든. 글을 쓸 때는 네 안에 있는 감정이나 생각을 캐릭터 속에 조금씩 담아봐. '[24]승화'기법을 사용해도 좋을 거야. 억눌린 감정을 갑자기 터뜨리기보다, 풍선에 바람을 살살 빼듯이, 조금씩, 부드럽게 풀어가는 거야.

---

23) 심리적반응 및 대처방법 〉 상실에 대한 대처방법
24) 본인의 부정적 특성, 욕구나 충동을 사회적으로 용인되는 선에서 해결하려는 작용

자유는 캣타워를 타오르는 햇눈이를 보면서 자신도 클라이밍을 하고 싶다는 생각이 들었다. 나중에는 햇눈이와 같이 암벽을 타보면 어떨까 하는 행복한 상상을 했다. 다음 날 일어나보니 자유의 책상에는 캘리그라피로 쓰여 있는 액자가 놓여 있었다.

'천 년의 잠을 넘어 붉게 되살아난 아라홍련은 모든 것은 피어날 때를 기다리고 있다는 사실을 틀림없이 아름답게 증명해냈다.'

자유는 상담을 마친 뒤 클라이밍 일일 체험을 신청했다. 처음 마주한 벽 앞에서 그녀는 한참을 망설였지만 막상 손을 뻗어 돌을 움켜쥐자 이상하게도 심장이 뛰기 시작했다. 돌을 하나하나 잡아올라가는 순간마다 낯선 성취감이 가슴 깊숙이 퍼졌다.

학창 시절 내내 달리기 시합에서는 늘 꼴찌였고 체육시간은 지옥 같았다. 근력도 지구력도 없는 몸이었다. 운동을 향한 의지마저 없었다. 그나마 좋아했던 건 자전거였다. 그 후로 좋아하는 운동이 생긴 건 이번이 처음이었다. 악력 측정 시간마다 수치가 너무 낮게 나와 선생님이 제대로 해보라고 타박을 주던 기억이 선명했다. 자유는 늘 운동은 나와는 먼 세상의 일이라고 생각했다.

하지만 클라이밍은 달랐다. 손으로 돌을 잡고 발로 디디며 자신이 선택한 길을 따라 천천히 높이 올라가는 과정은 그건 단순히 몸만 움직이는 일이 아니었다. 잡아야 할 돌 하나하나에 집중해야 했고 버텨야 하는 순간마다 스스로를 믿어야 했다. '나는 할 수 있다. 넘어져도 괜찮다. 죽지 않는다. 다시 일어설 수 있다.'는 자신에 대한 믿음이 필요했다. 높지 않은 위치라도 괜찮았다. 자신이 할 수 있는 수준에서 하면 됐다. 돌 하나, 하나를 딛고 몸이 오르고 있다는 사실 자체가 좋았다. 자유는 결국 2개월

회원권을 끊었다. 운동하고 돌아오면 글을 쓰거나 일상적인 일을 할 때도 에너지가 맴돌았다. 몸이 변하면 마음도 변한다는 것을 실감했다.

운동에 대한 긍정적인 변화도 있었지만, 마음 한 켠에는 간헐적으로 음습한 파도가 몰려왔다. 몸에 맞는 약물을 찾기 위해 시도하는 동안에는 단 것에 대한 욕구와 그로 인한 부작용을 감내하는 일이 계속되었다. 냉장고는 어느새 단 것으로 가득 찼고 살이 찔 거라는 강박은 그녀를 고단하게 만들었다. 상담을 마친 뒤 몰려오는 사람에 대한 허기는 더욱 거세졌고 의존할 대상을 찾는 마음도 자랐다. 좋은 사람을 만나면 이런 어려운 단계들이 필요 없지 않을까 생각이 들었다. 그럼에도 자유는 예전처럼 충동적으로 이성에게 연락하지 않았다. 그 결정은 자유 자신과의 큰 싸움에서 나타난 결과로 그런 자신을 스스로 격려했다.

하지만 비가 오는 날이면 울적한 감정은 감당할 수 없이 차올랐다. 빗소리 사이로 '짐치부침개 해라'하는 아빠의 음성이었다. 아빠는 비오는 날이면 그렇게 짧게 통화하고는 자유가 가장 좋아하는 삼색 칼국수 일인분을 포장해서 집으로 돌아오곤 했다. 그럴 때면 자유는 가장 간단하고 즉각적인 효과가 있는 EFT를 시작했다. 본래는 두 손가락으로 가볍게 톡톡 두드리는 기법이었지만, 비 오는 날만큼은 급하게, 거칠게, 그리고 절박하게 다섯 손가락을 모두 사용했다.

"나는 혼란스러움을 느낀다. 그래도 나는 그 감정을 받아들인다." 목소리가 떨리고, 호흡이 엉키며 감정이 터져나왔다. 분노, 불안, 미안함, 그리움, 죄책감 등의 모든 감정 하나하나를 토해내듯 불러낸 뒤, 자유는 마지막 문장을 덧붙였다. "그런 나를 사랑한다." 그리고 꼭 다짐하듯 중얼거렸다. "괜찮아, 그럴 수 있어. 다 나의 감정이야." 그렇게 스스로를 토닥이고, 부드럽게 안아주었다. 가끔은 그 방법이 통하지 않을 때도 있다. 그러면 그녀는 이틀 동안 기절하듯 잠들었다. 그것도 하나의 생존법이었다. 감정의 바다에서 살아남기 위한 깊은 항해였다.

신은 자유의 아버지 기일이 다가온 그녀를 위해 햇눈이를 통해 새로운 솔루션을 건넸다. 햇눈이에게서 배운 그라운딩 안정화 기법 중, 자유가 선택한 것은 '5-4-3-2-1' **기법**이었다.

'5가지 보이는 것 말하기, 4가지 느껴지는 것 말하기, 3가지 들리는 소리 말하기, 2가지 맡은 냄새 말하기, 1가지 맛 말하기.'

감정이 고조될 때는 막상 하려고 하면 바로 떠오르지 않곤 했다. 머릿속이 하얘진 자유는 솔루션을 적어둔 종이를 찾을 마음의 여유도 없었고 집안도 지저분했다. 지금 바로 무언가를 하고 싶기에 자유는 눈앞에 해진 종이를 하나 집어 들었다.

그리고 글을 적기 시작했다. 아무 말 없이 쓰는 것보다는 햇눈이에게 설명하듯이 말하며 작성하는 것이 훨씬 더 효과적이었다. 말하면서 살짝 새어 나온 웃음은 마음에 몰려 있던 먹구름을 조금씩 걷어내는 것 같았다. 감정은 천천히, 가라앉기 시작했다.

5가지 보이는 것: 자유는 방안을 둘러봤다.

박스 안에 쏙 들어가 눈만 빼꼼 내민 고양이가 제일 먼저 눈에 들어왔다. 그 옆엔 분홍색 토끼 인형이 느슨하게 기대 있었고, 발 냄새 제거제가 무심히 바닥에 놓여 있었다.

켜지지 않은 TV 화면, 노트북 화면엔 사슴뿔을 단 하마 그림이 떠 있었다.

4가지 촉감: 자유는 키보드에 손을 얹었다. 손목 보호 패드가 부드럽게 손바닥을 받쳐주었다. 고양이 숨숨집의 폭신한 감촉도 부드러웠다. 그리고 자신의 종아리를 쓰다듬는 순간, '누가 살갗이 부드럽다고 했던가' 하는 의문이 스쳤다. 종아리 피부는 마치 살짝 마른 나무 같았다. 마지막으로 책 겉표지를 매만지다가, 문지르면 때가 나올 것 같은 기분에 피식 웃음이 터졌다.

3가지 소리: <u>인디 음악</u>이 잔잔하게 방 안을 채우고 있었다. 그 소리 위로, 자유가 햇눈이에게 하나하나 설명하는 자신의 <u>목소리</u>가 겹쳤다. 그리고 노트북이 돌아가는 작은 <u>기계음</u>이 일정하게 이어졌다.

2가지 냄새: 비 오는 날이면 유독 심해지는 고양이 화장실의 눅눅한 <u>지린내</u>가 코를 찔렀다. 그리고 오늘 막 포장을 뜯은 <u>새 옷</u> 냄새가 났다.

1가지 맛: 자유는 입 안을 가만히 느껴보았다. 솜사탕과 핫식스를 함께 먹은 탓인지, <u>달콤한 맛</u>이 맴돌았다.

자유는 감정일기와 감사일기가 회복에 도움이 된다는 걸 알고 있었다. 하지만 그녀는 글로 정리하기보다는 머릿속에 머무르게 하는 타입이었다. 그래서 일기장은 비어 있었지만 그녀의 마음속에는 작은 감사들이 옹기종기 모여 풀밭을 이루고 푸른 숲을 키워나가고 있었다. 클라이밍을 자주 하지는 않았지만 갈 때마다 삶에 활력을 불어넣었다. 모르는 사람에게 부탁해도 운동하는 사람들은 친근하게 알려줬다. "여기, 이 돌 짚어봐요!", "다리는 저쪽에!" 누군가 건네는 짧은 조언들이 벽을 오르는 자유에게 작은 용기를 불어넣었다. 클라이밍에도 난이도가 있었다. 자유는 자신의 수준에 맞춰 클라이밍을 하다가 쉬는 동안, 다른 사람들이 어려운 루트를 거침없이 오르는 모습을 바라보곤 했다. 그리고 무엇보다 좋았던 건 이곳에서는 넘어지는 것이 부끄러운 일이 아니었다. 사회에서는 낙오자인 것처럼 느껴졌던 자유였지만 이곳에서는 마치 오뚝이처럼 다시 일어설 수 있었다. 큰 좌절 없이 마음 한 구석에서 안락한 기운이 돌았다. 이건 자유가 아주 오래 기다려온 삶의 방식이기도 했다.

시간이 흐르면서 자유에게도 애도에 깊이 몰입하고 싶은 순간이 찾아왔다. 특히 반려견들을 향한 애도 편지를 쓰고 싶었지만 혼자서는 감정의 벽을 넘기가 쉽지 않았다. 그래서 자유는 온라인을 통해 작은 모임을 기획하며 다른 사람들과 마음을 나누기로 했다.

> <펫로스 서클> 멤버를 모집합니다.
>
> **대상:** 반려 가족을 애도하는 데 어려움을 느끼는 모든 분
> **장소:** A대점 스타벅스
> **진행 내용:** 각자 반려 가족 사진 공유 → 본인 소개와 함께 반려 가족 소개
> 애도에 도움이 된 활동을 자유롭게 나누기
> 가능하다면 반려 가족이 떠나는 과정을 함께 나누고, 감정을 서로 다독이기
> 반려 가족에게 편지 쓰기 → 돌아가며 함께 읽어보기
> 반려 가족이 되어, 자신에게 편지 써보기
> 랜덤 매칭으로 서로에게 편지 써주기
> 모임은 총 6주간 진행됩니다.
> **모집 인원:** 5~6명
> ※ 음주는 예정되어 있지 않습니다.

펫로스 서클을 만든 지 한 달이 되어가고 있었다. 가입한 멤버는 단 한 명이었다. 자유와 총 두 명으로 조촐하게 모임을 이어갔다. 자유는 숫자에 연연하지 않았다. 오히려 스스로가 애도를 외면하지 않고, 정성껏 마

주하고 있다는 사실이 더 소중했다. 죄책감보다 반려 가족과의 기억을 따뜻한 추억으로 덮어가려는 과정으로 자유는 지금 충분히 잘 해내고 있다고 느꼈다.

자유는 소울병원의 의사 선생님과 복지사님, 그리고 상담 선생님과도 새로운 자문을 구했다. "새로운 반려동물을 가족을 맞이해도 괜찮을까요?" 망설이는 마음을 조심스레 꺼내놓았다.

"조금 더 시간을 두는 것도 괜찮아요. 하지만 끝까지 책임질 자신이 있다면, 입양을 고려해도 좋아요."

전문가들은 자유가 과거 두 반려동물을 끝까지 지켰던 걸 알고 있었다. 단, 충동성은 꼭 잊지 말 것을 당부했다. 그리고 다시 상처받을 자유를 걱정하며 "동물은 사람보다 수명이 짧아요. 그 사실을 마음속에 꼭 새겨야 해요."라는 조언도 건넸다. 자유는 입양을 서두르지 않기로 했다.

매주 금요일마다 유기동물 센터로 봉사를 다녔다. 햇눈이도 함께하고 싶어했지만 혹시 모를 전염병을 염려해 홀로 가기로 했다. 그렇게 몇 주가 흐른 어느 날이었다. 자유의 방 책상 위에 고양이 가방이 놓여 있었다. 가방과 함께 햇눈이가 남긴 메모에는 짧게 문구가 적혀 있었다. '가방을 들고 유기동물 센터에 가! 냐옹.'

자유는 가방을 들고 유기동물 센터로 향했다. 평소처럼 외부 청소를 마친 뒤에 자유는 눈에 띄는 작은 존재를 발견했다. 치즈색 털을 가진 왜소한 고양이였다. 눈만 마주쳤을 뿐인데 치즈고양이는 몸을 한껏 웅크리고 달팽이처럼 벽에 바짝 붙어 있었다. 자유는 천천히 다가가 교감을 시도했다. 그러나 치즈고양이는 하악질을 하며 거칠게 경계했다. 청소를 마치는 내내 그 작고 외로운 몸짓이 자유의 마음을 떠나지 않았다. 청소가 끝나자마자 자유는 입양 도우미를 찾아갔다.

"저 치즈 고양이 혹시 입양할 수 있을까요?" 입양 도우미는 자유의 말을 듣자마자 고양이를 금방 알아챘다. 펫 번식장 근처에서 구조된 고양이였다고 했다. 납작 가슴이고 경계심이 심해 할퀴거나 깨무는 일이 잦다는 설명이 뒤따랐다. 그래서 구조할 때 꽤 고생했다고 부가설명을 덧붙였다. 자유는 우선 알겠다고 말한 뒤 다시 말을 건넸다. "혹시 치즈 고양이 한번 안아봐도 될까요?" 자유는 물으면서도 예전에 길고양이에게 물려 살점이 뜯긴 친구의 기억이 떠올랐다. 손끝이 미세하게 떨렸다. 입양도우미는 구조도우미를 불렀고 둘은 상의를 했다. 구조도우미는 정말 괜찮겠냐고 자유에게 물었다. 자유는 잠시 고민하며 "장갑 껴도 될까요?"라고 물었다. 목장갑을 빌려 조심스레 끼었다. 구조 도우미가 치즈 고양이를 꺼냈다. 치즈 고양이는 좁은 철장 속에서도 재빠르게 도망치며 하악질과 끼익, 끼잉 소리를 냈다.

겨우 구조 도우미의 품에 안겼다. 그 광경을 지켜본 자유는 이게 맞는 걸까 주춤했다. 용기를 냈고, 자유가 치즈고양이를 안으려 하자 몇 번 팔을 할퀴었다. 다행히 자유가 위생복과 토시를 입고 있어서 큰 상처는 나지 않았다. 짧지만 강렬한 과정이 끝나자 치즈 고양이도, 자유도 한참 숨을 고르던 그때였다. 입양 도우미가 속삭이듯 말했다.

"지금 골골송이 들려요." 자유는 귀를 기울였다. 소리는 잘 들리지 않았다. 그러나 자유의 품 안에 가슴으로 전해지는 아주 미세한 진동이 느껴졌다. 치즈 고양이는 글글거리듯 아주 작게 골골송을 부르고 있었다. 구조 도우미와 입양 도우미가 감탄했다.

"경계심이 많은 아이들은 이렇게 조용히 골골거려요." 그 순간, 자유는 자신이 집사로 간택 당한 것을 알았다. 이 생명과 자신이 이어져 서로 보살펴주는 가족이 될 수 있다는 생각이 확고해졌다. 자유는 햇눈이가 준비해준 반려동물 가방에 치즈 고양이를 데리고 동물병원으로 향했다. 수의사는 아직 어려서 과한 검사를 삼가야 한다고 했다. 납작 가슴은 자라면서 교정될 수도 있다고 했다. 지금은 잘 먹고, 잘 놀고, 건강한 배변을 하는지 살펴보는 게 가장 중요하다고 조언했다.

집에 돌아온 자유는 햇눈이와 머리를 맞대고 오랫동안 고민한 끝에 치즈고양이에게 어울릴 이름을 지어주었다. '돌봄' — 봄이라고 부르기로 했다. 신과 함께 논의한 햇눈이는 돌봄이와 자유가 서로에게 적응할 동안 햇눈이가 고양이 상담소가 아닌 자유의 본 집에서 지낼 수 있게 되었다.

봄이는 천천히 자유의 집에 적응해갔다. 돌봄이는 자유의 집에서 세상의 다른 모습을 조금씩 받아들이기 시작했다. 첫 목욕을 할 때 봄이의 털은 거칠었고 잔 상처들이 군데군데 남아 있었다.
납작가슴이었기에 그루밍을 하지 못한 부분은 엉켜있기도 했다. 햇눈이는 자유에게 약을 골고루 바르는 법을 알려주었다. 봄이에게는 아플 때 떠올리면 좋을 생각을 알려주었다. 자유는 소소에게 약을 투여한 적은 있었지만, 털 사이사이에 직접 약을 발라주는 일은 처음이었다. 발끝 마저 긴장으로 굳었다. 돌봄이를 다 씻긴 그날에 자유도 오랜만에 욕조에 몸을 담갔다. 물 속에서, 자유는 자신의 몸을 천천히 바라보았다. 충동으로 새긴 타투들과 블랙아웃의 흔적으로 남은 자해 자국들이 혼잡하게 보였다.
마음이 처연하게 아려왔다. 겸연쩍기도 했다. 타투를 후회하지는 않았다. 그러나 충동에 휩쓸렸던 그 시절의 자신을 뉘우치게 됐다. 학대로 인해 붉거나 갈색으로 변색된 상처 자국들은, 마치 세상이 자유를 쉽게 판단할 수 있도록 새겨진 표식 같았다. 자유는 욕조 속에 고개를 묻으며 생각했다.
'내가 나를 보는 타인이라면, 이런 나를 꼭 안아줬을 텐데. 왜 나는 나를 가장 먼저 한스럽게 여겼을까.'
물거품처럼 일어났다 사라지는 생각들과 몸도 없이 흩어지는 마음들을 정리했다. 자유는 가만히 눈을 감았다. 자유는 본인이 좋아하는 온도로 맞춘 물 속에서 감정을 다스렸다. 떠오르는 생각은 잠시 내려두고 물에 몸을 맡기듯 감정을 맡겼다. 이제는, 조금 더 따뜻하게 자신을 감쌀 수 있었다. 더 이상 욕조가 불결하게만 느껴지지 않을 것 같았다.

자유는 자신을 아프게 한 그 시절로 다시 돌아갈 수 있다면 칼을 쥔 어린 손을 조심스레 잡아줄 것이라고 생각했다. 그녀는 손에서 칼을 천천히 빼앗고 싶었다. 맞아서 붉게 달아오른 뺨을 부드럽게 쓰다듬어주며, 따뜻한 목소리로 이렇게 말해주고 싶었다.

"괜찮아. 천천히 먹어도 돼. 꼬들밥이 아니라, 네가 좋아하는 진밥을, 김에 싸서 천천히, 음미하며 먹어도 괜찮아." 그저 그렇게, 편안히 숨 쉴 수 있는 내부의 시간을, 내 안에 마련해주고 싶었다. 욕조 옆에서는 햇눈이와 돌봄이가 그루밍을 하고 있었다. 햇눈이는 자유를 바라보며 자신도 포근해졌다.

목욕이 끝난 후 자유는 부엌으로 가 본인이 좋아하는 진밥을 지었다. 그리고 김치찌개를 끓였다. 그 맛은 아주 좋았다. 햇눈이와 돌봄이도 사료와 물을 번갈아 먹었다. 돌봄이는 아직 어려 물에 불린 사료를 잘근잘근 먹었다. 자유에게 진정한 새 '식구'가 생겼다.

2주가 지나고 봄이는 재진료를 받으러 자유와 병원에 갔다. 정식으로 고양이 집사가 된 자유는 당당하게 수의사에게 범백, 복막염, 허피스 검사를 받고 싶다고 이야기했다. 의사는 질문했다.

"2주 동안 봄이 컨디션은 어땠나요?"

"식욕도 좋고, 배변도 잘 하고 있어요."

"그렇다면 굳이 검사는 하지 않아도 될 것 같아요."

자유는 봄이의 성격에 대해서도 덧붙였다. 돌봄이는 외부인이 집에 들어오기라도 하면 며칠씩 장롱 깊숙이 숨어버린다고 했다. 그래서 밥과 물을 장롱 앞에 조심스레 가져다주어야 한다고 "봄이 팔자가 상팔자예요. 저희 집에서 제일 대접받아요." 자유는 웃으며 말했다.

수의사는 미소 지으며 답했다.

"보호자님, 너무 걱정하지 마세요. 고양이마다 성격이 다 달라요. 유기

견에서 입양된 고양이는 낯선 환경과 사람에게 무서움을 느낄 수 있는 경우가 많아요. 증상이 나타나면 그때 데려오는 걸로 해요. 괜히 병원 오는 것도 큰 스트레스일 수 있어요."

자유는 부끄러운 듯 고개를 끄덕였다. 맞다, 그녀는 예전부터 반려동물에 대한 애착을 넘어선 강박이 있었다. 아버지와 살 때 강아지를 키울 때는 외출할 때마다 강아지를 철장 안에 넣었다. 일거일투족 반려동물용 홈 CCTV를 통해 집 안을 감시했다.

자유에게도 그럴 만한 이유가 있었다. 이유가 나중에는 집착이 돼서 문제였지만... 외출에서 돌아온 자유는 집에 들어와서도 친구와의 통화에 정신이 팔려있었다. 첫째 강아지가 문틈 사이로 집 밖으로 빠져나가는 걸 보지 못한 적이 있었다. 그래서 그 일을 계기로 자유는 외출할 때마다 CCTV만 들여다보는 사람이 됐다. 심지어 여행 중에도 강아지가 걱정돼 산책 하다가 메로나를 먹는 남자친구를 끌고 집으로 돌아온 적도 있었다. 그때 남자친구는 느긋이 웃으며 말했다. "다음엔 메로나 한 개는 다 먹게 해줘." 그 이후로는 애견 동반 숙소만 골라 여행을 다녔다.

강박은 정도가 심해졌고 범위조차 점점 넓어졌다. 대학생 때 과제 제출 메일 주소를 반복해 확인하고, 캡처해 친구들에게 보여주고, 심지어 교수님께 직접 메일이 도착했는지 확인 요청을 했다. 심할 때는 튀김집 아르바이트를 할 때 기름이 손에 튀는 데도 핸드폰을 확인했다. 옆에서 함께 일하던 동료는 "차라리 핸드폰을 튀겨라~" 농담처럼 말했다.

자유의 다른 강박으로는 안전 강박이 있었다. 대학생 때 우리 집에서 불이 난 줄 알았던 사람들이 밖에서 문을 계속해서 두드렸다. 잠에서 덜 깬 자유는 가스레인지 위 냄비가 탄 냄새와 뿌얀 공기로 소방대가 올 뻔한 기억이 있다. 당시 자유는 놀라 아버지에게 바로 전화했지만 "니가 일어날 줄 알았지."라며 태평했다. 그때 자신이 느낀 두려움과 너무나 무심한 아버지의 반응에 자유는 한참 놀란 마음을 위로할 수 없었다. 그 후 화재에 대한 공포는 생존 본능에 가까웠다.

그 사건 이후, 자유는 집을 나서기 전 콘센트와 밸브를 수십 번 확인했다. 심지어 신발을 신고 나갔다가도 다시 집으로 돌아와 확인했다. 사진도 각도마다 찍었다. 아무리 사진을 찍어도, 아무리 확인해도 안심이 되지 않았다. 자유는 마치 집을 스토킹하는 사람처럼 되어버렸다. 아버지와 살지 않게 되면서도 강박은 이어졌다. 문이 제대로 닫혔는지 수없이 확인했고 현관에 캡스 홈 CCTV를 설치했다. 화재 감지가 되는 신형도어락으로 교체했다. 엘리베이터를 타기 전에 돌봄이가 따라 나오지 않았는지 수차례 오르락내리락했다.

다행히 약물 치료를 시작하고 가장 먼저 나아진 것도 바로 강박이었다. 조금씩 자유는 핸드폰을 들여다보지 않게 되었고 결국 집 내부 홈CCTV 어플을 아예 깔지 않게 되었다. 자유는 이제 햇눈이와 봄이를 집에 두고 외출해도 여유를 느낄 수 있었다.

주인인 자유가 경계와 긴장이 풀리자 반려동물인 돌봄이도 따라 편안함이 전이 된 듯했다. 때로는 책을 읽는 자유의 무릎에 슬그머니 올라왔다. 그러다가도 또 어느 날은 자유도 봄이에게 장난치고 싶어 다가가면 도도하게 등을 보이며 도망쳤다. 고양이는 알 수 없는 존재였다. 자유는 그 모습이 본인과 비슷하다고 느꼈다.

그저 함께 숨 쉬는 것만으로 충분했다. 겨울의 냉기를 담고 있던 봄이는 이름처럼 이제 온몸으로 따스한 봄내를 머금고 있었다. 동그란 눈 안에는 사르르 녹아든 온기에는 꽃향기가 나는 듯했다. 자유가 외출할 때면 봄이는 신발장 앞에 앉아 기다렸다가 문이 닫히면 캣타워로 향한다.

신은 햇눈이를 불렀다. 햇눈이도 알고 있었다. 이제 햇눈이가 자유의 집에서 할 일은 다 한 것이다.

햇눈이는 자유와 돌봄이에게 인사를 건넸다. 봄이는 아쉬운 듯 눈을 깜빡였지만 또 한편으로는 설레는 눈빛을 띠고 자유의 품에 안겼다. 자유는 봄이를 품에 꼭 안고 한 손 가득 햇눈이를 위해 준비한 선물을 건넸다. 햇눈이가 좋아하는 흰 실타래와 참치맛 츄르였다. 햇눈이는 쓸쓸했지만 자유가 상담일 때마다 방문을 해야 하고, 자유도 돌봄이를 데리고 자유의 방이 있는 고양이 상담소로 가기로 약속했다. 햇눈이는 자유가 정성가득 준비한 선물을 보따리에 싸고 듬직하게 고양이 상담소로 돌아갔다.

신은 최선을 다한 햇눈이를 반갑게 맞이했다. 신은 이번에 햇눈이에게 특별한 선물을 준비해두었다. 구름 너머로 아름다웠던 시절로 돌아간 할머니의 사진 한 장이었다. 햇눈이는 할머니의 검버섯을 사랑했다. 햇눈이의 아빠 엉덩이에 있는 얼룩과 닮아 있어, 왠지 더 친근하게 느껴졌기 때문이다. 사진 속에서는 검버섯 대신에 주근깨가 있는 어여쁜 소녀의 얼굴이 있었다. 마치 자유와 닮았다. 검버섯은 없어도 사진 속에는 밝게 웃는 주인을 단번에 알아볼 수 있었다. 곧 할머니를 만날 수 있다는 걸 햇눈이는 알았다. 햇눈이는 포근한 마음을 품고 깊이 잠들었다.

자유는 무척 친한 언니의 결혼식에 초대받아 다녀왔다. 넘치는 볼살에 미소가 참 예쁜 언니였다. 새하얀 드레스를 입고 환하게 웃는 언니를 바라보는 동안 가슴 한구석이 뭉클하게 저려왔다. 언니의 가족들이 서로 인사를 나누는 것을 보는 순간, 괜히 눈물이 났다.

자유의 아버지는, 자유가 언젠가 결혼하길 바랐다. 결혼을 통해 자유를 사랑해줄 남자에게 당신이 아끼던 모든 것을 맡기고 그 품 안에서 자유가 끝까지 보호받으며 살아가기를 바랐다. 아버지의 바람은 자유에 대한 사랑이었다. 자유는 그 마음을 알았다. 그러나 그녀는 결혼하지 않겠다고 고개를 저었다.

제일 가까운 자신의 부모부터 행복하지 않았다. 그리고, 어쩌면 아직도 아버지의 품속에서 딸로 남아 있고 싶었던 마음도 있었다. 결혼이라는 순서는 자유에게 고통스러운 통과의례였다. 자신의 손을 잡아줄 사람, 그리고 영원히 자신을 지켜줄 품이 세상에 존재하지 않는다는 것을 깨닫는 순간 자유를 무너뜨렸다.

집중이 흐트러지고, 머릿속은 멍해졌다. 자유는 무심코, 이제 그의 손을 다시 잡을 수 없다는 사실을 알고 있었다. 그래서 마음속으로 끝없이 아버지를 불렀다.

결혼식의 시간은 그렇게 자유의 의식 너머로 무심히 흘러가 버렸다. 자신의 손을 잡은 아버지를 상기시키지만 마주할 수 없는 현실을 자각했다. 결혼식은 어느새 끝나버렸다.

결혼식이 끝난 후, 자유는 집으로 가는 시외버스에 몸을 실었다. 손에 쥔 책은 나태주 시인이 딸에게 쓴 시집이었다. 평소에 나태주 시인을 좋아해서 내용을 살피지 않고 무작정 골라 든 책이었다. 하필이면 책 안에는 부성애가 가득 담긴 시들이 빼곡했다. 버스가 흔들리는 동안에 자유는 천천히 책장을 넘기다 문득 숨을 삼켰다. 마음이 버스의 덜컹거림보다 흔들렸다. 집에 도착하자마자, 자유는 벽에 스르르 기대 넘어지듯 주저앉았다.

곧 아버지 기일이 다가오는 시기였다. 봄이는 조심스레 자유에게 다가왔다.

봄이는 조그마한 몸으로 자유의 다리 주변을 맴돌며, 묵묵히 곁을 지켰다. 자유는 상담 예약을 잡았다. 하지만 상담사는 이미 스케줄이 잡혀 있어, 자유는 기다려야 했다. 버텨야 하는 시간에 외로움이 몰려왔다. 자신도 누군가에게 정착하고 싶다는 생각이 절실해졌다. 다행히 단주한 지 시간이 흘러서인지 술 생각은 바로 나지 않았다. 스스로를 절제할 수 있었다.

그때, 문득 상담사가 자주 사용하던 질문이 떠올랐다. 자유는 스스로에게 조심스레 물었다.

"지금 상태에서 남자를 만나게 된다면, 정말 나한테 좋은 걸까?" 오랜 시간 고민했다. 그러다 자유는 자신의 외로움이, 결국 아버지에 대한 깊은 그리움이라는 걸 깨달았다. 자유는 소리 내어 울었다.

"아빠... 너무 보고 싶어."

집은 텅 비지 않았는데 그날은 집이 허기지다고 울었다. 자유도 주저앉은 채 울부짖었다. 아버지와 매주 월요일마다 함께 보던 '우리말 겨루기'를 다시 보고 싶다고, 울면서 떼를 썼다. 왜 외박한다고 타박하지 않느냐고, 왜 겨울에 맨발로 다니냐고 꾸짖어주지 않느냐고, 따지듯 울었다. 울고 울다, 결국 지쳐버린 자유는, 아버지 품이라도 되는 듯한 고요 속으로 스르르 잠들었다.

상담사와 연결되기 전, 자유는 복지사와 통화했다. 복지사는 웃으며 말했다. "자유님, 많이 힘드셨을 텐데 그 어려움 속에서도 술을 절제할 수 있는 힘을 키워내셨네요. 처음 상담 시작할 때와 비교하면 사고방식도 정말 건강하게 단단해졌어요. 저도 옆에서 지켜보며 마음 깊이 뿌듯함을 느껴요."

그 한마디에 자유는 마음이 조금 풀렸다.

그 이후로 자유는 꾸준하진 않지만 클라이밍을 다녔다. 시를 쓰기도 했다. '멈추지 않았다.' 자유는 스스로를 다독였다.

올해는 이상할 정도로 비가 잦았다. 이 지역은 원래 비도 눈도 드문 곳이었다. 마음이 싱숭생숭했다. 아버지가 돌아가신 후 자유는 곧바로 아버지의 짐을 정리했다. 하지만 단 하나, 아버지의 옷 한 벌과 핸드폰만은 버리지 못하고 간직했다. 그 핸드폰이 이제 8년을 버티다 충전이 잘 되지 않았다. 자유는 아버지의 핸드폰 속 사진과 메시지를 정리해, 자신의 핸드폰으로 옮겨 담기로 결심했다. 대리점에 방문해 자료를 복원했다.

손에 쥔 작은 핸드폰 안에서 아버지의 목소리가 다시 들려왔다. 그 목소리는 자유의 기억과 변함없었다. 마치 방금 들은 목소리 같았다. 자유의 아버지는 남의 아픔을 걱정하고 있었다. 자유는 가슴이 비통해졌다. 자유는 소울병원으로 향했다.

의사: 환자 본인 이름, '한자유'님 맞으세요?
자유: 네 맞습니다.
의사: 어떻게 지내셨나요?
자유: 계속해서 단주 중입니다. 상담이 효과적이어서 남자를 급하게 찾지는 않았어요. 그런데 아직도 새벽에 깨면 자꾸 음식을 먹어요. 살이 찔까 봐 걱정돼요. 단 것도 자꾸 당겨요.
의사: 그 부분은 부작용입니다. 아직 잡히지 않은 걸 보면, 현재 상태에서는 증상이 완화되기를 바라야 해요. 지금 자유님께 처방한 약이 부작용이 제일 적은 약입니다. 이 부작용을 [25]탈억제라고 합니다. 수면제가 성인 남성 기준 1의 용량이라면, 자유님은 7정도의 용량이 들어가요. 예전에 용량을 낮춰드린 적이 있었죠. 그런데 그때 잠을 제대로 못 주무셔서 다시 맞췄습니다. 하지만 지금처럼 안정된 상태가 이어진다면, 약 조절을 시도해볼 수 있을 것 같아요. 좋은 의미입니다. 다만 이번 달에 세미나 일정이 있어서 2주만 더 지켜보겠습니다. 지금 약도 자유님께 어렵게 맞춘 거라 자유님이 지금처럼만 지내주신다면, 다음에는 용량 조절 가능할 것 같아요. 응원하겠습니다.

---

25) 두 가지 욕구가 충돌하면 전혀 관련 없는 행동으로 나타나는 현상. 예) 몽유병, 폭식 등

자유: 네, 감사합니다.

오늘 자유는 의사의 희미한 미소를 보았다. 옆에서 함께 있던 햇눈이도 기뻐서 골골송을 불렀다. 사실 자유는 소울 병원 대기실에서도 솜사탕을 야금야금 몰래 먹고 있었다. 한 번씩 행정사와 눈이 마주칠 때마다, 괜히 혼날까 봐 조마조마했다. 조절은 쉽지 않았다. 술을 끊으려다가 이번엔 당 중독이 오진 않을까, 당뇨병은 괜찮을까 걱정이 꼬리를 물었다.

그때, 핸드폰 알람이 울렸다. '택배 완료' 문자였다. 잠결에 솜사탕 한 박스를 주문한 것이었다. 자유는 헛웃음을 터뜨렸다. 정신과 약의 부작용이 이토록 엉뚱하다니.

밥도 먹지 않고 솜사탕으로 배를 채우고 있는 자신을 보며 자유는 전문가의 도움을 받기로 결심했다. 예약을 잡은 이후에도 자유는 다이소나 편의점을 지날 때마다 습관처럼 솜사탕을 찾아 헤맸다. 하나를 집었다가, 아쉬워서 두세 개를 골랐다. 집에 오며 하나 뜯어 먹고 도착해서 또 하나 뜯어 먹었다.

친구에게 단주 부작용을 이야기했더니 친구는 웃으며 말했다.

"너구리냐?" 검색해보니, 너구리는 먹이를 씻어 먹는 습성이 있어 솜사탕을 주면 녹아버린다고 한다. 너구리는 사라지는 솜사탕을 보고 당황해서 헤매다가 결국 학습을 통해 물에 담그지 않고 바로 먹는다고 했다. "그럼 나는 '솜씻자'야…"

자유는 혼자 웃었다. 얼마나 술을 즐겨 마셨으면 이런 부작용까지 감수해야 할까.

상담사: 안녕하세요, 자유님. 제 목소리 잘 들리시나요?

자유: 네, 안녕하세요.

상담사: 오늘은 지난주에 있었던 일 위주로 이야기 나눠보는 거 어떨까요?

자유: 네, 어차피 다 연관되어 있어서 상관없을 것 같아요. 친한 언니 결혼식이 있었어요. 저는 이상하게 장례식은 고인이 쉬러 가기 위해 세상을 떠났다는 느낌에 오히려 홀가분한 마음이 드는데, 결혼식은 마음이 더 무거워요. 고생의 시작 같기도 해요. 부모님의 결혼이 순탄하지 않아서 그런가 싶기도 해요.

또 다른 이유는, 아빠는 손자 손녀를 보고 싶어 했거든요. 결혼식장에 제 손을 꼭 잡고 들어가고 싶다고도 했어요. 그런데 저는 결혼하지 않겠다고 바락바락 우겼어요. 친한 언니의 결혼식을 그냥 바라보면 되는데, 그게 잘 안됐어요. 그냥 그 순간을 바라봐야 하는데, 자꾸 제 입장을 이입하게 돼요. 왜 우리 아빠의 꿈은 이뤄지지 못했을까, 만약 내가 결혼하면 내 부모님 자리에 누가 있을까, 그런 걱정이 밀려왔어요. 솔직히 말하면, 저는 엄마에게 제 결혼 소식을 알리기도 싫고 결혼식장에 초대하는 것도 무서워요. 예전에 구 남자친구 번호를 엄마에게 알려준 적이 있는데 우리가 이별하고 난 후에도 엄마가 그 사람에게 다시 만나자며 연락을 했더라고요. 엄마네 사촌언니가 저에게 이런 말도 했어요.

"네 남편과 네 엄마와 엮이면 이혼 사유가 될 거야."

그 이후에 새 남자친구가 생겼는데, 엄마는 또 번호를 알려달라고 했어요. 저는 천천히 소개하고 싶다고 말했더니, 엄마는 또 한바탕 화를 냈어요. 귀에서 피가 흐를 것처럼 퍼부었어요.

주변 친구들 이야기를 들어보면, 시어머니 때문에 힘들어하는 경우가 많아요. 남편이 중재를 못 해서 고생해요. 다들 아이 낳고 나면 친정엄마의 마음을 이해하게 된다는 말이 있잖아요. 힘들면 친정엄마 집에 가서 밥도 먹고 쉰대요. 딸이 힘들어하면 친정엄마가 와서 기운을 북돋아 준대요. 사실은 부러워요. 너무 먼 미래를 생각해서 스트레스를 받는 걸 수도 있어요. 평소에는 그런 생각에 사로잡혀 사는 건 아니에요. 그냥, 결혼식에 다녀오면 그런 생각이 들어서 짜증이 나요. 아이를 키우면서 문제가 생겨도, 남편과 시댁 쪽에서는 다 제 탓을 할 것 같거든요. 그런 상황에서 엄마의 역할을 아빠가 대신 해 줄 것 같았어요. 제 편이 되어줄 것 같았어요. 힘들면 아빠한테 오라고, 삼계탕 푹 고아서 살코기 발라서 주고, 삼겹살 한 쌈 크게 싸서 입에 넣어줄 사람. 손자 손녀 데리고 장난쳐줄 사람이요.

신부는 결혼식에서 주인공이라고 하잖아요. 그런데 아빠 없이 맞이하는 결혼식은, 빛만 쏟아지는 창가에 홀로 서 있는 기분이에요. 따뜻한 햇살도, 화려한 조명도 다 부담스러워요. 쉬고 싶어도, 눈을 감아도, 커튼 하나 없이 드러나야 하는 자리 같아요. 밤이 와도 별을 볼 수 없고, 고요를 누릴 틈도 없을 것 같아요.

그래서 저는, 그런 결혼을 상상하면 슬퍼져요.

상담사: 아버님에 대한 큰 이야기를 나누다 보니, 그 안에 친한 언니의 결혼식, 아버지의 부재, 친구들의 시댁 고민까지 많은 생각이 얽혀 있었네요. 자유님 목소리 톤은 어둡진 않지만, 마음속에는 세상에 혼자 남겨진 듯한 쓸쓸함이 느껴져요. 앞으로 살아갈 미래에 대한 걱정도 조금 비치는 것 같아요. 저는 그중에서

도, 오늘 아버지 이야기가 특히 마음에 남아요. 혹시 괜찮다면, 아버지에 대한 추억을 조금 더 나눠주실 수 있을까요?

자유: 제가 스무 살 때, 추석에 정동진으로 여행을 가자고 제안했어요. 즉흥적으로요. 아빠는 흔쾌히 응해주셨어요. 정동진에 도착한 우리는 기차 박물관에서 사진을 많이 찍었어요. 아빠가 생애 이렇게 사진을 많이 찍은 건 처음이라고 하셨어요. 제가 하자는 포즈를 다 해주셨어요. 기차 박물관 안에는, 남산 사물함처럼 추억을 남기는 공간이 있었어요. 포스트잇에 짧은 메모를 쓰고, 집게로 꽂아두는 곳이었죠. 아빠는 보지 마라 하시며 구석으로 가서 등을 돌리고 조심스레 펜을 들었어요. 그리고 수줍은 손으로 메모를 집게에 꽂았어요. 아빠는 아무 일 없다는 듯 앞을 향해 걸어갔고, 저는 따라 나가는 척하다가 몰래 아빠의 쪽지를 읽었어요.

"우리 딸하고 소중한 시간, 다시 올 수 있을지?"

귀찮은 걸 싫어하는 아빠가 힘차게 레일 바이크도 태워주셨어요. 굉장한 짠돌이셨는데, 그날은 레일 바이크에서 함께 찍은 사진을 제일 비싼 액자에 담아 시원하게 구매하셨어요. 저녁에 아빠가 처음으로 진지하게 별이 떨어질 듯한 밤하늘을 바라보며 이야기했어요.

"항상 내가 술 먹고 너 탓이다, 너 때문이다, 얘기했지만... 사실은 우리가 잘못했다. 내가 다정한 아빠가 아니어서 돈이라도 악착같이 벌어서 해주고 싶었다. 네가 하고 싶은 꿈을 이루게 해주고 싶었다. 그런데 그것도 마음처럼 안 됐다. 사랑한다. 너는 우리랑 다르다. 그걸 알아줘라. 너한테 쓰는 돈 아깝지 않다. 먼저 여행 가자고 해줘서 고맙다."

그렇게 마음을 나눈 뒤, 우리는 식당을 향해 천천히 걸었어요. 그때 하늘에는 하현달이 떠 있었어요. 저는 그 달이 보름달보다 더 가득 차 보였어요. 기분이 너무 들떠서, 아빠 손을 꼭 잡고 졸랐어요.

"손가락으로 달 가리키는 사진 찍자!"

그 순간, 저는 어린 시절 아빠 어깨 위에 올라 세상을 가장 높이 바라봤던 그때처럼 느껴졌어요. 마치 내가 아주 세상 높이 있는 것처럼, 모든 것을 잔잔하게 포용할 수 있을 것 같은 기분이었어요. 저에게 하현달은 아직도 큰 의미로 남아 있어요. 앞으로도 변하지 않을 거예요. 그 이후에도 아빠는 제가 공부하는 모습을 보고는 내 거시기에서 어떻게 저런 존재가 나왔냐고, 재치 있게, 그러나 진심으로 애정을 표현하셨어요.

상담사: 아버지가 구석에서 메모지를 쓰시는 모습을 상상하니, 정말 순수한 마음이 느껴져요. 딸에게 마음을 많이 쓰셨던 것 같아요. 메모지에 적으신 내용은 저도 읽으면서 울컥했어요. 표현은 자주 하시진 않았지만, 순간마다 마음을 전하려고 하셨던 것 같아요.

자유: 제가 한 번 과자나 빵, 아이스크림 같은 간식에 꽂히면, 그것만 한동안 마구 먹어요. 그러면 아빠는 한 박스씩 사다주셨어요. 한 번은 초코픽에 빠졌는데, 집에 초코픽 한 박스가 통째로 배달되어 왔어요. 여름에는 돼지바에 꽂혀서 냉동고 두 칸 전체가 돼지바로 가득 찬 적도 있었어요. 그 여름에 저는 돼지바를 질릴 만큼 실컷 먹었어요. 또, 빼빼로데이에 빼빼로가 먹고 싶다고 말했을 때는, 아빠가 무엇을 좋아하는지 몰라 작은 쪽지를 남긴 채, 빼빼로를 종류별로 한가득 사오셨어요.

츤데레 스타일이라고 해야 할까요. 제가 좋아하는 걸 말만 하면, 어떻게든 챙겨주려 애써주셨어요. 그 마음이 시간이 지나면서 더 또렷하게 느껴져요.

상담사: 아버지가 말은 다정하게 하신 편은 아니었지만, 행동으로는 자유님에게 깊은 관심을 보여주신 것 같아요. 자유님도 그렇게 느끼셨나요?

자유: 아빠가 돌아가신 해에, 저는 임용고시 준비를 위해 한국사 3급부터 자격을 받아야 했어요. 제가 완벽주의라서 100점을 목표로 공부했어요. 2주 동안 정말 열심히 했어요. 그런데 시험 하루 전날에는 저는 공부 하지 않고 웹툰을 보며 울었어요. 시험은 토요일이었어요. 지독한 일 중독이었던 아빠는 일요일을 제외하고는 매일 일하던 분이었어요. 그런 아빠가 토요일 일을 포기하고 저를 시험장까지 태워주셨어요.

시험장인 고등학교 앞에는 비싼 차들이 많이 주차돼 있었지만 제게는 우리 아빠 트럭이 제일 크고 멋졌어요. 아빠는 어릴 때부터 시험 보기 전에 늘 말씀하셨어요. 모르는 문제는 넘기고 아는 문제부터 풀라고요. 그런데 그날은 그런 말도 없으셨어요. 저도 아빠를 닮아 성격이 급했어요. 시험이 끝나자마자, 마을버스를 타기 전 길바닥에 주저앉아 가채점을 했어요. 결과는 1급이었어요. 흥분을 주체하지 못하고 당장 아빠에게 전화를 걸었어요. 아빠는 전화를 받자마자 결과를 묻기도 전에 이렇게 말씀하셨어요.

"너 노력한 거 내가 봤다. 3급이든, 아니든, 난 그런 거 모르겠다. 잘했다. 내가 무서운 건, 니가 원하는 결과가 아닐 때. 니가 스스로 못했다고 생각해서 방 안에 틀어박혀 울까 봐. 며칠 동안 밥도 안 먹고 그럴까 봐. 강아지들만 껴안고 있을까 봐. 난 그게 더 걱정이었다. 난 위로 같은 거 못하잖아."

그때 저는 아빠는 나를 하나도 모른다고 생각했는데 아니었구나, 싶었어요. 눈물 많은 저는 그 말을 듣고 또 울컥했어요. 그러면서 담담한 척 아빠에게 1급이라고 말했어요. 아빠 역시 담담한 척하면서 말씀하셨어요. "자만심은 갖지 마. 앞으로도 계속 노력하면서 살아. 노력해도 운이 따를 때가 있고, 그렇지 않을 때도 있어. 그래도 좌절하지 마." 나중에 아빠가 아프셨을 때 아빠 핸드폰을 봤어요. 단톡방에 아빠가 제 이야기를 그렇게 자랑해놓으셨어요. "우리 딸, 이 녀석이 한국사 1급 받았다." 아빠는 그렇게 저를 자랑스러워하고 계셨어요.

상담사: 아버지께서 자유님에게 확실히 관심을 가지고 계셨던 것 같아요. 자유님의 성격을 알고 챙겨주셨고 걱정도 해주셨네요. 자유님과 함께한 시간을 아버지께서도 정말 소중하게 생각하셨던 것 같아요.

자유: 그랬던 것 같아요. 장례식장에서도 친구분들이 그러셨어요. 아빠가 이야기하는 시간의 반은 항상 제 얘기였다고요. 속도 많이 썩였지만 그래도 참 예쁜 딸 하나 있다고.

(잠시 정적이 흐르는 듯했지만, 나는 이슬비처럼 부슬부슬 눈물을 흘리고 있었다.)

상담사: 지금 마음이 어떤 것 같아요?

자유: 생각해보니까… 사랑 많이 받았던 것 같아요.

(자유의 눈물은 이슬비인 줄 알았던 비가 소나기가 되어버리듯 점점 커지며 흘러내렸다.)

상담사: 어디에 내놓아도 부끄럽지 않을 만큼 예쁘고 사랑스러운 딸이었을 것 같아요. 친구분들에게 자유님 이야기를 하셨던 걸 보면 아버지는 자유님을 정말 많이 자랑스러워하셨던 것 같아요. 더 잘해주고 싶었는데, 마음처럼 쉽게 표현할 수 없어서 아버지도 참 속상해하셨을 것 같아요.

자유: 세월이 흐르고 충전되지 않은 아빠 핸드폰을 정리하려고 마지막으로 갤러리를 열어봤어요. 한 앨범이 온통 저로 가득 차 있었어

요. 제 사진과 저와 아빠가 함께 찍은 사진 그리고 제가 아빠에게 써준 편지들이 가득했어요. 마음이 이상했어요.

상담사: 왜요?

자유: 쓸쓸하고, 따뜻하고, 미안하고, 그리운... 여러 감정이 얽혀 있었어요. 카카오톡으로 보낸 제 사진에 아빠가 아무런 답이 없어서 저는 그냥 무심한 줄만 알았어요. 그런데 갤러리를 넘기다가 아주 어린 저를 아빠 무릎에 앉히고 찍은 사진을 보게 되었어요. 누가 봐도 알 수 있을 만큼 아빠의 눈에서는 꿀이 뚝뚝 떨어지고 있었어요. 아릿했어요.

　사랑하는 존재를 바라보는 그 눈빛이, 오래된 사진 속에서도 선명했어요. 마치 제가 강아지와 함께 찍힌 사진을 볼 때 느끼는 그 따뜻하고 다정한 눈빛처럼요.

상담사: 아버지에게 정말 많은 사랑을 받았다고 느끼셨나봐요.

자유: 한편으로는, 아빠의 애정 어린 눈빛이 술에 취하면 금세 증오로 변하기도 했어요. 그래서 부모님의 감정을 일관되게 믿을 수 없었고, 나는 점점 내가 어떤 사람인지조차 알 수 없게 되어갔어요. 그럼에도 아빠가 저를 사랑했다고 느낀 건 끝까지 저를 놓지 않으셨기 때문이었어요.

상담사: 자유님은 아버지를 이해하려고 참 많은 시간 동안 애써오신 것 같아요. 쉽지 않았던 관계였지만, 서로에게 소중했던 마음만은 분명히 남아 있었네요.

자유: 아빠가 저를 사랑하는 존재였다고 느낀 또 다른 순간이 있어요. 아빠는 어릴 적 강아지를 키운 뒤 개장수에게 파는 가정에서 자라셨어요. 그래서 아빠에게 강아지는 '식용'이라는 의미만 가진 존재였어요. 그런데 제가 첫 번째 강아지를 키우면서 생애 처음으로 애착 형성이라는 걸 경험하게 되었어요. 매일 울었어요. 밥

을 먹다가도 울면서 말했어요.

"아빠, 내가 먼저 죽으면, 강아지 꼭 잘 키워줘야 해. 그리고 내 옆에 꼭 묻어줘야 해!"

"부모 앞에서 자식이 먼저 죽는다는 소리는 불효다."

저를 나무라던 아빠는, 제가 불안한 모습을 심하게 보이자, 결국 먼저 두 번째 강아지를 입양하자고 제안하셨어요. 아빠로서는 평생 가지고 있던 가치관을 크게 바꾼 거였어요. 저는 그것도 사랑이었다고 생각해요. 저는 설치류를 정말 싫어해요. 사랑하는 존재라도, 제가 설치류를 키워야 한다면 솔직히 자신이 없어요. 그런데 아빠는 저를 위해 자신의 편견과 불편함을 넘어서셨어요. 그걸 생각하면 저는 또 한 번 아빠의 사랑을 느낄 수 있었어요.

상담사: 아버지가 술을 마시고 험한 행동을 하거나 말을 함부로 하는 것은 분명 잘못된 거예요. 근데 아버지가 술에 취하지 않았을 때는 사랑하는 모습을 배우지 못해서 그런 걸 수도 있겠네요. 아버지 본인이 표현을 애쓴 것 같기도 해요. 가치관을 바꾸면서까지 딸을 위해서 새로운 동물을 기르셨네요. 동물을 기르는 것은 여러 측면에서 쉬운 일이 아닌데, 저도 딸을 위한 일이라고 느껴지네요.

자유: 맞아요. 아빠는 제가 좋아하는 동물도 키우게 해줬고 친구들에게 저를 팔불출처럼 자랑하기도 했어요. 반면, 엄마는 어린 시절부터 주변 사람들에게 저를 싸가지 없다고만 이야기했어요. 쪽팔린 존재라고 저를 소개했어요.

상담사: 아버지와의 관계를 떠올리면, 참 안타깝고 야속한 마음이 함께 들 것 같아요. '왜 내 앞에서는 조금 더 표현해주지 않았을까…' 자유님 마음속에 그런 아쉬움도 있었겠죠. 혹시 아버님께 듣고 싶었던 말이 있었나요? 그래서 어머님과의 관계에서

감정 차이가 더 크게 느껴지셨나 보네요.

자유: 예전에는 "보고 싶었다. 고생했다. 나도 너 곁에 더 있고 싶었다." 그런 말을 듣고 싶었어요. 그런데 지금은... 다시 만나고 싶지 않아요. 아니, 만날 용기가 없어요. 아빠는 자신의 인생을 포기하고 일만 죽어라 하다가 세상을 떠났어요. 저는 아빠를 마주볼 자신이 없어요. 미안해요. 저는 아빠처럼 당신의 인생과 꿈을 모조리 포기하면서 누군가를 살려낼 수 있는 그런 책임감이 없어요. 그래서... 아빠를 보는 게 두려워요.

상담사: 어떤 마음이 가장 미안하게 남았나요?

자유: 아빠 직장 동료에게 듣기 전까지는 아빠가 그렇게 힘든 일을 하셨다는 걸 몰랐어요. 그 고된 삶 속에서도 아빠가 가진 모든 의미가 결국 '나'였다는 걸... 아빠가 세상을 떠난 뒤에야 알게 됐어요. 그래서 죄책감의 깊이는 지금도 감당할 수 없을 만큼 커요. 저는 남들에게 가정사를 털어놓을 때마다 아빠를 '가정학대범'이라고 부르며 이야기를 시작했어요. 그리고 아빠에게는 너그러운 척 보이고 싶어서 "아빠도 하루쯤은 아빠 삶을 살았으면 좋겠어." 그런 말을 가볍게 던졌어요. 아빠 베개 위에 쌓여 있던 고지서들은 그냥 가벼운 종잇조각일 줄만 알았으니까요. 종이의 숫자가 그렇게 아빠의 키를 줄어들게 하고, 아빠가 시체가 되어서도 무게를 다 빼앗아버릴 만큼 정직하게 드러내는 줄 몰랐으니까요. 이제는 내가 없는 하늘에서 아빠가 덜 힘들겠지요. 다시 만나면... 무식할 정도로 책임감을 쌓아온 아빠가 또다시 나를 걱정하게 될 거예요. 그러니까 서로 만나지 않는 게 좋겠어요.

상담사: 아버님을 고생시키기 싫고, 미안하고... 그런데 자유님 아버님은 아버지 친구들에게 그렇게 자랑스럽게 말씀하시고 다녔는데 고통이나 힘들게 느껴지지만은 않았을 것 같아요. 너무 힘

들어도 딸 덕분에 하루 살고 하루 견딘다. 이런 마음이 아니셨을까요?

자유: 솔직히 잘 모르겠어요. 사랑은 생각보다 훨씬 복잡하고 어려운 것 같아요. 만나고 싶지 않다고 다짐해놓고도 막상 다시 아빠를 마주치는 날이 오면 아무렇지 않은 척 웃으면서 말할 것 같아요. "아빠, 오늘 곱창 사와.", "내가 맛있는 김치찌개 끓여줄게." 그리고 또, 나는 저녁을 준비하면서 아빠를 기다리겠죠.

상담사: 자유님도 아버지와 함께한 추억을 그리워하고 또 보고 싶어하는 마음이 분명히 느껴져요. 자유님은 평소에 반려동물이나 사랑하는 사람에게 어떤식으로 마음을 표현하세요?

자유: 최근에 제가 컵라면을 먹으려고 펄펄 끓는 물을 부었어요. 그리고 전자레인지에 2분 정도 돌렸거든요. 근데 꺼내는 순간, 손이 미끄러져서 그만 발등 위로 면이랑 국물이 확 쏟아졌어요. 라면 냄새가 퍼지니까 멀리서 고양이들이 달려왔어요. 저는 얼른 앉아서 수건이나 물티슈를 찾았어요. 저를 닦으려던 게 아니라 혹시라도 고양이들이 매운 국물이라도 핥을까 봐 그게 더 걱정됐거든요. 애들 주의를 돌리려고 장난감도 던지고 정신이 하나도 없었어요.

다음 날, 발등에 물집이 잡혔어요. 근데 또 고양이가 무심코 제 발등을 긁다가 그 물집이 터져버렸지 뭐예요. 그래도 화내진 않았어요. 그냥 '엄마 아파' 하고 말했을 뿐이에요. 물집이 터지고 나니까 통증이 심해져서 병원에 갔어요. 의사 선생님이 보시더니, 컵라면으로 이렇게까지 심하게 데일 일은 흔치 않다면서 의아해하셨어요. 근데 저는 고양이들이 전혀 밉지 않아요. 그건 사고였고, 무엇보다 아이들이 다치지 않은 게 정말 다행이었어요. 애들은 너무 소중하고 저보다 피부도 훨씬 약하잖아요. 게다가 아파도 어디 아프다고 말도 못 하잖아요? 그런 생각을 하면 그냥 마음이 다 녹아버려요.

상담사: 맞아요. 사랑이란 그런 거예요. 자유님은 분명 사랑의 한 조각을 아버지에게서 배웠을 거예요. 아버님도 그랬겠죠. 말로 다 하지 못했어도, 마음만큼은 훨씬 더 크고 깊었을 거예요.

자유: 아빠가 돌아가시고 나서야 전에 알지 못했던 비통한 마음을 알게 되었어요. 한 번은 아빠가 죽고 친구와 여행을 간 적이 있어요. 제가 조수석에 앉아 있었는데 고속도로 터널 안에서 삼중 추돌 사고가 났어요. 저희 차가 마지막 차량이었어요. 그때, 뒤에서 차가 들이받으면 정말 죽을 수도 있겠다는 생각이 스쳤어요. 너무 무서웠어요. 그 순간, '나도 아빠한테 가는 걸까' 하는 생각과 아빠가 떠올랐어요.

아빠와 함께 지내던 어느 날이 생각났어요. 외출을 마치고 집에 돌아왔는데 아빠 종아리에는 차마 똑바로 바라볼 수 없을 만큼 깊게 찢어진 상처가 남아 있었어요. 피가 흐르고 멍이 얼룩져 있었어요. 아빠는 그런 상태로 거실에 앉아 TV를 틀어놓은 채 혼자 훌쩍훌쩍 술을 마시고 있었어요. 저는 놀라고 겁이 나서 소리쳤어요. "지금 뭐 하고 온 거야? 몸이 왜 이래? 당장 병원 가자. 대체 뭐 하는 거야?" 하지만 아빠는 아무 말도 하지 않고 술잔만 들이켰어요. 그리고 아빠가 취한 뒤 방 안에서 친구에게 전화하는 걸 엿들었어요. 아빠 말로는 브레이크가 고장 났대요. 차를 멈출 수 없어서 일부러 옆으로 꺾어 산턱 아래로 굴러떨어졌다고 했어요. 아빠는 구급차도 부르지 않고 친구를 불러서 자동차만 견인차 불러서 간신히 처리했다고요. 그 이야기를 듣고, 짜증이 났어요. 동시에 마음이 무너졌어요. 그래서 아빠에게 편지를 썼어요. 제발 병원 가자고, 애타게 부탁했어요.

그때 저는 아빠가 금방 괜찮아질 거라고 믿었어요. 아빠라는 존재는 어떤 모습이어도 늘 옆에 있을 줄만 알았어요. 무심하게도 그냥 그렇게 넘겨버렸어요. 아빠 다리를 보고도 구급차를 부를 생각조차 하지 않았던 게 지금도 마음에 걸려요. 삼중 추돌 사고를 겪고 나서야 알게 됐어요.

아빠가 그때 혼자 차 안에서 굴러떨어질 때 얼마나 무서웠을지. 그 두려움 속에서 얼마나 외로웠을지. 나는 옆에 친구가 있었고 다행히 큰 사고는 아니었지만 아빠는 아무도 없는 차 안에서… 온몸으로 그 공포와 고통을 버텨야 했어요. 그 모든 고통을 술로 삼키려 했던 아빠가 소주 한 병으로는 상처도 고통도 외로움도 소독할 수 없었는데… 나도 아빠도 어리석었어요. 이해하게 되니까, 이해하고 싶지 않은 내가 되어 가는 것 같아요. 그게 싫어서 그래서 미워요.

상담사: 저도 너무 속상해요. 자유님이 아빠에게 도움이 되고 싶었던 마음과 아빠도 자유님을 생각했던 마음이 느껴져서 가슴이 아프네요.

자유: 시간이 지나 정리해보니 아빠 뇌출혈이 왔을 때 쓴 편지와 아빠 차 사고 때 쓴 편지가 놀랍게도 똑같았어요. 제 마음이 한결 같았던 것처럼 아빠도 더 오랜 시간 동안 변함이 없었겠지요. 아빠와 함께 살던 거실에는 네 살 때의 제 사진이 걸려 있었어요. 아빠는 가끔 밥을 먹으며 그 사진과 저를 번갈아보면서 '언제 이렇게 컸냐, 몸만 컸지 아직도 저때랑 똑같다. 그래도 저때는 나를 졸졸 쫓아다녔지.' 하며 웃었어요. 그 미소를 바라보며 아빠가 오랜 시간 동안 변함없이 저를 기억해주었다는 포근한 확신이, 제 마음 깊은 곳으로 내려앉았어요.

상담사: 그래요. 아버지는, 내 딸 마음을 쓰이게 하고 싶지 않으셨을 거

예요. 좋은 것만, 예쁜 것만 주고 싶으셨겠죠. 마음을 표현하는 방법을 잘 몰랐던 분이셨던 것 같아요.

그저 물질적으로 주는 것만 배워오셨던 것 같아요.

자유: 선생님이 인지적으로 알려주셨던 질문을 떠올려 사용해보았어요. '연애를 하면 아빠에 대한 감정이 정리될까? 기리는 마음이 될까?' 생각해보았어요. 그 질문 덕분에, 그 이후로는 남자에 대한 생각이 들지 않게 되었어요. 그래도 혼자 보내는 시간은 아직도 고독해서, 클라이밍 모임의 따뜻한 회장님과 상의해 모임 인원들과 함께 저녁을 먹기로 했어요. 그리고 곧 공동 출간물도 서점에 출고될 예정이라, 아빠를 기리는 데 조금이나마 도움이 되지 않을까 기대하고 있어요. 선생님께 다시 한 번 감사드려요.

상담사: 자유님이 저에게 고마움을 표현해주셨지만 실은 자유님 스스로 그 마음을 소화해내고 변화까지 이끌어내신 거예요. 알아차리고 행동을 멈춘 것 자체가 굉장히 대단한 변화예요. 지금 자유님은 인식의 유연성이 점점 늘어나고 있어요. 스스로도 대견하지 않나요?

자유: 그런 것 같아요. 그리고 기일이 다가올 때쯤엔, 누구나 아프대요.

상담사: 저도 일 년 반 전에 자살한 친구가 있어요. 그 친구가 백예린님의 노래를 참 좋아했는데, 슬픈 노래는 아니었거든요. 그런데 아직도 그 노래를 들으면, 괜히 마음이 아파져요. 그 친구는 제 기억 속에서 아마 잊히지 않을 것 같아요. 그래도 앞으로는, 슬픔이나 죄책감보다 그냥 그 친구를 떠올리는 것 만으로 괜찮아지는 순간이 올 거라 믿어요. 힘들죠. 맞아요, 자유님에게는 아버지와의 이별이니까요. 누군가를 붙잡고 쏟아내고 싶은 마음, 당연한 거예요. 그런데 자유님은, 그게 단순히 감정의 쏟아냄이 아니라는 걸 스스로 깨닫고, 아버지를 추억하는 더 깊은 방

법을 선택하셨어요. 저는 그게 정말 진심으로 대단하다고 생각해요. 자유님을 응원하고 싶어요. 지금 자유님의 마음은 어떤가요?

자유: 아빠 이야기를 할 때는 슬펐는데, 선생님 이야기를 듣고 나니까 마음이 조금 괜찮아졌어요. 사람 사는 게 결국 다 비슷하구나 싶어서 왠지 모르게 공감도 되고 위로가 됐어요.

상담사: 그래요. 슬픈 이야기이고 슬픈 일 맞아요. 감정을 잘 표현하지 못한다고 느낄 수도 있지만 지금 이렇게 충분히 잘 느끼고 계세요. 힘든 시간들이겠지만 분명히 조금씩 아름답고 따뜻한 기억으로 변해갈 거라고 믿어요.

자유: 그게 애도가 잘 돼가는 건가요?

상담사: 맞아요. 자유님, 애도가 잘 되어가고 있어요. 호흡도 한결 안정되고 있어요. 필요할 때 친구에게 손 내밀어보기도 해보면 좋겠어요. 이제는 혼자서 모든 감정을 감당하지 않아도 괜찮아요.

자유: 감정이 정리되면서 마음이 따뜻해졌어요. 강아지를 생각하며 대입해보니 아빠 마음이 더 깊이 느껴지는 시간이었어요. 아빠를 떠올리면 그게 사랑인지 늘 궁금했는데 이제 알 것 같아요. 사랑이었어요. 사랑이에요.

상담사: 오늘은 마칠 시간이 되어 상담을 여기서 마무리할게요. 아버지는 지금도 어딘가에서 자유님을 자랑하고 있을 거예요. 자유님 정말 잘하고 계세요. 다음에 또 이야기 나눠요.

상담을 마치고 나오자, 자유는 애도에 대해 더 알고 싶어졌다. 가슴 한 켠이 허전한 채로, 그녀는 동네 작은 서점으로 발길을 옮겼다. 그곳에서 [26]『상실 수업』이라는 제목이 걸음을 멈추게 했다.

---

26) 엘리자베스 퀴블러 로스 · 데이비드 케슬러 지음

뒷표지부터 시선을 멈추게 만들었다. 정확히는 책의 뒷표지였다. '30분 동안 울어야 할 울음을 20분 만에 그치지 마라.' 그 한 문장이 자유의 눈을 붙잡았다. 자유는 평생 울음을 참는 법만을 배워왔다. 그래서였을까. 울고 싶었다. 제대로 슬퍼하는 방법을 배우고 싶었다. 살금살금 그녀 곁을 다가온 햇눈이도 자유가 바라보는 책을 함께 들여다보았다. 햇눈이 역시 아직 다 보내지 못한 할머니를 애도하고 싶었다. 그 모습을 바라보던 신은, 책을 골라 두 사람의 손에 쥐여주었다.

"너희 둘 다, 마음껏 울어도 괜찮아."

서점 안 온기가 오래도록 자유의 가슴에 머물렀다.

자유의 아버지가 돌아가신 그해, 유난히 비가 기승을 부렸다. 자유의 아버지는 비를 좋아하는 사람이었다. 비 오는 날이면, 김치 부침개에 막걸리를 곁들이는 걸 누구보다 사랑했다. 자유는 작은 손으로 부침가루를 오물오물 풀며 아버지가 좋아할 모습을 상상하곤 했다. 그리고 어김없이 물었다.

"아빠, 맛있어?"

아버지는 늘 장난스럽게 대답했다.

"별로야."

그러고는 깨끗이 비운 빈 그릇을 내밀었다. 자유는 그런 아버지가 참 좋았다.

비가 쏟아졌다. 촉촉해진 마음 한구석에서 아버지를 떠올리던 자유는 그때의 꿈을 기억해냈다. 아버지가 세상을 떠나기 전, 신이 내려준 선물 같은 꿈이었다. 꿈에서는 식물인간 상태였던 아버지가 두 번째 뇌출혈이 오기 전에 스스로 자가호흡기를 떼려 했다.

자유가 아는 아버지라면 꿈에서 보인 모습처럼 자신의 목을 뚫으며까지 살고 싶지 않아했을 것이다. 그 꿈에서 아버지가 자유에게 차분하고 강경하게 말했다. "나를, 놓아줘."

그리고 자유의 아버지가 사망 직전에 또 다른 꿈이 찾아왔다. 아버지는 환하게 웃으며 세수를 하고 있었다. 곧이어 위태로운 통나무 다리를 건너 출근하려 했다. 너무도 생생한 풍경에 자유는 그것이 꿈이라는 걸 잊었다. 기뻤다. 정말로 아버지와 다시 일상을 살아가고 있는 것만 같았다. 그러나 통다리가 무너지려는 순간 자유는 본능적으로 깨달았다. 이건 꿈이다. 그리고 곧 이별이다. 자유는 목이 찢어져도 좋다 생각하며 울부짖듯 소리쳤다.

"아빠, 가지 마!"

그러나 그 절규는 허공을 떠돌 뿐 닿지 않았다. 아버지는 걸음을 멈추지 않았다. 그는 무언가 삼키는 미소를 머금고 이미 알고 있었던 길을 향해 나아갔다. 자유는 그 꿈에서 깨어나고 싶지 않았다. 그러나 아버지는 마지막 인사를 다 끝낸 사람처럼 애써 담담하게 떠나갔다. 그 꿈은 너무나 생생하고 가슴속 감정까지 또렷하게 새겨져 있어서 허상이라고 믿을 수 없었다. 자유는 확신했다. 그건 신이 주는 선물이 맞았다. 갑작스런 이별을 앞둔 죽은 자와 살아갈 자 모두에게 신은 마지막 인사의 시간을 불어넣어 주는 것이다.

아버지가 세상을 떠난 날이었다. 장례식 차량 안에서 잠깐 사이, 세찬 소나기가 쏟아졌다. 아무도 눈치채지 못했다. 맑은 하늘을 보며 웃던 어른들은 그 짧은 비를 보지 못했다.

하지만 자유는 그 소나기는, 아버지가 끝내 자유 앞에서 흘리지 못한 눈물이었음 알았다.

촉촉한 공기에 젖어 한없이 울기도 했다. 올해 아버지 기일에는 '잘해야 한다'는 강박을 내려놓기로 했다. 솔루션도 계획도 잠시 내려두고, 그저 흐르는 감정에 몸을 맡기기로 했다. 자유는 아버지의 오랜 친구에게 전화를 걸었다. 그 분은 따뜻한 목소리로 말했다. "몇 년이 지나도 기일이 오면, 슬픈 건 당연해. 괜찮아."

　자유는 괜찮아지자 슬픔에만 머물지 않았다. 공동 시집을 완성했고 신춘문예 공모전에 도전하기로 결심했다. 올해는 글로 기억될 한 해로 남기기로 했다. 비가 내리던 날에 어둡지 않은 골목 문구점에서 저렴한 달력을 하나 샀다. 하얀 달력 한 귀퉁이에 자유는 조심스럽게 적어 내려갔다.

　"올해, 나는 쓰고, 또 살아간다."

　아버지의 기일 전날이었다. 작가로서 처음 세상에 내놓은 책인 8인 앤솔로지가 집으로 도착했다. 자유는 조심스럽지만 설레는 마음으로 포장을 풀며 작은 성취감을 느꼈다. 분명 아버지도 흐뭇하게 바라보고 있을 거라 믿었다.

　기일을 준비하기 위해 자유는 장을 봤다. 아버지가 좋아했던 과일들을 하나씩 골랐다. 단감, 귤, 그리고 바나나. 이맘때쯤이면, 아버지는 꼭 솜이불을 꺼내 들고, 목이 늘어난 회색 내복을 입은 채 이불 속에 파묻혀 핸드폰을 만지작거렸다. 자유의 아버지는 퇴근 후에 야구 기사를 보았다. 저녁 9시가 되면 등산모임 게시판 출석 체크를 했다. 오늘은 출석 몇 등이었다며 좋아하고 아쉬워하고 그랬다. 다 끝나고 그가 심심할 때면 강아지들을 불러 귤을 한두 알씩 건네주곤 했다. 강아지들은 아빠를 온전히 따르진 않았다. 무서운 기억이 남아, 방문이 열려 있어도 문턱을 쉽게 넘지 못했다.

　아버지가 던져주는 귤을 강아지들이 조심스럽게 받아먹던 그 광경이 자유에게는 나쁘지 않았다. 어쩌면, 그게 아버지와 강아지들이 사랑하는 방식이었을지도 모른다고 생각했다.

　자유의 아버지는 자유에게 단감을 권한 적이 있었다. 자유는 그 물컹거리는 촉감을 견딜 수 없어 고개를 저었다. 그러나 오늘 집에 돌아온 자유는 아버지를 생각하며 단감을 꾸역꾸역 다 먹었다. 단감이, 감히 자유를 위로하려 들었다. 자유는 눈물이 고인 입안 가득 단감의 물컹함과 함께 짠맛을 느꼈다. 짠맛은 단감 때문이 아니었다. 자신의 처지가 그렇게, 짰다. 억지로 삼킨 단감은 끝내 토해내고 말았다. 묵은 감정도 단감과 함께 토해냈다. 자유는 꾹꾹 눌러 삼키던 마음을 단감처럼 쏟아내며 하루를 보냈다. 그렇게 한바탕 울고 난 뒤, 자유는 스스로를 다독였다. 하루를 천천히 정리하고 좋아하는 시인의 시집을 읽고 오늘은 그렇게 잠들기로 했다.

은은한 분위기에서 저녁을 보내고 싶었다. 창문 너머로는 숨 고르듯 고요한 밤공기가 흐르고 있었다. 그런데 그 고요를 깨부수듯, 날카로운 전화벨이 울렸다. 나쁜 예감이 든 자유는 화면을 들여다보았다. 외사촌의 이름이 떠 있었다.

"자유야 지금 전화 돼? 정말 간절히 말할게. 나 지금 너무 힘들어. 너희 엄마 때문에 견딜 수가 없어. 매일매일 계속 연락이 와. 숨이 막혀. 협박까지 하고 내 정신이 혼미해져 가는 것 같아. 어떻게 이 상황을 버텨내야 할지 모르겠어. 제발 제발 좀 말려줘. 그만하라고 꼭 말해줘. 미안해 이렇게 말해서. 이걸 말하면 안 되는 거 알면서도 너무 버거워. 계속 연락이 와서 죽고 싶을 만큼 지쳐... 이와중에 말할 사람이 너밖에 없어. 내가 이렇게 울고 있는 마음을 알아줬으면 해."

그 순간, 잠이깨며 정신이 없었다. 머리에 회오리 바람이 치는 듯했다. 회오리바람 정도가 아니었다. 머릿속까지 파고드는 바람에 용오름이 치솟는 것 같았다. 정신이 번쩍 들었고 속이 울렁거렸다. 자유는 손에 들고 있던 시집을 고집스럽게 덮었다. 입술을 꾹 다물고 숨을 고른 뒤 외사촌의 말을 끝까지 들었다. 그리고 자세한 상황을 물었다.

  자유의 어머니는 자유가 연락을 끊자 그 빈자리를 견디지 못하고 다른 약자들을 찾아다니며 예전부터 해왔던 방식의 심리적 조작을 서슴치 않고 해댔다. 어리거나 여린 친척들에게 비정상적인 말들을 쏟아내고, 협박을 시작했다. 결국 어머니는 자신의 감정을 통제하지 못한 끝에 가족들과의 상의도 없이 시골에 계신 몸 약한 외할머니를 새벽에 몰래 데리고 나와 서울로 데려갔다. 자유는 더는 안 되겠다고 생각했다. 떨리는 손으로 경찰에 신변 보호를 요청했다. 휴대폰 화면에 떠 있는 시간은 새벽 네 시였다. 금주를 결심한 이후 잠을 잘 이루던 자유에게 이렇게까지 밤이 무섭게 다가온 것은 처음이었다. 약을 복용했지만 잠은 오지 않았다. 손바닥에 차오른 땀과 가빠지는 숨에 자유는 결국, 자살예방센터에 전화를 걸었다. 109 전화 연결이 되지 않아 [27] 1577-0199로 전화상담을 했다. 자유는 상황을 차분히 설명했다. 상담원은 말했다. 자유의 어머니는 이미 입원이 필요한 상태 같고 자유 자신도 치료받고 있으니 외가 쪽 어른들에게 맡기라고 조언했다.

  전화를 끊은 후 자유는 밤을 뒤척이다 이른 아침 저절로 눈을 떴다. 어머니의 가족 중에서 유일하게 믿을 수 있을 것 같던 한 분에게 도움을 요청하기로 마음먹었다. 그분은 분명 어머니에게 문제가 있다는 걸 알고 있는 분이었다. 그러나 기대는 산산이 무너졌다. 그분은 어머니를 두둔했다. 어머니의 가족은 많았지만 그 누구도 금전적인 이유를 넘어 이성적으로 움직이지 않았다.

  결국 자유의 외할머니는 안전하지 못한 상태로 방치되었다. 자유는 그 모습이 안타까웠다. 마치 자유의 아버지가 병세가 악화되던 시절을 다시

---

[27] 정신건강 상담전화

보는 듯했다. 그 순간부터 자유는 패닉 상태에 빠졌다. 자신이 발버둥쳐도 아무것도 바꿀 수 없는 그 무력했던 시절로 끌려가는 기분이었다. 분명 어른들이 결정해야 할 문제였지만 언제나 그 책임은 아이들에게 떠넘겨졌고 결국 상처를 입는 건 아이들이었다.

자유는 다시 불안정한 상황으로 돌아갔다. 일상도 흐트러졌다. 급히 상담사에게 연락을 드렸다. 스케줄이 된다면 밤이라도 좋으니 상담이 가능한지 조심스레 물었다. 다행히 상담사는 당일 밤 9시로 상담 일정을 조율해주었다. 하지만 자유의 고초는 이루 말할 수 없었다. 아버지에 대한 그리움과 어머니에 대한 분노를 함께 감당하는 일은, 정신이 미칠 것만 같은 일이었다. 몇 초마다 냉탕과 온탕을 오갔다. 온몸에 전율이 돌아 상황이 실감나지 않았고, 감각이 무뎌지다가, 어느 순간 온몸을 찌르는 듯한 통증이 밀려왔다. 몸이 둘로 쪼개질 것만 같았다. 한 쪽은 어머니를 향해 분노를 쏟아야 했고, 다른 한 쪽은 아버지를 향해 슬픔을 토해내야 살 수 있을 것 같았다.

자유는 겨우 낮은 수납장을 붙잡고 주저앉아 울었다. 수납장을 열어 종이를 꺼내, 갈기갈기 찢어 가득 채워 넣었다. 어디든 무엇이든, 채워야만 견딜 수 있을 것 같았다. 햇눈이도 옆에 다가와 화가 난 듯 발톱을 드러내고, 자유와 함께 종이를 찢어주었다. 감정을 호소하자 다행히 눈물이 터졌다. 곧 상담이 시작된다는 핸드폰 알람이 울렸다. 정해진 코스에 따라 명상을 먼저 시작했다. 평소엔 별다른 효과를 느끼지 못했던 명상이었지만, 그날만은 어쩐지 조금 도움이 되었다. 상담이 시작되기 전 햇눈이는 이번 상담을 녹음해 나중에 다시 들어보는 것이 좋겠다고 권유했다. 상담사도 기꺼이 승낙해주었다.

상담사: 안녕하세요, 자유님.

자유: 상담 중에 우는 분도 계시나요? 그러니까... 상담 중에 울거나 눈

물 흘리는 거, 그렇게 해도 괜찮은가요?

상담사: 그럼요. 우는 분들 많습니다. 상담은 온전히 내담자분만의 시간과 공간이에요. 그 안에서 상담자에게 직접적인 피해를 주는 행동만 아니라면 모든 감정 표현은 허용돼요.

자유: 어제 극단적인 감정이 들만한 상황이 있었어요. 근데, 문득 그런 생각이 들었거든요. 트리거가 꼭 어떤 '상황'이 아니라, '존재' 그 자체가 될 수도 있나요?

상담사: 음... 혹시 어떤 일이 있었는지, 지금 마음은 어떤지부터 말씀해주시겠어요? 그러면 자유님이 던져주신 질문에도 자연스럽게 답할 수 있도록 도와드릴게요.

자유: 새벽에 외사촌한테 전화가 왔어요. 엄마의 오빠 중에 사고방식이 많이 왜곡된 분이 계세요. 그분과 엄마가 오랜 시간 함께 지내서 그런지 사고방식도 닮아버렸어요. 사회에서 허용할 수 없는 선을 넘는 행동들을 해요. 그걸 가족을 위한 거라고 믿고 있어요. 지금 엄마가 그분과 똑같은 행동을 하고 있어요. 폭력의 위험성조차 인식하지 못한 채. 약자를 보호해야 할 사람이 오히려 약자에게 아주 심한 정서적 폭력을 가하고 있어요. 아마 신체적 폭력까지 이어질 수도 있을 것 같아요. 너무 힘이 들어요. 저한테도 그랬으니까요.

상담사: 그런 일이 있었군요. 네, 괜찮아요. 천천히, 자세히 말씀해주셔도 됩니다.

자유: 제가 엄마를 차단했다고 말씀드렸잖아요. 근데 엄마가 저한테 했던 행동을 고스란히 다른 가족한테 하고 있어요. 깜짝 놀랐어요. 엄마는 저랑 살 때부터 사람을 이용했어요. 본인이 원하는 걸 상대방이 해주지 않으면 상대가 소중히 여기는 걸 빼앗아버리는 식으로 복종 관계를 만들어버렸어요.

조금 더 이해하기 쉽게 설명드릴게요. 가령 1년에 한 번 제가 좋아하는 가수 콘서트가 열린다고 가정하면요. 팬들은 몇 초 안에 티켓을 끊으려고 정말 열정적으로 클릭을 해요. 엄마는 당첨된 티켓을 우선 빼앗아요. 그걸 미끼로 걸고 자기가 하기 싫은 집안일을 시키거나 아빠에게 물건을 사달라고 조르고, 그 돈을 저에게 요구하거나 엄마의 기분이 나쁘면 그 티켓을 찢어버리겠다고 협박도 해요. 그런 일이 반복되면 일상이 그렇게 되어버리면 진짜 미치는 거예요. 예시로 말씀드린 거지만 실제로 그걸 겪는 사람은 정말 무너져요. 저도 어렸을 때 그렇게 무너졌었거든요. 그걸 이제 사촌이 겪었다고 생각하니까 너무 마음이 아파요. 엄마는 변함없이 똑같아요. 변하지 않았어요. 재연하고 있어요. 계속. 너무 무서워요. 원래는 솔루션을 통해 극복해왔는데, 이번에는 안 돼요. 잠도 설치고 자고 일어나도 회복이 안 됐어요. 감정이 가라앉질 않았어요. 조절이 너무 어려워요. 새벽에 자살 예방센터에 전화했는데 상담사 선생님이 엄마는 입원이 필요할 것 같다고 하셨어요. 저도 그렇게 느껴요.

상담사: 자유님. 우선 이렇게 힘든 상황에서도 자살 예방센터에 전화해서 돌봄을 멈추지 않고 스스로를 관리하려고 했던 거, 정말 잘하셨어요. 그리고 사전에 감당할 수 없는 연락을 차단한 것도 잘하셨고요. 그런데 자유님 이번 일이 유독 더 힘든 이유가 뭘까요? 평소 어머니 이야기를 하실 때보다 오늘은 분노가 훨씬 크게 느껴져요.

자유: (나는 상담사의 말에 동문서답을 했다.)

어제 술도 참고 자해 충동도 진짜 심하게 올라왔는데요. 그래도 안 좋은 욕구들 잘 참았어요.

상담사: 네, 맞아요. 그건 분명 긍정적으로 달라지고 나아지고 있는 증

거입니다.

자유: 아빠 기일이라 아빠에 대한 그리움이 드는데 엄마는 그것조차 허락해주지 않네요. 거기에 트라우마까지 겹치니까, 감당이 안 돼요. 그래도 치료를 받으면서 '울 땐 울어야 한다'는 생각으로 조금은 바뀌어서 울었어요. 어린 시절에서 벗어나야 한다는 것도 알고는 있어요.

상담사: 네, 상황을 정말 잘 설명해주셨어요. 그런데, 자유님 지금 현재 마음은 어떤가요? 말씀은 그렇게 해주시지만 아직 어린 시절에서 완전히 벗어나지 못한 듯한 불안이 느껴져요. 어린 시절에 남아 있는 감정이, 아직 해소되지 못한 채 가슴 어딘가에 남아 있는 것 같기도 해요. 자유님은 계속 감정을 억누르고 이성으로 절제하듯 이야기를 해주고 계세요. 또 지금의 자유님 안에서 어린 자유를 급하게 숨기려고 하는 것처럼 느껴져요. 울어도 된다고 느꼈던 것처럼 지금은 사건에 대한 감정보다, 자유님 마음 그 자체가 더 중요해요. 지금 어떤 마음으로 이 이야기를 하고 계신지 말씀해주실 수 있을까요? 저는 자유님의 마음이 궁금해요.

자유: (나는 골똘히 고민했다. 몇 년간의 상담을 통틀어 처음 느껴지는 듯한 본격적인 감정 이입의 시작이었다.)

　나 괴로워... 숨 막혀요.

상담사: 그렇죠. 어머니를 끊어내고 밀어냈다고 생각했는데, 그래도 내 숨을 조여오고 있잖아요.

자유: 저는 이제 외부에서 오는 타격을 다 막았다고 생각했어요. 아빠도 없고 엄마도 차단했어요. 그런데 주변 사람을 통해서까지 자신보다 힘없는 사람을 괴롭히고 저한테 연락 오게 만드는 엄마를 보니까요. 이제는 연민도 사라질 것 같아요. 증오만 남을 것 같아

요.

상담사: 화도 많이 날 것 같아요. 그리고, 무력하다고 느껴질 수도 있을 것 같아요.

그 순간, 자유는 더는 참지 못하고 왈칵 눈물을 터뜨렸다. 햇눈이도 함께 슬퍼하며 집 안에 있는 휴지와 눈물을 닦을 수 있는 천을 모조리 모아 자유 옆에 가져다주었다. 봄이도 도왔다. 부드럽고 다정한 돌봄이었다. 그 작은 손길마저 자유에게는 세상을 붙드는 것처럼 느껴졌다.

자유: 내가... 내가 아직도 과거에서 못 벗어난 것 같아요.
(고장 난 뻐꾸기처럼, 끊임없이 꺽꺽거리며 울었다.)
진짜 회복하고 싶어서요. 다르게 살고 싶어서요. 어린 시절로부터... 진짜! 그 굴복하는 과정에서 벗어나고 싶어서요. 매일매일을, 정말 어떻게든. 내가 어떻게든. 살아가고 있는데요. 내 입꼬리는 아직도 어색해요. 남들한테 짓는 표정이... 아직도, 어색해서. 나는 얼굴의 떨림이 느껴져요. 그래도 남들과 다를까 봐, 남들이 알아챌까 봐. 농도는 다르더라도 색채만큼은 비슷해 보이려고... 발악했어요...

상담사: 하루하루를 정말 처절하게 버텨내고 계시는데 그런 상황에서도 어머니가 도움은커녕 더 힘들게 하신다니 마치 평생 발목을 붙잡고 늘어질 것만 같아서 얼마나 두렵고 답답하실까요.

자유: 어제는 정말 나랑 엄마 중에 누가 죽어야 끝나는 거 아닌가 싶었어요. 왜 저렇게까지 힘없는 사람들만 골라서 괴롭히는지 모르겠어요. 친척들도 다들 너무 불쌍해요.

상담사: '죽고 싶다'는 감정은 정말 끝없는 외로움 속에서 피어나는 거예요. 깊은 좌절감을 느끼셨나 봐요.

자유: 외사촌에게 말했어요. 우리 엄마 연락 받지 말라고 했더니 저녁엔 또 다른 친척을 통해 연락이 왔어요. 엄마가 저한테 속상해한다면서요. 결국 저를 압박하려고 또 사람들을 이용하는 거예요.

상담사: 어머니는 지금 자신의 욕구를 채우기 위해 끊임없이 희생양을 찾아다니는 것 같아요. '숨이 막힌다'는 말이 전혀 과장이 아닌 것 같아요. 그런 어머니에게서 계속 공격받는 걸 혼자 감당하고 있는 자유님을 생각하니 마음 아파요.

그때, 자유는 갑자기 다른 이야기를 꺼낸다. 어머니 이야기에서 아버지 이야기로 급격히 전환되며, 목소리의 온도가 확연히 달라진다. 문장도 조각조각 끊어지고, 어딘가 낯설고 삐걱댄다. 말보다 마음이 먼저 삐져나온다.

자유: 아니, 오늘 아빠 기일이라 나가서 장 보고 길에서 아빠 닮은 사람을 봤거든요. 그냥 길 한복판에서 울면서 돌아왔어요. 근데 집에 오니까 또 엄마 관련 연락이 와 있었어요.

상담사: 잘 울었어요, 자유님. 아버지를 추억하는 시간조차도 어머니가 빼앗아가는 것 같아 마음이 무척 불편했을 것 같아요. 지금 이 순간 자유님에게 더 중요한 건 어떤 감정인가요? 아버지를 기억하며 마음을 다독이는 일일까요 아니면 어머니로 인해 솟구치는 분노를 잠시 내려두는 걸까요?

자유: 저도 잘 모르겠어요. 그게 정답이 있는 건가요?

상담사: 두 감정은 서로 다른 색이에요. 저는 자유님이 지금, 어머니로부터 충분히 잘 스스로를 지켜내고 있다고 생각해요. 그 과정에서 자유님은 분명 변화하고 성장하고 있어요. 혹시 지금은 자신을 더 아프게 만드는 감정은 잠시 내려놓고, 마음이 조금이라도 따뜻해지는 기억에 집중해볼 수 있을까요? 어머니 이야

기를 할 때마다 피가 식는 느낌이 든다고 했잖아요. 억울함이 너무 커서... 때로는 그 감정이 자유님 안의 또 다른 사람처럼 느껴지기도 할 것 같아요.

자유: 마음 같아서는 그냥 엄마한테 전화해서 막 싸웠을 거예요. 근데 지금은 대화가 아예 안 통할 걸 알아요. 해봤자 시간 낭비고 결국 또 희생양이 늘겠죠. 아빠 기일인데 이게 뭔지 너무 슬퍼요. 감정이 막 왔다 갔다 해서 그것도 괴로워요.

상담사: 그럴 수 있죠... 참 많이 복잡한 감정일 거예요. 가능하다면 친척들의 연락은 무시하고 오늘만큼은 자유님이 아버지를 떠올리고 그리워하고 그리고 마음껏 슬퍼하는 시간을 온전히 가졌으면 좋겠어요. 분노와 애도, 두 감정을 동시에 껴안는 건 누구에게도 쉬운 일이 아니에요. 어머니와 관련된 감정은 기일이 지나고 나서 천천히 다시 마주해보는 건 어떨까요? 이런 제 말 어떠셨어요?

자유: 애증이 나을까요? 아니면 분노가 나을까요?

상담사: 자유님 마음은 어떠세요?

자유: 처음엔 엄마에게 동정심이 있었어요. 분명히요. 애증이 컸어요. 엄마도 피해자였고 엄마의 어린 시절을 알았으니까요. 그런데 제가 치료도 받고 동물과 함께 살아보고, 그리고 사람을 진심으로 사랑해보다 보니까요. 이제는 엄마를 도저히 연민할 수 없을 것 같아요.

상담사: 그게 정답이에요. 자유님이 느끼는 지금의 마음이 맞아요. 그리고 나중에 감정이 바뀐다면 그때의 마음도 또 하나의 정답일 거고요.

(그때, 자유의 목소리가 물속으로 가라앉듯 뚝 떨어진다. 톤만 들어도 무언가가 '확' 내려앉은 것이 느껴진다. 이인감 증상

이 일어날 때처럼, 목소리는 어딘가 먼 곳에서 들려온다.)

자유: 지금... 감정이 딱, 어린 시절로 돌아갔어요.

상담사: 그 감정 어떤 느낌이에요?

자유: 반복되는 느낌이 들어요. 분명한 절망감이에요. 불행이 끝나지 않을 것 같고 나 지금... 갇힌 것 같아요. 무서워요. 이걸 직면하고 싶지 않아요.

상담사: 그럴 수 있어요. 지금처럼 직면하기 어려울 때 무의식이 그런 감정을 이인감이라는 형태로 보여줄 수 있어요. 자유님, 지금 어떤가요? 내가 어떻게 할 수도 없다는 무력감이 느껴지나요?

자유: ...맞아요. 깊은 무력감요.

상담사: 혹시 화도 나나요?

　　　　(그 순간, 자유의 목소리에 힘이 실린다. 갑자기 또 다른, 단단해진 목소리다.)

자유: 엄마에게 더 이상 나에 대해, 아무 말도 하지 말라고 말하고 싶어요.

상담사: 어머니와 아예 관계를 끊고 싶다는 마음이 느껴져요. 평생 반복될 거라 생각하면 정말 지칠 것 같아요.

자유: (과거에 멈춘 듯, 혼란스러운 이야기를 반복한다.)

상담사: 어릴 때의 나 그리고 지금의 나는 어떤가요?

자유: 재연되고 있어요. 그때랑 똑같아요. 나는 벗어날 수 없어요.

상담사: 잠깐, 주위를 둘러볼까요? 지금 자유님은 어디에 있어요?

자유: 집이요.

상담사: 어떤 집인가요?

자유: 고양이들과 함께 있는 내 집이요.

상담사: 그 집에 어머니가 있나요?

자유: 없어요.

상담사: 그쵸. 지금은 어머님과 거리를 두고 지내고 있죠. 그때와 지금 다른 점이 있다면 뭐가 떠오르세요?

자유: 고양이가 있어요. 햇눈이와 돌봄이요.

상담사: 맞아요. 또 다른 점이 있을까요?

자유: 근데... 아빠는 없네요.

상담사: 그렇군요. 아버지의 빈자리는 참 속상하죠. 지금 이 순간, 또 어떤 감정이 떠오르세요?

자유: 잘... 모르겠어요.

상담사: 괜찮아요. 제가 느끼기엔, 지금 자유님은 자신을 힘들게 했던 그 시간들과

자유: (갑자기 말을 끊으며)
저 엄마한테 전화해서 욕하면 안 돼요? 근데 그럼 또 자극되고 또 파장이 생기겠죠?

상담사: 그런 마음이 드는 건 어떤 감정 때문일까요?

자유: 예전엔 내가 작고 왜소했거든요. 근데 이제는 나도 키도 크고 그냥 더 이상 맞고만 있지 않을 수 있어요. 그 사람한테 보여주고 싶어요. 나 이제는 그렇게 당하고만 있는 사람 아니라고요!

상담사: 네. 어머니에게 휘둘리지도, 이용당하지도 않는 사람이라는 걸 '이제는 나를 내버려둬.' 하고 말하고 싶은 거죠.

자유님 안에는 이미 많은 변화가 일어났어요. 지금 그 말을 꺼낸 것도... 상황을 이해하고 있다는 뜻이겠죠. 욕을 하고 싶다면, 그 안에 담긴 마음을 먼저 같이 살펴볼 수 있을 거예요. 어머님에게 직접 그런 말을 하면 자극이 생긴다는 것도 자유님은 알고 계시죠. 어쩌면 지금은 아버지를 애도하는 시간이기도 하지만, 동시에 자유님에게는 어머니라는 존재를 떠나보내는, 또 다른 애도의 시간이 필요한지도 모르겠어요.

자유: 죽여버리고 싶어요...

상담사: 그 표현도 나쁘지 않아요. '내 마음 깊은 곳에서, 자유님은 엄마를 죽이고 싶었을지도 모르겠다.' 그런 생각이 들 수 있다는 건, 이제 더는 이용당하는 약한 존재가 아니라는 뜻일 거예요. 지금 마음은 어떠세요?

자유: 공허하고, 무력해요. 그냥... 모르겠어요.

상담사: 제가 목소리만 듣고 있어서 그런 걸 수도 있지만, 상담 초반 보다 목소리에 약간의 힘이 느껴지는 것 같아요. 상담 시작할 때보다 감정은 더 무력하게 느껴지시나요?

자유: 계속 왔다 갔다 하는 기분이에요.

상담사: 그럴 수 있죠. 그럼 상담 마치기 전에, 자유님 기분이나 상태가 조금이라도 나아질 수 있을 만한 일이 있을까요?

자유: 지금은 아무것도 할 의욕이 없어요. 뭔가 자극적인 걸 해야 할 것 같은데 뭘 해야 할지 모르겠어요.

상담사: 괜찮으시다면 한 가지 조언드려도 될까요? 지금처럼 자신의 감정을 허용하고 그런 나를 들여다보는 일은 굉장히 용기 있는 일이에요. 울어도 괜찮아요. 그리고 그 마음을 읽어주신 것도 정말 대단하다고 느껴져요. 손에 잘 잡히진 않겠지만 지금의 생각이나 감정을 글로 남겨보는 건 어떨까요? 아주 작은 조각이라도요.

자유: 할 수 있는 최대한 자극적인 방법은 없을까요? 위험하진 않게요.

상담사: 지금 하고 싶은 게 있다면 뭐예요?

자유: 잘 모르겠어요.

상담사: 가끔 상담을 하다 보면 오늘처럼 유난히 속상한 날도 있어요. 상담이 끝나가는데 오히려 더 힘들어지는 내담자분을 떠나보내야 할 때, 제 마음도 무거워지고 슬퍼져요. 저도 그럴 때 교

수님께 여쭤봤어요. 그분은 이렇게 말하셨어요.

"내담자를 믿으세요."

그 사람이 지금 그 감정과 생각을 견디기 힘들어서 상담을 받는 거니까요. 그 시간 안에 다 풀리지 않더라도, 무언가는 마음속에 담아가고 있다는 거예요. 그리고 그걸 곱씹고 정리해서 다시 상담에 가지고 온다고 하셨어요. 그래서 저는 자유님도 그럴 수 있다고 믿고 싶어요. 지금 자유님이 겪는 고통과 혼란 속에서도, 잘 견뎌내고 괜찮아질 수 있는 힘이 있다고요. '자극적인 걸 하고 싶다'는 말이 솔직히 좀 걱정되긴 해요. 하지만 죽을 만큼 힘들다면, 뭔가를 해야 한다는 마음도 이해가 돼요. 자유님은 분명 괜찮은 선택, 자유님을 지켜주는 선택을 하실 거라고 믿을게요. 그리고 만약 제가 바로 답장을 못 드리더라도, 지난번처럼 오늘 밤 자유님이 어떤 선택을 했는지, 이 채팅방에 글을 남겨주세요... 제 말, 어떠셨나요?

자유: 노력해볼게요.

상담사: 너무 애쓰지 않아도 괜찮아요. 지금 내가 할 수 있는 작은 일탈 그런 것도 괜찮다고 생각해요. 어떤 선택을 하든 저는 자유님이 맞다고 생각해요. 그리고 늘 응원할게요. 지금 마음은 어떠세요?

자유: 아무 생각 안 하려고 노력 중이에요.

상담사: 혹시 저에게 해주고 싶은 말이 있으실까요?

자유: 잘 모르겠어요. 선생님 말씀은 듣고 있어요.

상담사: '잘 모르겠다'는 건, 어떤 의미일까요?

자유: 그냥 다 의미 없다고 느껴져요.

상담사: 의미 없게 느껴지시는군요. 그럴 수 있어요. 지금처럼 명확한 해결책이 보이지 않을 때는, 뭐든 무의미하게 느껴질 수 있죠.

그래도 이렇게 솔직하게 이야기해주셔서 고마워요. 오늘 상담은... 어떠셨나요?

자유: 지금은 아무 생각하고 싶지 않아서 말씀드리기 어려워요.

상담사: 괜찮아요. 그럼 마무리 전에 오늘 상담을 하며 제가 느낀 점을 말씀드릴게요. 자유님은 스트레스가 극심하거나 감정이 감당되지 않을 때, 그 감정을 최대한 밀어내고 계신 것 같아요. 때로는 자극적인 걸 찾거나 혹은 아무 감정도 느끼지 않도록 스스로를 무감각하게 만들기도 하구요. 그럴 땐 아무리 누군가가 자유님에게 좋은 말을 해주고 상담을 해도... 그 모든 게 자신에게 별 도움이 되지 않는다고 느껴질 수 있어요. 아무 의미 없다는 생각이 드는 것도 자연스러운 반응이에요.

그런데 자유님은 그럼에도 불구하고 지금 이 자리에 계시잖아요. 포기하지 않고 예전처럼 치료를 받고 그리고 상담을 받고 마음을 돌보려는 시도를 계속 해오셨고요. 그렇기 때문에 무력하게 느껴지는 시간도 점점 짧아질 수 있고 조금씩 감정을 나누는 힘도 자라날 수 있어요. 힘든 날도 그렇게 견디고 지나온 시간이 결국 의미로 남을 거예요. 그리고 오늘의 자유님 모습도 소중한 한 부분이에요. 만약 다음에도 오늘처럼 무거운 감정이 느껴진다면 편하게 말씀해 주세요. 말해주시는 것만으로도 저는 정말 감사하니까요. 오늘 밤 부디 마음이 조금이라도 편안하시길 바라요. 앞서 말씀드렸듯, 오늘 밤 자유님이 어떻게 지내셨는지 한 문장이라도 채팅방에 남겨주신다면 정말 감사할 것 같아요. 그럼 안녕히 계세요.

자유는 상담하는 동안 무미건조한 대답을 반복했고 상담사는 자신이 한 상담이 어떠했는지 갈피를 잡지 못했을 수도 있다. 어쩌면 그것은 자유가 상담사의 관심을 끌기 위해 의식적으로 행동했을지도 모른다고, 스스로 느꼈다. 그런 자신이라도 상담사가 끝까지 지지해주는 목소리가 좋았다. 아니, 온기가 좋았다. 절벽 끝에서 잡아주는 손처럼, 단단하고 간결해 보였달까. 자유는 그런 강렬한 손아귀가 필요했었다.

상담이 끝난 후, 클라이밍장은 이미 운영 시간이 지났고 자유는 망설였다. 추위를 많이 타는 자유는 자전거를 타고 나갔다 돌아오면 아주 추운 날씨에 마음속까지 살얼음이 생길까 봐, 그렇게 되면 이불 속에 더 오래 머무르게 될 것 같은 생각에 포기했다. 햇눈이가 자신의 몸보다 큰 보드마카를 끌고 왔다. 봄이도 지우개를 들고 따라왔다.

셋은 서로 머리를 맞대고 고민하며 차근차근 적어나갔다.
<자유의 감정 해소에는 무엇이 도움이 될까?>
1. 풍선 터뜨리기
2. 미술 도구로 그리거나 뭉쳐서 만들기
3. 엄마에게 전화해 소리치며 욕하기

아무래도 자유는 자극적이거나 분출할 수 있는 방법이 필요했다. 하지만 자유는 자신을 바라보는 햇눈이와 봄이가 있는 장소에서 큰 소리를 낼 수 없었다. 반려동물에게까지 자신의 감정을 전이시키고 싶지 않았다.

순간적으로 도파민을 끌어올릴 수 있는 하나가 떠올랐다. '엽기 떡볶이'였다. 늘 착한 맛만 먹던 자유는 오리지널 매운맛을 먹을까 고민하다가 덜 매운 맛을 골랐다. 다음날 위장이 아플지도 모른다는 생각이 들었다. 화장실에서 따갑고 간지러운 고통이 올 수도 있다는 상상은 오히려 자유의 감정을 분산시켜주었다. 떡볶이로 허기를 채우고 눈에 보이는 쓰레기 몇 개를 주웠다. 그리고 상담을 받고 있는 채팅창에 문장을 남겼다. "저는 제 인생처럼 아주 매운 떡볶이를 먹었어요." 문자를 보내고 나니 뭔가 더 할 수 있을 것 같은 기분이 들었다. 그래서 분리수거를 시작했다.

막상 시작하니 혼자 하기엔 쉽지 않았다. 반려 동물들이 옆에서 도왔다. "아, 리모컨이 여기 있었구나." "내 초록 양말은 여기 있었네." 짝짝이라 속상했던 속옷의 한 짝도 찾았다. 길어진 청소 때문에 봄이는 검은 코딱지가 생겼고 자유는 아차 싶어 공기청정기를 틀고 베란다 문도 열어 환기했다. 매서운 겨울바람이 스치자 마음 한구석이 뚫리는 듯했고 급하게 닫고 싶지 않았다. 그렇게 하루를 마무리했다. 겨울인데 어느 바람을 타고 온 건지, 베란다 창문에 낀 회색 잎을 뽑아내다가 손이 베였다. 쓰라렸다. 잡초 같은 녀석. 엉켜버린 감정 같아 갈기갈기 찢어버렸다.

치료 워크북은 펼쳤다가 다시 덮었다. 자유는 지금은 교과서적인 것이 해답을 주지 않을 것 같았다. 올바른 답이 정해진 것은 딱딱하게 느껴졌고 솔루션이 주는 해소감을 느끼지 못하면 더 힘들어질 것 같았다. 자유는 수면제를 먹고 잠들었다. 청소를 했기에 푹 잘 줄 알았지만 새벽에 깼다. 하지만 다행히 다시 잠들 수 있었다.

다음날 아침, 괜찮을까 싶었던 마음은 여전히 매웠다. 어제 먹은 매운 음식은 체하지 않았지만, 제거하다 만 감정의 잡초는 들쑥날쑥하게 다시 돋아났고 자유의 마음을 불편하게 간지럽히며 불쾌하게 만들었다. 점심 약속이 있던 친구에게는 미안하다는 메시지를 보내고 약속을 취소했다. 예상했던 대로 위장은 맵게 분출되었지만, 게워내지 못한 감정은 여전히 맵고 아렸다. 덩굴처럼 얽힌 우울은 자유를 이불 속에 가두었고 가뿐히 몸을 움직일 수 없었다. 하지만 저녁에는 클라이밍 모임에서 아버지의 기일을 함께해주기로 한 이들이 있었기에 나갈 수밖에 없었다. 자유가 주최한 의미 있는 자리를 일방적으로 취소할 순 없었다.

식사 전에 클라이밍 모임에서 친해진 동생과 운동을 했다. 외출하기 전까지 자유는 별별 상상을 했다. 클라이밍을 하다가 울면 어쩌지, 식사 자리에서 우울의 덩굴이 가시가 되어 누군가를 찌르면 어쩌지. 다행히 그런 일은 일어나지 않았다. 저녁 식사 메뉴는 자유가 선택했다. 자유와 아버지가 둘 다 좋아했던 삼겹살이었다. 자유를 처음 본 모임 회원이 자유의 사연을 듣고 꽃을 선물해주기도 했다. 그 꽃엔 가시가 있었다. 자유는 그 가시를 보며 가시는 아픔만을 주는 것이 아님을 깨달았다. 배를 채운 건지, 마음을 채운 건지, 아니면 그저 뭔가가 채워진 건지 알 수 없는 상태였다.

그러면서도 모임 내내 자유는 불쑥불쑥 올라오는 이질감에 시달렸다. 대화를 하면서도 안개 속에서 길을 헤매는 기분이었다. 그걸 들키고 싶지 않아 더 큰 목소리를 내고, 더 많은 농담을 건넸고, 속내로는 더 많은 거리를 두었다. 그 전 어머니의 전화로 감정이 요동치지 않았었다면 자유는 그 자리에 모여준 사람들에게 작은 선물이나 손편지로 고마운 마음을 전하려고 했을 것이다. 하지만 모든 감정이 소진된 듯, 집으로 돌아와 겨우 카톡으로 감사 인사를 전했다. 죄스럽게 느껴졌다. 멍한 기분에 자유는 침대에 걸터앉아 아버지를 떠올렸다. 아버지가 좋아하던 [28]빨간 뚜껑 소주는 자유가 사는 이 지역에서는 구하기 어려웠다. 그 사실이 짜증났지만, 동시에 다행이기도 했다. 하늘에서도 아버지가 술과 멀어지길 바랐다.

다음날, 복지사와 해바라기 센터 상담사에게 전화를 걸어 상담 일정을 잡았다. 자유의 감정을 추스르기 위해서였다. 피곤함에 녹초가 된 자유는 스르르 잠이 들었고 꿈을 꾸었다. 신은 그녀에게 또다시 선물을 내려주었다. 꿈 속에서 자유의 아버지는 치킨을 사왔다. 어릴 적, 자유는 늘 다리를 두 개 다 남겼다. 고생한 아버지가 드시길 바라며, "난 날개가 더 좋아!" 하고 외쳤다. 아버지는 고맙단 말도 없이 닭다리는 두 개다 드셨다. 그 후부터 자유의 아버지는 다리와 날개만 있는 세트를 시켰다. 아무 말 없이 자유 앞에 있는 그릇에 닭다리를 놔주었다. 닭다리는 둘이서 두 개

---

[28] 참이슬 클래식 - 오리지널 버전

씩 먹어도 남았다. 그렇게 둘은 각자의 방식으로 사랑을 주고받았다. 꿈에서 아버지는 치킨을 사왔고 자유는 무슨 부위를 먹었는지까지는 기억나지 않는다.

치킨을 먹고 방안에 들어가 눕자 어렴풋이 아버지가 들려주었던 자장가 '새야새야 파랑새야'가 들려왔다. 잠에서 깬 자유는 포근함을 느꼈다. 품 안에는 햇눈이와 돌봄이가 있었다. 자유는 자신이 힘들 때면 누군가를 도우려 한다. 그렇게 자신의 존재를 확인하고, 더 책임지고자 한다. 이번에도 급한 마음으로 햇눈이에게 돌봄이의 사연을 들려달라고 했다. 햇눈이는 자유가 급해 보이는 마음이 눈에 띄어 살짝 찌푸린 얼굴로 돌봄이에게 의사를 물었다. 돌봄이도 자유의 이야기를 듣고 곧 서로를 이해하게 되었다. 돌봄이는 용기내어 자신이 어떤 사연으로 유기묘 센터에 오게 되었는지, 자유는 어떤 이유로 힘들었는지를 나누는 소통의 자리가 마련되었다.

자유: 우리 셋이 모인 건 처음이다. 그치?
햇눈: 그러게. 어색한데... 또 나는 이런 자리가 좋아!
 (돌봄이는 아직 어색한 듯, 햇눈이 옆에 나란히 있다.)
돌봄: 그래, 나도 그렇네.
햇눈: 자유야! 근데 무슨 일로 우리 불렀어?
자유: 내가 돌봄이를 입양했는데 최근 내 감정 때문에 정성껏 돌봐주지 못했어. 그래서 미안하단 말을 먼저 하고 싶었어.
돌봄: 아니야, 햇눈이한테 대충 들었어. 그리고 내 잘 곳과 화장실은 늘 깨끗하게 해줬잖아. 햇눈이가 놀아줘서 즐거웠어.
자유: 그렇게 말해줘서 고마워.
돌봄: 나는 사실... 또 버려질 줄 알았어. 나는 유기당한 경험이 있는 고

양이야. 처음엔 펫숍에서조차 나를 받아주지 않았어. 사람에게 하악질을 하는 모습으로 애교가 많지 않아 보이고, 모질이 안 좋다나 뭐라나… 그때부터 길 위의 삶이 시작됐어. 두 번째 주인은 나를 처음 보자마자 작고 치즈색이라서 매력적이라며 호기심을 보였어.

그렇게 나는 고양이를 어떻게 안아야 하는지도 모르는 사람에게 끌려가듯 집으로 가게 됐지.

자유: 뭐야? 그런 취급을 받다니. 정말 기분 나빴겠다. 내가 많이 보듬어줄게. 나는 너를 절대 버리지 않아.

돌봄: 그 주인 집에 도착하자마자, 주인은 나에게 가슴 모양이 납작하고 꼬리가 길다고 비율이 보기 좋지 않다는 말부터 하더라고. 그때부터 나는 점점 구석으로 숨게 됐어.

햇눈: 속상해… 네 가슴은 충분히 예뻐.

(햇눈이의 분노가 차올라 꼬리가 팽팽히 부풀어 올랐다.)

돌봄: 내가 구석에 있으니까 털이 빠져나가도 강압적으로 내 몸을 끌어당기면서 빗질했어. 하악거리고 발버둥쳐도 소용없었어. 털이 많이 빠져서 목 뒷덜미가 비었어. 그 주인은 포토샵 장인의 인플루언서였어. 빠진 털 부분은 포토샵으로 메꿔놓고, 그렇게 완성본 사진을 만들더니… 인적이 드문 근처 산에 나를 데려갔어. 나는 주인 손에 이끌려 강제로 흙탕물에 뒹굴어야 했어. 주인은 '구해주는 척' 영상을 찍더라고. 그리고 영상을 올리고 사람들에게 후원금을 받아냈어. 좋아요와 구독도 해달라면서 말이야.

자유: 추악하다. 나도 SNS 하면서 종종 주작한다는 얘기 들었는데, 그걸 네가 겪었다니 슬퍼. 그만큼 내가 더 잘해줄게.

(우리는 모두 울고 말았고 햇눈이는 섬세하게 돌봄이의 몸 구석구석을 그루밍해주었다.)

돌봄: 사진이나 영상이 찍히고 나면 나는 방치됐어. 사료도 제대로 급여되지 않았어. 어느 날 문이 열린 틈을 타 도망쳤어. 그때부터 사람들은 나를 불쌍한 유기묘라며 츄르를 주기 시작했지. 마음은 정말 고마웠지만 영양 불균형 상태였어. 츄르는 내 몸에 좋지 않았어.

햇눈: 맞아. 츄르만 먹으면 심하면 탈수 증상도 올 수 있어.

돌봄: 하지만 너무 배고프니까 츄르라도 먹게 돼. 그러면 그 모습에 사람들은 자신을 따르는 줄 알고 귀엽다고 나를 만지려고 해. 그럼 내 몸엔 사람 냄새가 남아. 사람 손때가 탄다고 하지. 그 냄새 때문에 야생 고양이나 짐승들한테 나는 '최약체'가 돼. 최적의 사냥감이지. 도망다니다가 차에 치일 뻔한 적도 많아. 위험했어.

햇눈: 너무 고생했다... 돌봄아. 사랑하는 마음만으로 다 되는 건 아닌데 말이야.

돌봄: 세상이 너무 무서웠어. 그래서 유기동물 센터에 처음 갔을 때도, 사람이라는 존재 자체가 넌더리나게 싫었어. 원래 섬세한 성격으로 태어났는데도 공격적일 수밖에 없었지. 자유 너에게도 그랬잖아 미안해. 그런데 너희 집에 오고 나서 네 방에 걸린 두 마리 강아지 사진을 봤어. 그 강아지들의 미소는 정말 행복할 때만 나올 수 있는, 꾸밈없는 미소였어. 그리고 그 강아지들을 기리기 위해 모임을 만든 너의 글도 읽었어. 네가 쓴 일기도 보았어. 분명한 건 너는 책임감 있고 따뜻한 사람이야. 내 마음이 놓였어.

자유: 아직도 기억하고 사랑하는 강아지들이야. 전에 유기묘 관련 기사를 읽은 적이 있어. 요즘 유기묘를 지켜주고 싶어하는 사람들이 많아지면서 여기저기 숨숨집을 스트로폼이나 박스로 만들기도 하더라. 사료나 물그릇도 두고 가끔은 사람 음식을 주기도 해. 문제는 그걸 정리하지 않으면 여름엔 해충이 생기고 오히려 고

양이를 포함한 생명체한테 해가 될 수 있다는 거야. 또 고양이들이 어둡고 시원한 곳을 좋아한다고 자동차 밑에 숨숨집을 만들어 두면… 누군가는 불쌍하다고 여길지 모르지만, 누군가는 그 존재 자체를 성가시다고 여겨. 그래서 점점 더 미움받는 존재가 되기도 해.

햇눈: 어떻게 하면 유기묘를 제대로 지키고 도울 수 있을까? 나는 태어날 때부터 길냥이였지만 운이 좋게 천사 같은 할머니를 만나서 따뜻한 품에서 안전하게 살 수 있었어.

돌봄: 자연 속에서도 우리가 살 수 있는 숨숨집을 만들 수 있어! 정말 우리를 사랑한다면, 식기는 매일 닦아주고 츄르 대신 사료를 줬으면 좋겠어. 일회용 식기가 아닌 그릇으로 말이야. 캣맘들이 모금해서 해주는 것처럼 중성화 수술도 하나의 방법이야. 사람들이 우리를 좋아한다고 아파트 단지 근처에 일회용 식기를 놓으면 가볍게 날아가기도 해. 발정기가 되면 그 근처에서 우리가 떼를 지어 울게 되잖아. 그럼 고통받는 주민도 많아져. 그럴 책임감이 없다면 그냥 눈으로만 예뻐해 줘. 그게 좋아.

자유는 어쩌면 자신과 돌봄이가 닮아 있다고 느꼈다. 서로의 삶에 깊이 뿌리내리지 못하고 얕고 피상적인 관계에 오래 머물렀다는 점에서였다. 자유는 엄마와, 돌봄이는 전 주인과 그런 피상적인 관계였던 것이다. 그래서 그들은 다른 존재들과도 쉽게 상처받고 쉽게 멀어졌다. 내면이 닿는 관계로 나아가기 위해, 그들에게는 여느 존재들보다 더 많은 시간이 필요했다. 앞으로도 상처를 주고받고 어쩌면 날이 서는 순간들이 반복될지도 모른다. 그러나 언젠가는 진심으로 자신을 껴안고 서로를 돌보게 되는 그때가 올 것이다. 비로소 내면이 맞닿는 진짜 관계가 시작될 것이다. 각자의 경계가 천천히 자리 잡고 충분한 시간과 너그러움이 허락될 때, 마침

내 그 관계는 조심스럽고도 단단한 건강한 사이가 되어갈 것이다. 마치, 햇눈이와 자유 그리고 돌봄이처럼.

    그날 이후 셋은 자고 일어난 엉망이 된 머리스타일에 대해 웃고 입냄새를 참고 난 뽀뽀에 대한 가벼운 이야기도 주고받으며 때로는 불쑥 올라오는 오랜 상처를 조용히 안아주기도 했다. 독립적인 시간이 필요할 때는 각자의 시간을 존중해주었다.
    그들은 조금씩 그러나 분명히 단단해졌다. 오랜 시간 아픔을 지닌 햇눈이의 눈에 비친 자유는 분노를 천천히 내려놓으며 공허함을 메우고 싶어 할 때도 있어 보였다. 자유는 가끔은 아직은 깊은 이야기를 꺼내기엔 어딘가 불편해 보였지만 그럼에도 불구하고 기운이 서서히 돌아오는 듯했다. 마치 조수간만의 차처럼 자연스럽고도 천천히 말이다. 마음이 많이 불편한 날에는 운동을 다녀올지, 넷플릭스를 볼지, 아니면 그냥 푹 자볼지 고민하는 자유의 모습은 그 자체로 회복의 징후였다. 그런 날에는 복지사는 무리하지 말 것을 당부했다. 클라이밍보다는 가벼운 걷기를 글쓰기보다는 깊은 숙면을 추천해주었다.
    자유는 글쓰기 전이나 책을 읽기 전에 느껴지는 자신만의 감각이 있다. 지금 집중이 될지 아니면 그저 글자만 의미 없이 흘려보내기만 하는 시간이 될지 몸이 먼저 아는 것이다. 초저녁, 아버지와 함께 먹던 아구찜이 문득 떠올랐다. 혀끝에 맴도는 매운맛과 웃음 짓던 아버지의 얼굴이 스쳐갔다. 아구찜을 배달시켜 먹었다. 자유의 아버지는 늘 투정부렸다. 둘이 먹기에는 아구찜은 3인용 기준으로 나와 남는 것이 많다는 것이다. 하지만 지금은 소수 가구를 위해 1~2인용 아구찜이 나왔다고 아버지에게 말해주고 싶었다. 그런 생각은 자유의 불투명한 감정을 걷어내듯 다가왔고, 그제야 자유는 '지금이라면 글을 쓸 수 있겠다'는 생각이 들었다.
    저녁을 먹고 뒷정리를 하던 중에 햇눈이가 조심스럽게 녹음기를 들고 다가왔다. 최근 상담 내용을 글 작업 전에 다시 들어보는 게 어떻겠냐는 제안이었다. 자유는 별 생각 없이 수락했다.

약을 먹고 햇눈이는 명상을 틀어주었다. 명상이 끝나자 자유의 목소리로 상담한 내용을 듣기 시작하자 그녀의 마음이 싱숭생숭해졌다.
녹음기를 틀어놓은 동안 자유는 녹음기를 멈추지 않고 신중하게 끝까지 들었다. 상담 내용이 끝난 녹음기 앞에서도 마치 누군가 그녀의 엉덩이를 의자에 꾹 눌러 붙여놓은 것처럼 자리를 뜨지 못한 채 일어나지 않았다. 다만 몇 번이고 얼굴을 두 손으로 감쌌고 고개를 벽 쪽으로 돌려 깊은 한숨을 내쉬었다. 몸은 분명 반응하고 있었다. 끝내 자유는 녹음기를 햇눈이에게 건넸다. 햇눈이는 그녀의 감정을 묻고 싶었지만 기다리기로 했다. 그녀는 무너지지 않았다. 다시 추락하지도 않았다. 일상은 천천히 그러나 확실히 그녀 곁으로 돌아왔다. 노트북을 켜고 좋아하는 인디음악을 틀고 글을 쓰기 시작했다. 중간엔 스트레스를 해소할 수 있는 물건들을 검색했다.
자유는 성인이 되기 전에는 사설 상담에서 큰 효과를 보지 못했다. 매주 같은 질문 같은 형식이었다. 아버지의 눈치를 보며 상담을 했기 때문에 상담이 끝나면 너는 의지가 약하다는 그의 타박을 받곤 했다. 비싼 상담료와 정서적 고립은 상담에 대한 부정적인 시선을 만들었다. 그러나 현재의 상담은 달랐다. 여러 상담사(복지사, 해바라기 센터 상담사, 사설 상담사, 의사 등)의 다정한 목소리와 기다려주는 시선과 그리고 무엇보다 진짜 감정을 끌어안아주는 과정이 있었다. 자유는 오랜 시간 동안 세상과, 그리고 제일 가까운 부모로부터 채권자-채무자 관계에 있었다. 끊임없이 빚을 지고, 용서를 구하고, 보상해야만 하는 관계로 느껴졌다.
그녀는 죽지 않아도 애도해야 하는 관계가 있다는 것을 알게 되었다. 그리고 그 관계는 외부에만 있는 것이 아니라, 자신의 내면에도 존재하고 있었음을 자각하게 되었다.

 자신을 보호하기 위해 분리된 인격들이 각자의 역할을 해왔다. 이제는 그 모든 조각들을 하나로 안아줄 시간이 필요했다. 자유는 자신 안에 있던 꼭두각시를 내려놓기 시작했다. 진짜 자유를 향해 그녀는 한 걸음 나아갔다. 치료는 더 깊어졌고, 외부로부터 그리고 내부로부터, 진정한 자유가 서서히 시작되고 있었다.

 햇눈이는 자유를 돌보고, 돌봄이와 함께 캣휠을 타다가 잠이 들었다. 눈을 뜨자 이곳이 더 이상 고양이 상담소가 아님을 온몸으로 느낄 수 있었다. 지독히 그리운 할머니의 냄새가 났다. 같이 살았던 할머니에게는 특유의 향이 있었다. 비 오는 날이면 알코올 냄새 가득한 물파스 향이 났고 눅눅한 박스에서는 쾌쾌한 냄새가 스며 나왔다. 그래도 햇눈이는 그 냄새를 사랑했다.
 날씨가 좋은 날이면 할머니는 풀과 꽃을 꺾어왔다. 자신이 좋아하는 꽃이라며 우리에게도 꽂아주려 했다. 풀은 우리를 위한 것이라며 그렇게 다정한 말도 건네셨다. 햇눈이는 길 고양이 때 많이 맡던 냄새였지만 처음 맡는 냄새인 것처럼 할머니 앞에서 사랑스러운 표정과 몸짓을 지었다.
 할머니는 자신의 고무신이 닳는 것도 아랑곳하지 않고 고양이 사료를 사왔다. 옷이 해져도 시장터에서 이것저것 고르다가 결국엔 잘 늘어나지 않는 옷 한 벌만 집어 들고, 남은 돈은 햇눈과 햇눈의 친구를 위해 아꼈다.
 그리고 할머니가 죽기 전에는 자신의 죽음을 예감한 사람처럼, 마지막으로 값비싼 츄르를 사왔다. 그리고 고양이들이 떠나갈 수 있도록 문을 열어 두었다. 반지하 집에 한 줌 햇살이 들어오던 날에 햇눈은 그 햇살이 달갑지 않았다. 오히려 할머니의 검버섯이 햇눈이에겐 더 따뜻했고 눈부셨다.

햇눈이는 처음 자신이 신을 만났던 그 푹신한 촉감이 다시 한 번 이곳이 고양이 상담소가 아님을 일깨웠다. 그것은 다름 아닌 구름이었다. 그 날의 구름은 벅찬 듯 차가운 물방울을 가득 머금어 무겁게 드리웠지만, 할머니는 아주 가볍게 햇눈이를 품고 있는 그 구름을 걷어내듯 살포시 햇눈이를 품에 안았다. 곧 비가 내렸고 할머니는 구름에서 더 이상 물파스가 필요 없는 사람이었다. 할머니의 향기는 아늑한 베이비파우더로 가득했다.

"내 아가, 햇눈아. 참 많이 보고 싶었단다. 네가 어떤 시간을 견뎌냈는지, 나를 얼마나 그리워했는지, 다 보고 있었어. 내가 세상을 떠나가던 날 너는 내 곁을 떠나지 않고 너의 온기를 다해 내 옆에 있어주었더구나. 나도 신의 도움을 받아 천국에서 사랑하는 남편을 다시 만났고... 너를, 아주 많이 그리워했단다."

햇눈이 글썽이자 구름은 묵은 체증을 내려놓듯 비를 쏟아냈고 곧 무지개가 활짝 피어났다. 자유는 그 무지개를 바라보며 햇눈이에게, 아버지에게, 강아지들에게 인사를 건넸다. 맨 처음 햇눈이를 만났을 때, 신은 자유에게도 꿈속에서 나타서 햇눈이의 존재를 소개해주었다. 그래서 자유는 언젠가 햇눈이와 이별하게 되더라도, 그것이 슬프면서도 반가운 일일 거라 생각했다.

자유는 햇눈이와의 이별을 통해 건강한 애도를 체험했고, 그 체험은 가족을 향한 애도에도 긍정적인 의미로 온도가 변했다. 그 사이 햇눈이도 할머니의 품에서 휴식을 취해갔다. 그러던 중 자유가 그토록 사랑했던 그녀의 강아지들을 만났다. 그 존재들은 자유의 향을 알아보고 친밀감을 느껐다. 시간이 지나자 햇눈이와 자유의 강아지가 그루밍을 나누는 신기하고 귀여운 일상도 이어나갔다.

자유의 아버지는 한참을 머뭇거리다, 부끄러운 듯 머리를 긁적이며 햇눈이에게 인사를 건넸다. "내 딸을 지켜줘서 고맙다. 내 딸이 나와 살면서 내가 기억하지 못하는 알콜홀릭으로 그렇게 아팠는지, 서툰 표현으로 인해 상처받았는지 몰랐다. 나는 이곳에서 알코올 중독 치료를 받았어. 나 또한 내 인생에서 과한 책임감에 짓눌려 정작 나 자신조차 돌보지 못했던 지난날을 돌아보고 있어. 매일 딸을 그리워하고 있어. 자유가 사랑하던 강아지들과도 함께 산책을 하며 사이좋게 지내고 있어. 자유가 보면 분명 환하게 웃었을 거야. 그 아이의 인디언 보조개 있는 미소가 그립다. 자유는 생일마다 내가 해주는 계란찜이랑 미역국을 참 좋아했지. 전자레인지에 돌린 계란찜일 뿐인데도, 마치 세상에서 제일 맛있는 음식처럼 좋아하며 친구들한테 자랑하고 다녔어. 그 애는 그렇게, 사소한 것 하나로도 나를 진심으로 사랑해줬지. 내가 갑자기 아프고 그 애 혼자 남겨졌을 때, 얼마나 외로웠을지.

나는 강하게 키우는 게 맞다고 생각했는데 내가 틀렸어. 생전에 울먹이는 얼굴을 보면서도, 왜 단 한 번도 꼭 안아주지 못했는지... 그게 참 오래도록 미안하더라. 이곳에서도 비는 내려. 배가 고프진 않아도, 내 딸이 구워주던 김치부침개 맛은... 도무지 잊히질 않아. 이렇게 서둘러 이곳에 오게 될 줄 알았으면, 그때 좀 더 다정할 걸. 못난 나를 많이 탓했어. 그래도 내가 없이 씩씩하게 지내는 자유를 보면 마음이 놓였다가도, 꼭 밖에 나가면 양말 신으란 말을 안 듣는 걸 보면 괜히 또 화가 나더라.

감기도 잘 걸리면서... 기지배. 왜 그렇게 쉽게 무너지는 걸까 싶다가도... 어떻게든 또다시 일어서는 거 보면 가슴을 쓸어내리게 돼. 그 녀석 속이 그렇게 깊은 줄 나는 정말 몰랐어. 아마 내 마음 다 알 거야. 너무너무 보고 싶지만, 부디 세상에서 실컷 행복하다가 왔으면 좋겠다.

그땐 이 애비가 못해줬던 거, 다 해주고 싶다. 다시 한번 내 잘못에 대해 미안하다고 말하고 싶어. 낯설지만 사랑한다고 아주 많이 사랑한다고도 꼭 말하고 싶네."

서로 다른 곳에 있어도 햇눈이와 자유의 강아지들, 그리고 아버지는 가끔씩 비가 되고, 무지개가 되고, 그리고 햇살이 되어 자유의 곁을 지켜줄 것이다. 자유는 그 사실을 잊지 않고 그들을 기억하며 다시 만난 날을 기약하며 씩씩하게 살아갈 것이다.

에필로그

다시 만날 약속의 편지

길다면 긴, 짧다면 짧은 인생이라는 산의 오솔길을 함께 읊어 주셔서 고맙습니다. 책 속의 리나와 개명 후의 이름인 자유, 두 이름으로 불린 주인공은, 바로 저자인 저입니다.

저는 완등하지 못한 사람입니다. 그리고 완등을 꿈꾸지도 않습니다. 정상이 목적이 아니라면, 쉬어가는 돌멩이도 바람결도 그림자도 다 삶의 일부니까요. 저는 산을 타다 굴러 넘어졌고, 또 일어섰고 다시 주저앉았습니다. 가끔은 멀쩡했고, 가끔은 무너졌습니다. 어떤 날은 눈을 감은 채 나를 휘감는 덩굴을 잘라내곤 했습니다.

시청에서 모니터링한 저희 집 상태를 보고 누군가 "이곳에서 식사... 하나요?"라고 질문하는 것을 들었고, 누군가는 저의 한쪽 측면만 보고 "이렇게 섬세한 사람이 있을 줄 몰랐다"고 말했습니다. 모두 저의 모습이었습니다.

상담실 의자 위에서 말 한마디에 목이 메이기도 했고 머리가 아파 타이레놀을 삼키기도 했습니다. 상담이 끝난 후 그 피로감에 깊이 잠든 날도 있었습니다. 그럼에도, 상담을 포기하지 않고 저에게 스스로 감정을 묻고 이해하기 위해, 저를 돌보기 위해 노력합니다.

삶이라는 산 위에서 살아갑니다. 한 발 한 발, 가끔은 가만히, 때로는 울면서. 이 책을 쓰며 정말 많이 울었습니다. 한 문장에 며칠을 머물기도 했고 차마 쓸 수 없어 눈물로만 눌러쓴 단어도 있었습니다. 이 책이 나만을 위한 고백으로 남을까 두려웠습니다. 극복하지 못한 사람이 쓴 글이 당신에게 위로가 될 수 있을까 망설였습니다.

하지만 분명히 말할 수 있습니다. 오랫동안 마음이 불편했던 이들, 자기 안의 목소리를 어떻게 꺼내야 할지 몰랐던 이들에게, 이 책은 작은 촛불이 될지 모릅니다.

저는 괜찮은 날엔 우울한 사람의 이야기를 듣고 안도했고 우울한 날엔 그러한 이야기를 피했습니다. 극복했다는 이들의 이야기를 보며 정말 아무렇지 않을까? 의심한 적도 있습니다.

이제, 그 기준은 누구도 정할 수 없다는 걸 압니다. 저는 내 마음이 조금 더 자주 괜찮아지는 날을 바라며 계속해서 제 안의 목소리에 귀 기울이는 연습을 하고 있습니다.

그리고 저는 늘 애도 중입니다. 절벽에 매달리고, 눈치를 보고, 그리고 혼자 동굴에 들어가기도 하지만 이제는 도움을 요청할 줄 알고 말로 꺼낼 줄 압니다.

이렇게 글로 당신의 마음을 살며시 두드릴 수 있게 되었습니다. 읽어주셔서 고맙습니다. 다음에 또 만나요. 그때는 조금 더 다정해진 마음으로, 다시 당신을 초대하고 싶습니다.

추천서문

한 장, 한 장 천천히 따라 읽다 보면 자꾸만 멈추게 됩니다. 마음이 저릿해서 잠깐 책장을 덮고, 깊게 숨을 들이쉬었다가 다시 내쉬게 되니까요. 그리고 문득, 이 문장들 하나하나를 꼭 안아주고 싶다는 생각이 듭니다. 우리 모두는 알고 있어요. 자기 상처를 누군가에게 꺼내놓는 게 얼마나 어렵고 용기 있는 일인지 말이에요. 또 심장이 덜컥 내려앉을 만큼 힘들 때도 누군가에게 다정할 수 있다는 게 얼마나 놀라운 일인지도요. 햇눈이와 소소, 리나... 이야기 속 인물들이 그냥 소설 속 캐릭터가 아니라, 꼭 우리 자신 같아요. 따뜻했지만 아팠던 기억, 누군가를 하염없이 기다리던 날들, 너무 늦게 용기를 내버린 순간들, 그리고 아무도 몰래 흘렸던 눈물까지. 이 이야기는 그렇게 우리 모두가 숨기고 있던 마음의 조각들을 꺼내어 보여주는 듯합니다. 어쩌면 내 이야기 같기도 하고요. 책을 읽다 보면 이 글을 쓴 사람이 얼마나 간절히 말하고 싶었는지, 외치고 싶었는지, 그리고 살아가고 싶었는지를 느낄 수 있어요. 이 이야기는 단지 한 사람의 이야기가 아니라, 말하지 못했던 사람들에게 말할 용기를 주고, 사랑하는 게 두려웠던 사람들에게 다시 한 번 사랑을 꿈꾸게 만드는, 우리 모두를 위한 따뜻한 고백 같습니다.

"네가 얼마나 소중한 사람인지, 내가 이미 다 알고 있다는 듯이 여기 있을게." 우리, 그렇게 계속 살아가면 좋겠습니다. 가끔은 숨숨집처럼 숨어서 쉬어도 보고, 또 가끔은 햇눈이처럼 용기 내어 다가서면서요.

- 강하달과 함께 울어주는 이병현 상담사

내가 하달 작가님을 알게 된 건 <나를 살게 하는 빛, 격려> 공저에 참여하면서부터였다. 얼마 되지 않은 시간이었지만 하달 작가님에게 아픈 사연이 있다는 걸 알게 되었다. 작가님이 추천사를 부탁하였을 때 '내가 감히 추천사를 쓴다고? 자격이 되지 않아.'라는 생각을 했다. 이 소설을 읽고 나니 '추천사 쓸 기회를 주신 것에 감사하다. 그동안 얼마나 힘드셨을까. 잘 이겨내 줘서 감사하다.'라는 마음과 함께 한참이나 나이가 어린 작가지만 존경심이 들기도 했다. 나이가 들었다고 다 어른은 아니다. 성숙함과 나이는 비례한다고 볼 수 없다. 사람은 누구나 다 드러내고 싶지 않은 고민이나 스토리를 가지고 있다. 피해자가 죄인이 되고, 가해자가 오히려 당당하고 떳떳한 시대가 되었다. 특히 성폭행이나 성희롱, 성추행 같은 성범죄는 죄질이 나쁘다. 성범죄 현장을 목격한 경찰은 사건을 빨리 끝내려고 대충 합의를 보라고 한다. 과연 합의로 그 사건을 덮을 수 있을까? 피해자는 평생 상처를 가지고 살아가야 하는데? 정신적인 피해에 대한 보상이 이루어져야 하는 거 아닌가? 가해자는 강력한 처벌을 받아야 한다. 하지만 우리나라는 이에 대한 처벌이 약하다. 그리고 '해바라기 센터'가 더 늘어났으면 좋겠다. 피해자들은 평생 트라우마나 정신적인 상처를 안고 살아갈 것인데... 남의 일이라고 무관심하거나 적극적으로 목소리를 내주지 않는다. 리나와 고양이인 소소, 햇눈이의 입을 통해 우리에게 하고 싶은 메시지가 담겨있다. 혹시 본인이 성범죄를 당했거나 성범죄를 경험한 지인, 가족, 친척이 있으면 이 책을 추천한다. 성범죄는 선뜻 이야기하기 어려운 주제이다. 작가님의 용기에 감탄을 한다. 그리고 이렇게 용기를 내주셔서 감사하다. 그리고 성범죄 피해자들에게도 말하고 싶다. '절대 당신들 잘못이 아니라고, 피해자인데 당당하고 떳떳해도 된다'고. 살아있어줘서, 버텨내줘서 감사합니다. "하달 작가님, 안 좋은 생각 하지 않고 여기까지 오시느라 정말 애많이 썼어요. 앞으로도 독자들에게 선한 영향력을 주는 작가가 되길 바랍니다."

- 예스24 베스트셀러 <기다림의 고백 그리고 희망을 향한 여정> 강하달의 격려되는 작가 문미영

"가장 깊은 상처는, 때로 가장 따뜻한 숨숨집이 된다."

『고양이가 선물한 숨숨집』은 삶의 가장 어두운 터널을 지나온 한 사람이 반려동물과의 교감을 통해 다시 '살아내는 법'을 배워가는 이야기입니다. 상처를 감추지 않고 마주하며, 자신의 언어로 삶을 다시 써 내려가는 이 여정은 우리 모두의 내면에 자리한 외로움과 애정에 조용히 다가와줍니다. 이 책은 상처받은 사람, 사랑하고 싶은 사람, 그리고 아직도 자신을 숨기고 있는 누군가에게 꼭 닿기를 바라는 간절한 마음에서 쓰였습니다.

당신이 그 '숨숨집'을 찾는 여정에, 이 책이 따뜻한 동반자가 되어주기를 바랍니다. 하달님은, 상처 속에서도 자신을 돌보며 회복을 위한 소소하지만 강한 노력을 이어가고, 도움이 필요할 땐 스스로를 인정하며 손을 내밀 줄 아는 내면의 힘을 지닌 사람입니다.

- 강하달이 무슨 일이 생겼을 때 전화를 거는 빵을 좋아하는 포근한 복지사

『숨숨집』은 나를 나로 살지 못하게 했던 단단한 껍질을, 고통 그대로 두지 않고 씨앗으로 바꾸어낸 여정의 기록이다. 자유는 스스로를 정직하게 들여다보며 수치와 상처를 반복해 마주했고, 마침내 그 안에서 싹을 틔우고 꽃을 피워냈다. 상담과 글쓰기, 운동을 통해 삶의 방향을 다시 세워가는 과정은 단지 한 사람의 회복기를 넘어, 이 글을 읽는 모두에게 조용한 위로로 다가온다. 『숨숨집』은 살아가는 법을 다시 선택하고 연습하는 귀한 기록이며, 나와 내 곁의 '살아남은 이들' 모두에게 건네고 싶은 책이다.

- 강하달에게 숨숨집인 존재, 가족보다 가까운 떡국을 더 먹은 친구

강하달 작가의 『고양이가 선물한 숨숨집』을 읽다 보면, '혐오스런 마츠코의 일생'이란 영화가 떠오른다. 참혹할 정도로 비극적인 상황 속에서,

포기하지 않고 끊임없이 삶에의 의지를 불태우는 마츠코를 영화는 화사하고 익살스럽게 연출한다. 이 책은 마츠코처럼 절망의 늪에서도 삶을 포기하지 않으려는 작가의 발버둥을 그려낸 이야기다. 수많은 고통의 순간들을 때로는 담담하면서도 때로는 당돌하게, 작가는 자신만의 언어로 자신의 과거 속 가장 어두운 순간들을 포착해낸다. 이 아이러니가 자칫 단순하게 보일 수 있는 작품의 색감을 다채롭게 만든다.

이 작품의 매력적인 특징을 하나 더 꼽으라고 한다면, 누구든 솔직함을 꼽으리라. 보통 남에게 내 삶을 보이는 글을 쓸 때는 적당히 각색하여 보이기 싫은 부분은 감추고 덧칠하기 마련인데, 이 작품에서는 그러한 덜어냄의 흔적이 느껴지지 않는다. 작가는 글 속에서 적당한 가면 뒤에 숨지 않고 거침없이 솔직하다. 다듬어지지 않은 날것 그대로의 감정이 살아 있고, 그래서 오히려 더 호소력이 있다. 이 솔직함은 독자의 마음을 움켜쥐고, 이야기 너머에 있는 작가의 감정 속으로 거칠게 끌어당긴다.

그렇다고 『고양이가 선물한 숨숨집』이 단순히 작가의 아픔과 고통을 보여주기만 하는 글이 아니다. 몸 안에 켜켜이 쌓인 고통과 아픔의 흔적들을 치유하고자 끊임없이 노력하는 작가의 인생 궤적에서, 독자는 이 작품 자체가 작가의 생존을 위한 몸짓이자 치유의 과정임을 발견하게 된다. 이 작품은 상처 입은 존재가 다른 상처 입은 존재를 향해 내미는 손이자, 치유의 문턱을 함께 넘어가자는 작가의 외침이기도 하다. 결국 독자는 이 작품 속에서 자신의 고통을 조심스레 꺼내 들게 되고, 그 어떤 상처와 아픔도 공감받고 존중받을 수 있다는 작은 믿음을 얻는다.

-서진리 박사 서울시립대학교 철학과

집에 오는 늦은 밤, 위로가 필요한 그 순간마다 하달 작가의 글을 펼쳐봅니다. 그의 문장들은 상처가 단순히 아픔으로 남지 않고, 어떤 상처는 따스한 온기를 남겨 누군가에게 '괜찮다'고 속삭여주는 듯합니다. 삶이 어떻게 만들어지고 또 어떻게 헤쳐나가야 할지 길을 잃은 듯 막막할 때마다, 하달의 글 속에서 조용히 나침반을 찾곤 합니다. 그의 문장들이 가진 깊은 울림을 통해 나도 모르게 삶의 단단한 걸음을 배워갑니다.

-강하달 아버지 병세와 강하달의 간병하는 모습을 담아준 이유심PD

어쩌면 그 모습이 가장 예쁜 조각이었을지 몰라요, 부디 안녕

고양이가 선물한 숨숨집

1판 1쇄 발행 2025년 06월 19일

지은이 강하달
디자인 강하달, 이지성(artist_jisung)

편집 김해진 **마케팅·지원** 이창민

펴낸곳 숨숨북 **펴낸이** 강하달
이메일 band0628@naver.com
인스타 @river_sky.moon

ISBN 979-11-7374-096-1 (03810)

이 책은 저작권법에 따라 보호받는 저작물이므로 무단전재와 무단복제를 금지하며,
이 책 내용의 전부 또는 일부를 이용하려면 반드시 저작권자의 서면동의를 받아야 합니다.